エッセイの小径

旅のなかの旅

山田 稔

白水uブックス

目次

第一部　メリナの国で——ギリシア……5
エコノミー・ホテル　オリンピアの一夜
ナフプリオン　メリナの国で
第二部　モハメッドとともに——モロッコ……123
カテイ探し　速く歩け　旅仲間
振り出しに戻る
第三部　ジョン・オグローツまで——スコットランド……247
相も変らず　ネス湖のほとり　北の岬へ
あとがき……330
白水*u*ブックス版へのあとがき……333

挿絵　阿部慎蔵

第一部　メリナの国で――ギリシア

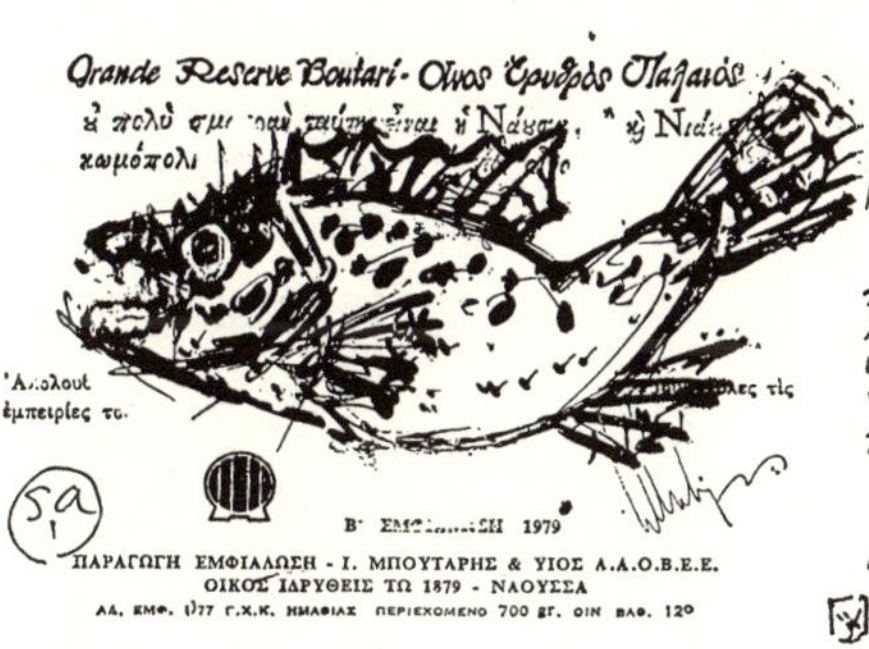

ギリシャ葡萄酒のラベルに描いた怪小魚の図。

エコノミー・ホテル

日程も組まず、宿も定めずにある日ふらりと旅に出かける。その自由さと不安な気分とが、おそらくわたしにとって旅の魅力の大半を占めているのであろう。

だが行先が未知の外国の場合、自由の割合はいちじるしく減り、その分だけ不安がふえる。心細さなどというのでなく、ときには怖じ気に近づく。それをこらえて、そして元来旅行好きどころか無精者の自分の尻、痩せた小さな尻に、ぴしり、ムチを当てる、まあそんな気持で出かけるのだ。

一体、何のために。それは実は自分にもよく解らない。強いて言えば、心身の緊張を求めて。

この気まぐれな旅は、しかし概してうまくいったようだ。当時は一人ぐらい泊れる場所はどこにでも見つかった。言葉が通じなければ身ぶり、手ぶり、ときには叫び声まで発して、急場をしのぐことができた。予約などせずに、ショルダーバックひとつ肩にかけて気楽に、ふらりと。この文明社会に行き倒れの心配はないのだ。――これが当時、というのはいまからもう十数年前の、わが旅の心得であった。

ところが、世界的規模での観光旅行の大衆化とともに事情は変った。カメラや双眼鏡を肩にかけ、群をなして名所旧跡に押しかけるのはアメリカ人、日本人だけではなくなった。

部屋を予約して行った方がいい、とくにヴァカンスの時期には。——なに、平気だよ、とその忠告を無視できない。そこが寄る年波のつらさ——いやいや、まだそんなことを言う資格はわたしにはない。六十、七十と高齢化する観光客の間では、わたしなど一番若い口なのだ。

そうはいうものの、部屋がなければ駅で、あるいは夜行列車のなかで寝る、そんな勇ましい覚悟などかけらほども持ち合せていない。そこでこのたびは残念ながら「旅の魅力」を多少犠牲にしても、安全確実な道を選ぶことに決め、まだ寒い三月のなかば、パリはオペラ座に近く、堂々店を構えるA旅行社の前を二度、三度行き来した挙句、ついにその硝子扉をわたしは押したのだった。

ギリシア旅行と聞くと、若い男の係員はすぐに資料を取り揃えてくれた。そのずっしりとした豪華なパンフレットをめくると、どの頁にも、日焼けした美男美女のしあわせそうな裸の写真が色鮮かにのっている。こんな場所にひとりで……、と早くも臆するこころを励まし励まし、平気を装ってつぎつぎと頁をめくっていると、そばから係員が、

「そこはトルコですよ」

「えっ、トルコ。なるほど。トルコもいいね。……でもそれはまたこのつぎ」

思案逡巡の末、折角出かけるのならひとつ奮発して、と、エーゲ海島めぐり付十五日間コースというやつに決め、その旨係員に告げると、

「ホテルの等級はどれになさいます。A、B、Cとありますが」

かねてからわたしは旅行をする場合の原則として、高級ホテルには泊らないことに決めていた。経済的理由はもちろんある。が、しかしそれ以上に、高級ホテルには個性が欠けているように思えるのだ。

その種のホテルはリッツにせよ、ヒルトンにせよ、コンコルド、あるいは日本の某ホテルにせよ――泊ったことがないのであくまで想像の域を出ないが――それぞれの国のお国柄を感じさせることがない。アメリカ型というのか、能率と機能一点ばりで、どこの国、どこの都市でも同じ。つまり「顔がない」のである。

それにたいし、わたしの体験に照らして言えば、ヨーロッパではCクラス、あるいはそれ以下のホテルでさえ結構泊れるのだ。エレベーターがない、電話がない、浴室・便所は共同、暖房が不十分等々の不便はあるにせよ、部屋とベッドは清潔、そして何よりも嬉しいことに、人間味豊かな主人やボーイが客を迎えてくれる。

で、A、B、Cの三つの等級があると聞いたとき、とっさにわたしはCと心の中で決めたが、初めて訪れる国でもあり、念のためたずねてみた。

「Cクラスでも、大丈夫でしょうね」

「ええ、もちろん、Cクラスでもけっして悪くはありません」

と、係員は社の名誉を傷つけられでもしたような口調で応じた。

「なにしろ、ギリシア旅行にかけては、わが社はフランス一ですし、お客さまにみじめな思いをさせるようなことはいたしません」

まるでおまえさんのような男の一人旅ならCクラスで十分だ、と言われているみたいな気がちょっとしたが、そんな僻みっぽい考えは抑えて相手を信用することにした。Cクラスだって結構高いのである。それに個室を希望すれば、その分、割増金がつく。

だが、いまは金の持ち合せがない。そもそも、今日は資料をもらいに立ち寄っただけだし、もう少し検討してから出直そう。するとこちらの腹を見抜いたかのように、

「お決めになるのでしたら、いまがぎりぎりですよ。復活祭のヴァカンスは混みますから」

で、結局、予約金としていくらかの額を払い込み、決めることになった。

「一週間ほどしたら、クーポン券が出来上ります」

言われたとおり一週間ほど経って、残金を用意してわたしはA旅行社の扉をふたたび押した。そして十数枚の綴りになったクーポン券を受け取ったが、見ると、わたしがアテネで泊ることになっているホテルの名は「エコノミー・ホテル」というのであった。

エコノミー？　日本人であるわたしへの当てつけに、特に選んだわけではあるまい。が、やはりCクラスだと名前からして違う。いずれにせよこれは、アクロポリスを夢見る旅人の心を引き立たせる名前ではない。

ところで、わたしの参加した旅行は「団体」と呼ばれてはいるものの、日本風の「過保護」的なそれとくらべると、個人旅行に近いものであることが追々判ってきた。さすが「自由」の国、「大人」の国フランスである。

出発の日の朝、「時間厳守」の注意を忠実に守って定刻より早く、オルリ空港の「オリンピック航空」の標識の出ている窓口に行ってみると、旅行社の係員はおろか、航空会社の者の姿すら見えないのであった。

まだ早すぎるからだろうとその場に佇んで待っていると、大きなトランクを二つ運搬車にのせた中年の男が、妻らしい太った女と一緒に近づいて来た。そしてわたし同様、不安げな視線を空っぽのカウンターに投じた後、

「ギリシア旅行はここですか」とたずねるので、

「そうです。あなたたちも?」

と応じてふと相手の胸を見ると、団体の名称を記した大きな青いバッジを付けているではないか。それで、この窓口はいくつもの団体の集合場所になっているらしいことが判った。

しばらくして、やっと航空会社の社員が二人、いかにも物憂げな足どりでやって来た。待ちかねたわたしはそのうちの若い女性の方をつかまえ、A旅行社の名を挙げてたずねてみた。

「旅行社のものではないから、わかりません」

と彼女はいかにも面倒くさそうに言う。

「ここで待ってたら誰か来るでしょう」

ちょうどその日は月曜日で、彼女の顔には週末の快楽の疲れの色がにじみ出ており、ときおり遠慮なく大きく口を開けてあくびをしたりするのを見ていると、この会社の飛行機は、今日、本当に飛ぶのかと疑わしくなってくる。

そのころには三、四十人ほどの客が集っていた。みな大きなトランクを二つも三つも持っている。旅の日数はわたしと大差ないはずなのに、荷物の量の何という違い。ショルダーバッグひとつというのは、もう軽装を通り越して軽率に思えてくる。

客のほとんどは中年、あるいは初老の夫婦連れで、せっせと貯めた金でヴァカンスに出かけるプチブルと見た。そして驚いたことに、皆胸に派手な色のバッジを付けているのだ。その色には三種類あった。つまりわたし以外に、少くとも三つの異なる団体が同じ飛行機でアテネに飛ぶらしい。

晴れがましいバッジを付けずに済んだことをわたしは喜び、またバッジなしの方が高級なのだと思い込もうとしたが、同時にまた、一体誰が自分の仲間なのか見分けがつかず、不安でもある。気のせいか、まわりの客はわたしの胸にバッジがないのに気付くと、急に冷淡な表情になって遠ざかって行く。

やっぱりひとつに群がっている方が安心なんだなあ。

そのうち、一般乗客相手の業務が開始されたが、団体客の方はいつまでもほったらかしである。だがここに皆いるのだから、わたし一人が置いてきぼりを喰うことはあるまい。

ところが、定刻を過ぎてやって来た旅行社の係員の中にA社の者はいなかった。わたしは焦った。バッジをくれる会社にしなかったことを悔いた。列をかき乱しつつよその係員のそばに近寄り、A社の人はいないか、とたずねてみたが、当然ながら知らぬ存ぜぬの一点張りである。

A社の若い女がやって来たのは、三十分の幅をもうけて定めてあった集合時刻を二十分あまりも過ぎたころであった。彼女もまた、前夜すこし楽しみすぎたのにちがいない。遅れたことについて一言も謝ることなく、わたしが性急に差し出すカードの氏名を手にした名簿で確認すると、搭乗券を渡して立ち去ろうとする。

「待ってくださいよ。勝手に乗っていいんですか」

「ええ、どうぞ」

日本でのように、出発地から添乗員に引率されて行くものと思い込んでいたわたしは面喰らった。

「アテネではどうなるんですか」

「むこうでも、このマークを付けた人が（と上着のポケットからA社のバッジを取り出して見せ）迎えに来てます」

そう答えると彼女は出かかったあくびを嚙み殺し、ちょっときまり悪そうにわたしに向って笑った。

こうしてわたしは姿なき団体の一員として、言い換えるなら、旅の魅力であるはずの「自由と不安」をしょっぱなからたっぷり味わわされながら、ギリシアへ旅立つことになったのである。

われわれいくつもの団体客を乗せたオリンピック航空のジェット機は、わたしの失礼な予想を裏切ってほぼ定刻に離陸し、イタリア半島西岸沿いに南下した。地中海は今日も晴れている。エメラルド色の海。海岸線をレース飾りのように縁どる白波。

イオニア海に出て間もなく機首を北東に転ずると、別の海が見えて来た。エーゲ海にちがいない。するとあの陸地はもうギリシア半島だ。パリを発って約三時間、定刻どおりに走った場合の「ひかり号」の京都＝東京間の所要時間にほぼ等しい。

アテネには空港が二つあるらしく、われわれの着いたのは東空港だった。荷物の点検もなく税関を通過する。美男子の係官が着いたばかりのわたしに向って、日本語で「サヨナラ」と言った。

団体とともに行動しておれば間違いあるまいと、わたしはバッジ組の後にくっついて出口の方へ向いながら、注意深く周囲に目を配った。こちらには何の目印もないのだから、A社のバッジを付けた係員をわたしの方が発見しなければならない。

するとそのとき、鮮かなオレンジ色が目に飛び込んで来た。若い女性だった。あれだ、間違いない。オレンジ色はわたしの持っているクーポン券の表紙、およびクーポン券を入れておくビニール・ケースの色である。そして、いわばA旅行社のシンボル・カラーともいうべきオレンジ色の上っ張りの胸には、紛れもないA社の円いバッジ。

わたしは駈け寄り、ショルダーバッグのポケットからクーポン券を取り出して示しながら、

「A社の方ですね」

とフランス語で話しかけた。すると相手の顔がぱっと明るくなった。

「ムッシウ・ヤマダ? ようこそ。お待ちしていました」

彼女は、手にした紙切れの上でわたしの名前を確認してからフランス語でそう言い、こぼれんばかりの微笑を浮べた。それから空港の出口の方へわたしを案内した後、この辺りで待っていてくれと言い残して姿を消した。

ギリシアに来て最初に接する女性の愛想のよさ、どこか東洋の血の混じっているような丸い感じ、当りの柔かさに、わたしは全身の緊張が解けるのを覚えた。

いったん落ち着きを取り戻すと金のことを考えるゆとりが生じ、わたしは近くの銀行の出張所の窓口でいくらかのフランをドラクムに換え、それからまた西陽の差す出口へ戻った。

アテネ空港は規模はさほど大きくなく、とくに到着口は空港の裏口といった感じで、建物の前の広場は日本の地方都市の駅前のような印象をあたえる。

ちょうど駐車中の数台の観光バスに、わたしと一緒に運ばれて来たバッジ組の観光客が乗り込むところだった。やがてバスは一台、また一台と発車し、すると後は妙にがらんとしてしまった。本日の観光サー

ビスはこれで終了、といった気配である。

わたしはあたりを見回した。わたしを運んでくれるバスはどこにいるのか。いや、そもそも、わたしの仲間はどこにいるのか。まさか一人だけの団体旅行でもあるまい。あるいはひょっとして、さっき出て行ったバスに乗るべきではなかったのか。

すると、風体のよくない男が近づいて来た。

「タクシー?」

「ノン」と言って断る。

また同じような男がやって来て「タクシー?」と誘う。今度は「ノウ」と断る。

そのうちに例のオレンジの制服を着た女性が、依然口もとににこやかな微笑を浮べて戻って来た。やっと出発、と思って荷物を持ち上げると、

「日差しは邪魔になりません?」

と的外れなことをたずね、こちらに質問のひまもあたえず、

「じゃ、もうしばらく、そのままで」

と言い残して、ふたたび何処へともなく姿を消した。

日差しは邪魔になるどころか有難い。後で知ったことだが、わたしの出発した四月十日の午後、つまりこうしてアテネ空港の出口に佇んでいたそのころ、パリでは雪が降った。それほど天候不順で、いつまで

も寒い土地からやって来た身には太陽の光だけでも大きな恵みである。

その、すでに初夏を感じさせる明るい午後の日差しを全身に浴びながらも、殺風景な眺めを目の前にしては、ギリシアに来たという実感がまだ湧いて来ない。仲間なしにほったらかしにされているこの奇妙な状態も気にかかる。

旅客がそれぞれ行くべきところへ散ってしまったいま、周囲のざわめきもおさまり、残っている旅客といえばわたしのほかにはいないようだ。心細さに周囲を見回すと、何時の間に現れたのか、数メートル離れたところに一組の男女の佇む姿が目にとまった。

男は五十五、六、頭はすっかり禿げ、その分を補うように黒々とした口ひげをたくわえている。長身だ。妻らしい連れの女性はくすんだ感じの、ずんぐりした女である。二人は派手な色調の大きなトランクを三つ足もとに置き、わたし同様ギリシアの太陽を楽しんでいるらしい。

見覚えのある顔だが、同じ飛行機ではなかったか。それとなく様子をうかがいながら、待ちくたびれたわたしは「あなた方もA社のお客ですか」と話しかけようか、どうしようかとしばらく迷っていた。

しかし「ギリシア旅行にかけてはフランス一」であるはずのA社の企画する復活祭の休暇の旅に、わずか三人しか参加者がいないというのはおかしくないか。いや、これはきっと、Cクラスのホテルを選んだ者だけがこうして後に残されているのだ。何事にかけても階級差のはっきりしているフランスのお国柄を思えば、十分ありそうなことである。そしてもしそうなら、われわれ三人は同じホテル——エコノミー・

ホテル——に泊ることになるのだろうから、一言挨拶をしていまから仲よくしておいた方がよくはないか。

そのように推論しつつ、なおしばらく黒い口ひげの禿頭のいかめしい表情を観察し、ちらとでもこちらを見たら会釈して、こんにちはを言おうと機をうかがっていた。ところが先方は、男も女も、まるでわたしと顔を合せるのを頑なに拒んでいるかのように見向きもしないのだ。

ふとわたしは思った。Cクラス同士の近親憎悪。……で、わたしはもう二人の方を眺めるのを止め、何だか侘しい気持になって、車も人も稀な広場の方へ視線を戻した。

そこへ三度目にオレンジ嬢が、伝票のような紙切れを手にひらひらさせながら現れた。わたしはほっとして思わずその方へ二歩、三歩足を向けた。

彼女の姿をみとめると例の夫婦連れも近づいて来た。オレンジ嬢はやっと面倒な手続が済みましたと言わんばかりの寛いだ表情で、わたしに向って言った。

「いつもならタクシーで行くんですけど、あいにく今日はタクシーがストだから、わたしの車で行きましょう」

タクシー？　ギリシアでは観光客をタクシーでホテルまで運ぶことがあるのか。それとも、これは「フランス一」のA社だけのサービスなのか。だがわれわれはCクラス組なのだ。

しかしオレンジ嬢はわたしの胸中などおかまいなく、

「いま車をこちらへ回しますから、待ってて下さい」

そう言い置いて姿を消すのだ。あれ、また行ってしまった、今度はどれくらい待たされるのだろう。なかば諦めて、連れの二人の様子をちらちらうかがいながら待っていると、今度は間もなく灰色の車を運転して戻って来て、窓から顔を出し、こっち、こっちと手招きした。

彼女はまず、夫婦連れの大きな荷物を車の後部トランクに積み込み、つぎにわたしに向って「あなたの荷物は」とたずねたが、ショルダーバッグひとつと知ると、にっこりとご褒美のような微笑を浮べた。それから二人連れに後ろの席に坐るよう指示し、つぎにわたしにたいしては自分の隣の助手席を指さした。

われわれが乗り込むと彼女はクーポン券の提出を求め、そこから「空港よりホテルへ」と記された一枚をちぎり取ると、「さあ、行きましょう」と、やっと車をスタートさせたのである。

走り出して間もなく、それまでは一言も口を利かずにいた夫婦連れの亭主の方がやっと口を開いた。

「さっき、タクシーがストだとあなたは言ったが、タクシーはどうかと誘われましたよ」

それは実はわたしも内心不審に思っていたことだ。するとオレンジ嬢はハンドルを軽くさばきながら、あっさりと答えた。

「あれはモグリ」。モグリ、つまり白タクみたいなものらしい。

後ろの二人連れは、また完全な沈黙に引きこもってしまった。

空港から市内までの三、四十分の間、オレンジ嬢はアテネの町について簡単な説明をしてくれた。近郊を含めると人口約二百万。主要建造物は国会議事堂、国立公園、国立博物館。名所旧跡は言うまでもなくアクロポリスの丘とパルテノン神殿、ハドリアヌスの門。繁華街の中心は、シンタグマ広場とオモーニア広場、エトセトラ、エトセトラ……。

オレンジ嬢は実際に「エトセトラ、エトセトラ」と、妙な抑揚をつけて言ったのである。出かかったあくびを慌てて嚙み殺そうとするように。その気持が解るようで、今度はわたしがこみ上げる笑いをこらえる番である。

相手が三人ではガイドの仕甲斐もあるまいと同情を覚えながら、わたしはいちいち頷いたり、ときには、どうでもいいような質問を挾んだりして結構忙しい。というのは、後部座席の二人連れは聞いているのかいないのか、ずっと黙ったままで、わたしは個人的に話しかけられているような気がするのだ。何か質問しなければ失礼ではないか。しかし乏しい知識では、たずねることもすぐ尽きてしまう。

「あなたはフランス語がとても上手だけど、ギリシアでは外国語として、フランス語が通用するのですか」

讃辞であると同時に、わたしにとって切実な質問を発すると、

「いいえ。外国語としてはまず英語。つぎにドイツ語、三番目がフランス語ね。英語の学習は、いままでは学校でほぼ義務的になっています。現在、国際語といえば英語でしょ」

そう付け加えて、彼女は同意を得ようとするようにかるくわたしの顔をのぞき込む。

こんなやりとりの間にわたしたち二人の間柄は親密さを加え、さらに言えば「個人的」になって行くようだ。そう感じるのはオレンジ嬢も同様らしく、やがて後ろの二人の存在を忘れてしまったように、わたしについていろいろと質問しはじめる。どこから来たのか。パリでは何をしているのか。ギリシアははじめてか、等々。そしていわばエールの交換、いや、そんなはなやかなものでないにせよ、お互い相手の国の文化を讃え合うと、

「暑いわね。窓開けて構いません?」

誰にともなく許可を求めて彼女は運転席の窓硝子を少し下し、黙り込んで運転に専念する表情になったかと思うと、その愛らしい口もとから何かギリシアの流行歌風の旋律が流れはじめた。

やがて車はアテネ市内に入った。夕方間近のせいもあって大変な車の数だ。なるほど、とわたしは出発前にパリで聞いたアテネの街の評判を思い起しながら、道路の混雑、薄黒く煤けた建物をながめた。たしかにパリにくらべると汚い。しかし日本の都会の汚さに慣れている者には、べつに驚くほどのことではない。

オレンジ嬢は、自分の方から道路事情の悪さについてしきりに弁解しはじめた。一方通行の道がやたらと多いので客の送迎にずいぶん時間を取られるという。だが事情に通じた彼女は大した渋滞に巻き込まれることもなく街の中心部を脱け出し、スピードを上げた。

やがて指さす方をのぞくと、右手に岩山のようなものが見えた。

「アクロポリス」

言うまでもあるまい、といった口調でオレンジ嬢が呟く。市内を走る車の中から見えるとは意外で、あっけなくて、感激もうすい。だがこの分だと、われわれのホテルはアクロポリスから遠くなさそうだ。

「すばらしい」

わたしは儀礼上そう呟いた。

車は大通りから折れ、ゆるい坂道を下った。すると行手に、玄関のポーチの上に万国旗の並ぶ大きな建物が見えて来た。

意外なことにオレンジ嬢はその前で車を停めた、おや、ここは多分Aクラスなのに。

するとわたしの胸中を察したかのように、

「あなたは、ここではありませんよ」

言い諭すように彼女はわたしに向って念を押し、後ろを振り返って、

「さあ、着きました。アクロポリスの近くですからとてもいい場所です」

二人は何も言わなかった。彼女は素早く車を下り、小走りにホテルの中に消え、すぐにまたボーイを伴って出て来た。ボーイが車のドアを開けると二人はおもむろに腰を上げた。

「よき旅を」

下車する二人の背に向ってわたしは言ったが、聞えなかったのか、何の反応も示さなかった。

オレンジ嬢はボーイが車のトランクから荷物を取り出すのを手伝い、それが済むと、二人連れに向って「よき滞在を」と一言声をかけ、慌てて運転席に戻った。それからハンドルに手をかけるとわたしの方を向き、親しみのこもった微笑を浮べてこう言ったのである。

「さあ、行きましょう」

「ええ、行きましょう」

釣られてわたしもそう応じた。さあ、行きましょう、と言った彼女の声には、厄介払いをしてやっと二人きりになれて、さてこれからどこか楽しい所へ出かけましょう、といった親密なひびきがこもっているようだ。するとこちらも、これまでずっと後ろの二人連れに気兼ねしていたような気がしてきた。彼女との物理的な近さがそのまま心理的な近さに変るようだ。わたしはこころが浮き立ち、少々大胆になって、

「失礼ですが、あなたの名前は」

「エレーヌ」

「そう、きれいな名前ですね。美わしきエレーヌか……」

と、ギリシア神話中の美女にひっかけてそこまでは弾んだが、後が続かない。エレーヌの方はその種のお世辞はもう聞き飽きているにちがいなく、べつに嬉しそうな顔もせず、落ち着きはらってハンドルをさばいている。わたしは自分の口にしたお世辞にかえって気詰りになって、黙り込んでしまった。

ところが走り出してしばらくすると、エレーヌはオレンジ色の上っ張りのポケットから旅客リストのよ

うな紙片を取り出し、片手でハンドルを握りながらしばらくちらちらと眺めた後、こうたずねるのである。

「エコノミー・ホテル……どこかご存じ?」

「いいえ、全然」

甘い空想はたちまち吹っ飛び、信頼感がゆらぐと同時にわたしは「Cクラス」の現実に引き戻された。やっぱりこうなのだ。しかし、現地の旅行社の係員さえ知らないホテルとは、一体どんなホテルなのだろう。「エコノミー」という名が何とも滑稽に思えてくる。

エレーヌは道端の売店のそばで車を停め、慌てて下りて行ってたずね、アテネの交通事情の悪さをふたたび呪いつつ一方通行の多い市内をぐるぐると回った。次第にきびしさを増してくるエレーヌの横顔をうかがいながら、わたしは自分が悪いわけでもないのに「すみません」と何度も謝った。

とうとう彼女は通りのまんなかで車を停め、交通整理の巡査のもとへ駆けて行った。それからいままでとは反対の方角に道をとり、右に左に何度も曲ったあげくやっと目的地にたどり着いた。

「さあ、着きましたよ」

エレーヌはおおげさに溜め息をつき、笑いながら言った。そして運搬を手伝うほどの荷物がないので運転席を離れる必要はなく、坐ったままわたしの方に身をよじり、これまで以上にやさしい微笑を浮べて手を差し出した。

「ありがとう、エレーヌ」

かすかに湿り気のある、柔かな温い手だった。

「よき滞在を」

彼女はそれだけは忘れずに言うと、車のわきに佇んで見送るわたしの方は振り向きもせずに勢いよく車を発進させた。


表通りから少し引っ込んだ、T字形に道の交る角のところにホテルはあった。建て増しをしたらしい十階建の比較的新しい建物で、屋上近くに英語で「エコノミー・ホテル」と大きな看板が出ている。この方が解りやすいにちがいないが、折角ギリシアに来て英語名のホテルに泊るというのはやはり物足りない。だが、そんなことは二の次、三の次で、ホテルのすぐ前に目をやったとき、わたしは思わず心のうちで叫んだのであった。「ああ、これはいかん」

そこは新築ビルの工事現場だった。これだけは、わたしの不吉な予感のうちにも入っていなかったのである。

旅行社でもらったクーポン券によると、わたしはアテネ滞在中、間にペロポネソス半島周遊の数日を挟んで、前後一週間をこのホテルにひとりで泊ることになっていた。そこが団体旅行のつらいところで、どんなに気に入らなくてもホテルの変更は許されないのだ。

わたしはエコノミー・ホテルの玄関の前、狭い道をへだててそそり立つ赤褐色の鉄骨や木枠、道端に停っている黄色のコンクリート・ミキサーなどをあらためて見上げた。それは、これから先一週間の滞在に暗い影を投げかけているように見えた。きっとひどい騒音だろう。わたしはひそかに溜息をつき、「旅はCクラスで」の原則を呪った。

だが、これは「Cクラス」のせいでも、旅行社のせいでもないのだ。誰をとがめることもできない。ただ、たまたま工事の時期に行き当ったわが身の運のつたなさを嘆くのみである。

やがて冷静さを取り戻したわたしは、次のように考えた。工事中といっても仕事をするのは昼間だけだし、それに夕方はこんな風に早く終っているではないか。昼間は外出していることが多いはずだから騒音に悩まされることはあるまい。

そんな工合にみずからを慰め、気を取り直して、わたしはエコノミー・ホテルの扉を押した。

翌朝早く、わたしは異様な物音に眠りを破られた。時計を見るとやっと六時になったばかりだ。外が妙に騒々しい。何事だろう。じっと耳をすますと、騒音の中にダンプカーなどに特有のエンジンの唸りがまじっている。そして道路を塞がれて苛立つ車の警笛。……

大変だ、もう工事が始っている。一体、これはどうしたことか。気でも狂ったのではないか。

ホテルはちょうど三叉路に面しているので、一旦停車した車が発進するエンジンの音が相当のものであることは前夜のうちに判り、覚悟していた。だが、朝、薄暗いうちから工事が始ろうとは。ああ、これだけは、わたしの暗い見通しのうちにも入っていなかったのである。

その後、徐々に判ってきたことだが、ここアテネの街では朝が早いのである。七時にはもう出勤を急ぐ人々で街はざわめいている。八時には店はみな開いている。銀行や会社も同様だ。したがって、ビルの工事が早朝から始るのもこの土地ではとくに異様なことではないのかも知れぬ。しかし六時からとは、何といっても早すぎはしまいか。

わたしは頭から毛布をかぶったりして、無駄な抵抗をこころみつつ想像したものだ。これはきっと、昨日まで中断されていた工事が今日から再開され、しかも遅れを取り戻すべく突貫作業に入ったのにちがいない。そして工事はちょうどわたしの滞在期間中続く。……

だが、それでも工事現場に直接面していないわたしの部屋などはまだましな方で、表向きの部屋などさぞ耐え難いだろう。そんな風に、より大きな他人の不幸を想像することで何とかわが身を慰めようとつとめた。

とにかく、苦情だけは述べておいた方がよかろうと判断し、帳場にいる番頭のような男から「部屋はお気に入りましたか」とたずねられたのをいい機会に、

「工事の音がやかましい」

と言うと、主人はそれは部屋のよし悪しとは関係がない、と言わんばかりに聞き流し、

「あそこに建つのがホテルでなくて、本当によかった」

と、的外れな返事をするのだ。呆れながらもわたしは苦笑まじりに繰り返した。

「そう、本当によかった」

この帳場の男とは、後で述べるように親しくなるのだが、二日後にペロポネソス半島周遊の旅に出かける際、戻って来たとき部屋を変えてもらえないだろうか、一番静かな部屋にしてほしいと、一週間の滞在客の立場を楯に頼んでみた。

「承知しました。わたしにお任せ下さい」

その太ったおやじは胸をぽんとひとつ叩いて言ったものである。

「部屋を決めるのはこのわたしですからね。――では、行ってらっしゃい、ムッシウ・ヤマダ」

調子がよすぎるので期待せずにいたが、四日後に戻って見ると、実際わたしの部屋は四階からさらに四階上って、八階の七〇二号室に昇格していたのである。

八階に移っても、部屋は向きから内部の構造にいたるまですべて前と同じだった。元の部屋のちょうど真上に位置しているわけで、一番静かであるかどうかわからないが、とにかく騒音からはたしかに遠くなっていた。

「ありがとう。今度の部屋には満足です」

とおやじに礼を言うと、彼は芝居がかった神妙な表情をこしらえて応じた。

「いつでもご用を承ります」

入口の厚い木の扉を開けると、狭いながらも控えの間があり、その右側が衣裳棚、左が浴室になっていた。入口の扉同様にがっしりした木の扉がもうひとつあって、その奥が寝室だった。

悪いことばかり想像していたわたしは、はじめて部屋に足を踏み入れた瞬間、その意外な広さと、そして何よりも明るさにいまわしい工事現場のことなど忘れ、思わず歓声を上げたものだ。さすがは光を誇るギリシアだ。フランスのホテルの暗さを思えば、わがエコノミー・ホテルは明るさの点だけでもAクラスに昇格する値打ちがある。滞在中、わたしは何度も胸の内でそう呟いたものである。

部屋は西向きで、その部分は厚い透明な一枚硝子の引き戸になっている。午後、シャッターとカーテンを開けると、部屋の中央を占める大きなダブルベッドの上にまで明るい光がどっと流れ込み、室内はさながらサンルームと化す。そのうえ、硝子戸の外には小さなテラスまで付いているので、風を厭うのでなければ日光浴もできる。とにかく日光が乏しく、したがってひどく貴重に思えるパリからやって来た身には、このふんだんな陽光だけでも豪勢なもてなしである。

「太陽がいっぱいで、とても嬉しい」

と帳場のおやじに礼を述べると、

「当方では太陽はただでございます」

と彼は笑った。

「天気は続くでしょうか」

「大丈夫。ご滞在中はきっと続きますとも」

「天気を決めるのもあなたですか」

するど、彼は太い声をさらに大きくして笑い出した。


午前中、博物館で観光客に揉まれた後、外へ出て、日当りのいいキャフェのテラスでビールを飲みながら時を過す。ビールの軽い酔いとともに、陽のぬくみが体の芯にまで滲み通るようだ。陶然とはこんな気分を言うのだろうか。

昼食をすませると、もう街をぶらつく気は失せてしまう。アテネの街はやたらに車が多い。警笛がやかましく、空気が汚い。それに、ぶどう酒の酔いで物憂くなっている。今日はもうこれでおしまいにしたい。

ホテルへ戻り、ベッドに横たわるときの嬉しさ。横に寝そべっても足が出ないほどの広さが珍しく、二、三度転げ回らずにはおられない。

それからギリシア案内をひろげて少しばかり目を通すが、期待どおり眠りの訪れは早く、わたしは明るい午後の光のなかでしばらくまどろむ。目が覚めると陽は西に傾いている。起き上り、硝子戸のそばの肱掛椅子に場所を移し、暮れはじめたまま時が停止したように何時までも明るさを失わない夕空を眺めたり、飛び交うつばめを目で追ったりしてぼんやりと時を費す。ときには、わずかなまどろみのうちに見た夢の内容を思い出そうとつとめながら。

向いの建物の屋上に何か動くものがある。中年の女が洗濯物を取り片付けているのだ。女が建物の中に消えると同時に、急に暮色が深まったようだ。西の空を限る大小さまざまの白い建物も、いまはみな黒い影と化している。

やっとわたしは腰を上げ、エレベーターで簡素なバーのある二階のサロンへ下りて行く。黒っぽい木のテーブルとベンチの置かれた暗いサロンに、テレビの画像がちらちら動いている。その前に坐っている下働きの太ったお婆さんに、わたしは遠慮がちに声をかける。

「こんばんは。ウーゾを一杯、おねがいします」

彼女は気安く腰を上げ、サロンの片隅に申し訳程度に設けられたバーへ足を運び、ウーゾの瓶を取っていったん台所の方へ消える。それからグラスに注いだ酒とフラスコに入った冷い水とを運んで来て、やさしい微笑を口もとにたたえてわたしの前に置く。

「メルシー、マダム」

彼女は微笑を浮べたまま黙って二度、三度うなずく。

ウーゾというのはギリシア特産の透明な酒で、水で割るとカルピスみたいに白濁する。かすかに甘味のあるほろ苦い味がペルノ、あるいはアブサンに似ていて、この味をわたしはパリのギリシア料理店で覚えたのだった。

さて、今夜のめしはどこで、と思いをめぐらしながらウーゾを飲みおわると、私はやっと暗くなりはじめた外へ出かけて行く。

うすら寒い夕風のなかで、ふと、人恋しさが胸をしめつける。

思案の末に、わたしの足は今夜も「オリンピック」へ向う。「オリンピック」というのは、ホテルのおやじが紹介してくれた近くの食堂である。味よりも何よりも、まず、歩いて十分足らずの近さが気に入った。昼食の後など、強い日差しの下をほろ酔いの身を宿に運ぶのに、この距離の近さは有難い。

それに、一人旅のときは高級なレストランには入らぬことに決めていた。ひとりでは喜ばれないし、周囲に気兼ねして何を食べてもうまくない。

その点、「オリンピック」はわたしのような者には打ってつけだ。大通りから少し入った横丁のかなりの広さの大衆食堂で、ぱっとしない店の構えに似ず、蝶ネクタイをしめた中年や初老のボーイが五、六人働いている。夜おそくまで営業していて、独身サラリーマン風情の男が一人、あるいは二人連れで、ひっそりと食事をしている。

初めて足を踏み入れた晩、一人の質素な身なりの老女がスープだけを注文しているのを目撃した。彼女はいささかも悪びれず、またボーイも嫌な顔ひとつしない。それを見てわたしは安心し、ここに決めようと思ったのであった。

概して庶民的な感じのここの客の間にあって、れっきとした銘柄のぶどう酒をボトルで一本注文するわたしなど、きっと上客の部類に入るにちがいない。そのせいか——いや、それよりも、日本人という珍しさからであろうが——ボーイ達はすぐにわたしを憶えてくれ、二度目からは「いらっしゃい」と笑顔で挨拶して、黙っていてもフランス語のメニューを取ってくれるようになった。こうして彼らはわたしの人恋しさをわずかながら慰めてくれたのである。

ある晩、魚のフライを注文しようとしてどんな魚かとたずねると、説明に窮した初老のボーイはいったん奥へ引っ込み、やがて大皿に生の魚をのせて出て来た。見たことのない、グロテスクな恰好の大きな魚だった。「おいしいですよ」とすすめられそれを注文した。しばらくして運ばれて来た料理を見てわたしはたまげた。その怪魚が丸一尾、空揚げにされて皿にでんとのっているのだ。食べはじめるとボーイが寄って来る。

「おいしいでしょう」

「ええ、とても」

だが結局半分残してしまった。ボーイは不審げな顔で見る。うまいものをなぜ残すのか。「おいしいけど多すぎる」と弁解すると、ボーイは持って帰るようすすめる。そして断るのを聞かずにさっさと新聞紙にくるんで持たせてくれた。

老ボーイの「好意」を無にして捨てるわけにもいかず、わたしはホテルに持ち帰った。そしてその晩の寝酒の肴に、義務を果す気持で冷えて固くなった怪魚のフライをかじったのである。そのときほど、エコノミー・ホテルの客の気分をしみじみと味わったことはない。

エコノミー・ホテルは十階建のわりには間口が狭く、ポーチもなくて見栄えはしなかった。また朝食以外の食事はできなかった。これらの点、および町の中心から少し離れている位置のせいで、内部の設備のよさにもかかわらず、このホテルは宣伝用のチラシに記されていたように「Cクラスの最高」に留まらざるを得なかったのであろう。

入ると突き当りに帳場があって、例の人の好いおやじとその妻らしい女とが交替で勤めていた。ときには、まだ少年気の抜けないボーイが、いかにも手持ち無沙汰に立っているのを見かけることもあった。おやじは年のころ五十二、三、禿げ上った大きな頭、赤ら顔、せり出した腹、そして何よりも陽気な性格がフランスやイタリアの喜劇映画でお馴染みのホテルの主人を連想させる、そんなタイプの男だった。おかみの方は四十五、六、飴色の縁のめがねをかけた、口もとの愛らしい小柄な女。二人とも「Cクラス最高」だけあって英独仏の三か国語を自由に話す。親切な人たちで、ひまなときはギリシア文字の読み方を教えてくれたりした。

午後、昼食を終えて戻って来るとき、入口附近で、ちょうど出勤して来たおやじの姿を見かけることがあった。上着を脱いで腕にかけ（太鼓腹の彼は、ベルトのかわりにズボン吊りをしていた）、昼食の酒と外の熱気とで日頃赤い顔をさらに上気させ、てかてか光る禿げ頭や、白いワイシャツの襟が喰い込む充血した首筋のあたりをしきりにハンカチで拭いながら、おかみと喋っていた。

ところで、最初わたしはこの男をおかみの亭主と思い込んでいたけれども、実はそうではなかったのである。

あるとき、おかみに絵葉書をくれと言うと、意外なことに「ありません」と答える。到着の翌日におやじから絵葉書は要らないかとすすめられたことがあったので、そのことを言うと、彼女は笑って説明してくれた。

「あの人は商売上手だから、外から持ち込むのですよ」

こうしてわたしはその男が主人でなく、いわば通いの番頭のごとき存在であるらしいことを知ったのである。

だがエコノミー・ホテルについて語るとき、部屋に漲る明るい光、転げ回りたくなるほど広々としたベッドもさることながら、まさに「Cクラス」ならではの、この好人物の番頭のことをもう少し書いておかねばならない。

すでに述べたように、この男は物腰がいくぶん芝居じみており、冗談は言うのも言われるのも好きといった陽気な人柄であったが、とりわけ印象的なのは次の点だった。彼はわたしの名をすぐに覚えて、一日に何度かの挨拶の際には欠かさずそれを口にするのである。たとえば朝なら、「おはようございます、ヤマダさま、ご機嫌いかがでございますか」といった工合に。

当時、ホテルにはかなりの客が泊っていたけれども、わたしの知るかぎり、おやじが客の名を言って挨拶するのを耳にしたことはほかに一度もなかった。日本人びいきからつとめてわたしの名を覚えたのか、ヤマダという音がギリシア人に発音しやすいのか、それとも、その音を口にすることに彼だけのひそかな楽しみでもあるのか——いずれにせよ、すぐに名を覚えてくれたことに好感を抱き、ホテルの出入りにはこちらからもすすんで挨拶をするよう心がけた。

それでも、部屋は気に入っているのにホテルの名だけは依然心の奥で恥じていたので、おやじに好意を示されるたびにわたしは済まない気になるのであった。

ところが彼の好意はますます募って行き、ついにわたしを当惑させるに至った。たとえば夜、外から戻って来たわたしの姿を目ざとく見つけると、彼は帳場からロビーごしにこんな風に大声で叫ぶのだ。

「アア、ボンソワール、ムッシウ・ヤマダ！（お帰りなさいませ、ヤマダさま）」

すると、そう広くはないロビーに残っているほかの客が一斉にわたしの方を眺める。

あるときなど、夜おそく帰って来ると、彼は半分消してあったロビーの電燈を全部つけ、煌々と照らして嬉しそうに大声で言うのだ。

「ヤマダさまのため特別に！」

また空模様が心配なときたずねると、

「気象台に電話して確めておきました。あなたさまのために晴れてくれるそうですよ。いってらっしゃい、ヤマダさま。よきお散歩を」

一体、これは好意なのか、それともふざけなのか。顔では笑っているものの、わたしの気持はいささか複雑である。

さらにもうひとつ付け加えておくと、この男はホテルの名にふさわしい人生哲学の持主のように思われた。彼の紹介してくれた食堂のことはすでに述べたが、一事が万事、彼は「倹約《エコノミー》」をモットーにしていた。

たとえばアクロポリスの見物に出かけようとして乗物をたずねると、バスで行けと言う。そのバス停までは十五分ほど歩かねばならない。おまけにバスはなかなか来ず、二十分ほど待たされることになった。しかし、このおやじには「時間」は無限にあるのだ。タクシーに乗るなど論外で、というより、許し難い浪費と映るらしかった。人の財布のことなのに、あくまで自分の哲学を押し付けようとする、そこが日本人と異なる点で、お節介とは思わず、興味深く感じた。

こうして、小さな欠点はいくつかあるにせよ、結局このホテルにわたしは満足したと言うべきである。ただ最後にひとつ、これはもっぱらわたしの身から出た錆であるが、エコノミー・ホテルをいよいよ忘れ難くした小さな体験を語っておきたい。

アテネに滞在した前後一週間のあいだに、わたしは日帰りの出来る近くの島や、ポセイドンの神殿のある郊外の岬などへ出かけた。ホテルの帳場で申込んでおくと、定められた時刻に観光バスが迎えに来てくれる。帰りも同様で、バスが順次ホテルを回って客を送りとどける仕組になっている。

バスが市内に戻って来ると、ガイドが客の泊っているホテルの名を確認しはじめる。当然のことながら、彼女はまずAクラスのホテルから始める。それら高級ホテルからはそれぞれ数人、あるいは十数人の客が参加していた。

ところがエコノミー・ホテルからはわたし一人しか来ていないので、ガイドがつい忘れてしまうことがあった。それで、最後に彼女がマイクで「ほかにありませんか」とたずねるとき、わたしは相手の耳にとどくよう座席から身を乗り出して、大声で「エコノミー・ホテル！」と叫ばねばならぬ羽目におちいるのであった。

ガイドによっては、乗客に順番に自分のホテルの名を言わせるのもいて、その場合もまたわたしは「エコノミー」と叫ぶことを余儀なくさせられた。アクロポリス、パルテノン、エレクトラ、ミノス王、アフロディテ、キング・ジョージ三世等々の立派な名前の間で、「エコノミー」はたしかに異彩を放っていた。で、ある日、わたしは一計を案じた。わたしの宿の近くにオモーニア広場という有名な繁華な場所があって、交通事情から、いつもわたしはこの広場の一隅でほかの客と一緒に降されることになっていた。それでわたしは自然に、そこにあるほかのホテルの名を覚えてしまった。

そしてあるとき、どうせ降りる場所は同じなのだからと、ガイドにホテル名をたずねられた際、とっさに「オモーニア・ホテル」とAクラスのホテル名を告げたのである。するとガイドは不審そうに乗客名簿

をあらためて眺め、

「オモーニア? オモーニア・ホテルのお客さんは、このリストにのっていませんけど」

と問い返すのだ。わたしは大慌てで、

「すみません、間違えました。エコノミー・ホテルです」

と大声で謝らざるをえなかった。自分のホテルの名を間違える男をガイドは、そして同乗のほかの客たちは、何と思ったことであろう。

後で述べるように、ペロポネソス半島周遊の途中、わたしは一人のフランスの女子学生と知り合った。話がたまたまアテネの宿のことになって、たずねられるままにエコノミー・ホテルの名を正直に言うと、彼女はぱっと目を見開き、そのホテルなら知っている、と言った。驚くと同時にまた、Cクラス同士の誼みがさらに深まったような気がして、でもホテルの名で恥ずかしい思いをしたと告白すると、彼女は意外な顔をして、すこし変ってはいるが、べつに恥ずかしくはないとそっけなく答えたものである。

オリンピアの一夜

バスは小雨降るゆるやかな坂道を、曲りくねりながら海辺に向って下りつつあった。明りのともっていない車内では、乗客はみな眠り込みでもしたように押し黙っている。その沈黙がふと無気味に感じられ、わたしはそっと周囲を見回した。

七時半を過ぎてやっとたそがれはじめた窓外の牧草地の緑一面に、真紅のひなげしの花が雨に濡れて、夢のような鮮かさで浮き出ている。その情景をわたしははるか遠い昔の思い出のようにぼんやりと眺めていた。

疲れているのは肉体よりも精神の方だった。博識なガイドのマダムによって朝から晩まで詰めこまれる古代ギリシアの歴史と芸術の知識に、わたしのあわれなおつむはたちまち消化不良を起したらしかった。さまざまなことを学んだはずなのに、復習しようとすると何もなく、思考力が停止してしまったような奇妙な感じなのである。ペロポネソス戦争、アテネ、スパルタ、マケドニア、アレクサンドル大王、ペリクレス、古典時代、ヘレニズム、そして行く先々の美術館の陳列の数々、ミケーネ文明、クレタ文明……。どれもこれも、昔、中学の西洋史の時間におそわった懐しい名前だ。しかし懐旧の情に浸っているひまなどなく、フランス語による説明を懸命に追いかけねばならぬ。ときにはよく解りもしないのに、いや、解らないからこそ、大きくうなずいて見せたりする。そんなことを何度か繰り返しているうちに、アテネを発って二日目にして早くも頭の中は大混乱、時代的にも、地理的にも、何が何やら解らなくなってしまっていた。

第一日目にわれわれが訪れたのは、アテネの西北約百七十キロ、アポロの神殿跡で有名なデルフォイだった。芸術をつかさどる女神のすみかと見なされたパルナソス山の山腹に「天と地の間に吊された」デルフォイ。巫女ピュティアがアポロの神託を告げたという神殿の跡の礎石と円柱を前にして、われわれは神妙にガイドの話を聞いた。

帷で仕切られた神託の間に半狂乱の巫女が坐っていて、運勢などについての質問を受けると、支離滅裂な文句を口にする。それを控えの間の僧侶が解釈して質問者に取り次ぐ。巫女は神の霊媒なのである。

「この霊媒の状態は、ある種の薬草によってひきおこされたそうですが、もしかしたら、一種のヒステリーだったのかも知れません」

わたしが従いて行けたのはこの辺りまでだった。デルフォイで一泊して翌朝早く目を覚ましたとき、頭の中は空模様同然、かすみがかかったように薄暗く、そのなかに髪を振り乱し訳のわからぬことをわめき散らすヒステリー女の姿のみが、妙に鮮明に浮んでいるのだった。これではいかん。わたしはバスに乗りながら思った。次はオリンピア。馴染みのある地名だ。きっと今度は、もっとすばらしいものが見られるにちがいない。

オリンピアの一日は美術館見学から始った。混まないうちにと開館と同時に入場したはずなのに、内部にはすでに何組もの団体がいて、英語やドイツ語のガイドの声がひびいていた。解説がひとつ終って移動するたびにざわめきが高まる。たまりかねたわれわれのガイドがこわい顔をして「シーッ！」とたしなめた。

かなりの年配のこの婦人には、ほかのガイドにはない威厳がそなわっていた。だがこの威厳は、ひとり遅れて陳列品の前に佇むわたしにたいしても発揮される。唯一の日本人であるから逃げ隠れできない。それに、有名な陳列品の前を占領する団体客の巨軀に押しつぶされそうで、ゆっくり鑑賞などしておられないのである。一行からはぐれないよう、きょろきょろ見回しながら従いていくだけでもう精一杯だ。

鑑賞は絵葉書ですますことにして、よさそうなのを手当り次第買った。後で調べてみると、その美術館には陳列されていないものが混じっていた。

午後はゼウスの神殿跡の見物である。しかし、こうつぎつぎと見せられたのでは、ただ似たような古ぼけた大理石の円柱が立っているだけで何の有難味も感じられない。

「おもしろいですか」

一行のうちの老紳士におそるおそる話しかけてみると、

「すごい、とてもすばらしい!」

という言葉が返って来た。その大袈裟な口ぶりが何やらうさん臭い。

もうこのころになると、ガイドの説明に耳を傾けたりうなずいたりする根気も失せ、おのれの知的好奇心の欠如を嘆くことさえ忘れて、ただ浮かぬ顔してしんがりから従いて行くばかりだった。

……窓の外には依然、ひなげしの咲き乱れる野の、夢の中のような景色がつづいている。ところどころ混じる黄色い花、あれはうまごやしだろうか。疲れたこころには、そのひなびた野の景色が滲み入るようにこころよい。

頭の中では時間の順序が乱れてしまい、ついさっき見物したオリンピアの遺跡と、前日のデルフォイのそれとが混じり合っていた。かろうじてまだ記憶に残っているのは、古代オリンピック競技の行われたスタジアムの跡の、雑草に覆われた空間だけだった。

「当時は素っ裸で競技をしたので、性の転換などの不正行為は不可能でした」

そんなガイドの文句を反芻していると、素っ裸というけれどサポーターもしていなかったのだろうか、といった素っ頓狂な問が突如浮んで来た。もうわれながら愛想がつきる。「わたしは無知である。しかし自分が無知であることだけは知っている」――ソクラテスは何とエライ男であったのだろう。その含蓄深い文句に限りない共感を覚えつつ、これこそ今回の旅の唯一の貴重な収穫だと自分に言い聞かせると、多少気が楽になって来るように思えるのであった。

坂を下りきってなおしばらく走ると、バスは道端の、万国旗に飾られたアーチ状の門をくぐって広い敷地に入った。ホテルにしては広すぎるようだ。プラタナスの木立の間を砂地の道が伸びており、そこを走ると、色とりどりの旗の垂れた白い旗竿がふたたび現れた。そのうしろに、五階建の近代的な建物が見える。建物のすぐ裏、雨に煙る夕空の下、鉛色にかすんでひろがっているのはイオニア海のはずである。

いや、これはすばらしい。しめた、とわたしは胸のうちで手をぱちんと打ち鳴らしながら考えた。どう見てもAクラスのホテルだ。今夜はCクラスの客も一緒にここに泊ることになっているらしい。

ペロポネソス半島周遊の間、われわれおよそ二十名の団体はガイドの統率の下、つねに行動を共にすることを求められていたが、宿泊の場合だけは別だった。昼間の見物が終ってバスに戻って来るとガイドがつぎのように言う。

「皆さん、これからホテルへ向います。誰々さんと誰々さんは何々ホテルですから、先に降りて下さい」

この誰々さんのうちにわたしが含まれており、わたしはほかのCクラスの客とともに別のホテルに泊ることになる。ところで一行二十名のうち、わたしの仲間となるべき客はわずか二人で、そのいずれもが一人旅の女性なのであった。

だがこうした宿の区別も、アテネを離れること三百数十キロの僻地では容易でないらしかった。

オリンピアの遺跡附近にはホテルがいくつもある。しかしみなBかCクラスで、Aクラスのものといえば、オリンピアからバスでおよそ一時間下った海辺にしかない。ところが今度は、近くにBあるいはCクラスのホテルがない。そこでバスの便宜を考えて、今晩だけはCクラスの三人を一緒にAクラスのこの「海浜ホテル」に泊める。——多分、以上のような事情によるものらしいとわたしは推察した。

外見から察せられたとおりの「豪華な」ホテルだった。故意に照明を暗くした広いロビー、その奥にのぞいているバーの入口、出迎えに並んだ制服姿のボーイ。食堂は一階にあって、その窓ごしにすぐ近くに海が見えた。芝生の庭のわきにプールまである。ただし、まだ水は張ってなかった。すぐ前の浜はホテル専用で仕切りで囲われてあり、夏にはホテルから水着のまま直接海へ入れる仕組みになっている。だがそれは二、三か月先のことで、わたしには関係のない話である。いまはまだシーズン・オフの閑散とした、どこか空家のような雰囲気が建物全体にただよっていた。それにあいにくのこの雨では、折角のギリシアの海の眺めも台なしである。晴れた日の海の夕景色を思い描きながら、わたしはしばらく窓ごしに灰色の海面を眺めていた。

このホテルの豪華さにも、しかし最初から暗い影が全然落ちていなかった訳ではない。

まず不審に思ったのはドイツ語、英語は通じるのに、フランス語はだめだという点だった。これはアテネ空港に出迎えてくれたオレンジ嬢の文句を裏書きするものではあるが、それはさておき、これだけの規模のフランスの団体客を迎えるホテルにしては、サービスが行きとどいていないような不満をわたしは覚えた。Cクラスの「エコノミー・ホテル」でさえ、英独仏の三か国語が立派に通じるのに。玄関に飾ってある三色旗は一体、何のためにあるのか。——おかしなことに、何時の間にかわたしはフランス人のような考え方をしていた。

つぎに、これは言葉が通じないせいもあるのだろうが、数多くいるボーイの態度にどこかよそよそしさが感じられるのである。われわれはお互い、そう上手でもない英語で用を足そうと苦心したが、その努力に応えようとしないボーイらの無愛想さを見ていると、「ギリシア旅行にかけてはフランス一」の旅行社の客であるはずなのに、招かれざる客の扱いを受けているような居心地の悪さを覚えてくる。

最初は、この冷やかさこそがAクラスのホテルの肌ざわり、外観の立派さの代償かと観念したものだが、後に生じた出来事を考え合せると、入口を飾る万国旗の賑々しさとは裏腹に、夏向きのこの海浜ホテルはまだ開店休業の状態にあり、物心両面で客を迎える準備がととのっていなかったとしか解釈の仕様がないのである。

時間がおそいので、各自部屋へ上って一休みする前に夕食を済ませることになった。

小雨に煙る夕暮の海に面した一階の食堂には、すでに先着の別の団体が席に着いていた。酒がまわっているらしく、大声で喋ったり笑ったりしている。言葉はドイツ語のようで、ボーイたちとも話が通じるせいか、のびのびと振舞っているように見える。遅れて来た者の目には、いくぶん傍若無人にさえ映る。

団体旅行に参加しはしたものの、こうして一行と食事を共にするのはこれが初めてである。何となく気づまりを覚え、これまでのようにCクラスの三人が一つのテーブルを囲んでひっそりと食べる、あの親密な雰囲気を懐しみながら仲間の二人の女性を探した。ところが彼女たちはわたしのことなど忘れてしまったように、さっさとAクラスの客のテーブルに席を見つけ、うまく溶け込んで楽しげにお喋りしているではないか。

仕方なく、ひとつ空いている席を探し出し、「構いませんか」と許しを求めると、人々は甘ったるい微笑を浮べ「どうぞ、どうぞ」と迎えてくれる。そこでこちらも精一杯の微笑で応じながら、まだ口も利いたことのない人達の間に窮屈な思いで腰をかけ、黙々と食事を始めた。

食事の終るころ、ガイドが翌朝の出発時間を八時半と告げた後、ホテルへの気遣いからか次のように付け加えた。

「皆さん、ここにはすばらしいディスコがありますよ。食後どうぞお楽しみ下さい。ただし……ただし明朝起きられる方だけ」

たしかにもう十時をまわっていた。高齢者の多い一行のなかで、これから踊ろうというものもいないだろう。バーをのぞいて見る気にもなれず、食卓を離れるとそのまま自分の部屋へ上った。

当てがわれた部屋は四階の、海でなく表の道路に面した「悪い」部屋だった。こういう所にまでCクラスに対する差別の鉄則が貫かれていることを妙な満足感をもって確めながら、わたしは明りを全部つけて室内を点検した。広々とした部屋にツインのベッドが置かれてあった。見晴らしはないけれど、大きな硝子の引き戸を開けるとベランダに出られるようになっている。白ペンキで塗られた小卓と椅子が雨に濡れていた。

浴室をのぞいて、シャワーだけでなく大きな浴槽が備わっているのを目にしたとき、わたしは胸のうちで歓声をあげた。久しぶりにたっぷりした湯につかって疲れを癒そう。

便器のわきにはビデも備えつけてあった。ギリシアに来て以来、初めてである。さしあたり用はないが、折角だから靴下でも洗ってやろう。栓を捻ろうとすると、おそろしく固い。やっと回ったかと思うと、真赤な水が出はじめた。しばらくすると澄んで来たので排水弁を閉じ、水の溜るのを待つ。

その間、浴槽の「湯」の栓を回そうとした。これも固い。力一杯捻るがびくともしない。諦めて「水」

の方を試してみると、これも固くはあるが回って、猛烈な勢いで出はじめた。やはり錆で少し赤い。止めようとすると今度は元へ戻らない。水はおそろしい音を立てて噴出している。早く止めなければ、と焦ったはずみに誤って別の栓を捻ったらしい。突如、頭上の思わぬ方向から、水が降りかかって来た。シャワーだ。上半身ずぶ濡れになりながら栓を締め、一息ついてふと見ると、ビデの水が一杯になっている。水はすでに溢れ出て浴室を水浸しにして、いまにも部屋に流れ込もうとしている。大変だ。水を止め、排水弁を開いた。浸水をいかにして防ぐか。躊躇している場合ではない。浴室に備えてある二人分のタオルにバスタオル、さらにはマットまで動員して水を塞き止めるのに懸命になった。

その間、浴槽の水はどどど、とすごい音を立てて出つづけている。排水弁を開けてあるので溢れる心配はない。ただ気がかりなのは地響きのような水の音だ。この部屋だけでなく隔壁を震動させ、隣室にまで伝わっているにちがいない。このままではわたしは勿論のこと、隣の人も眠れないだろう。

何という部屋だ。水の錆の色から察するに、ながらく使用していないらしい。いくらCクラス用とはいえ、ひどすぎはしまいか。

すると急に腹が立って来てわたしは急いで寝室へ戻り、枕元の電話器を取り上げフロントを呼び出した。

だが興奮のあまり大事なことを忘れていた。ここではフランス語が通じないのだ。それに気付いたのは先方が出てからで、出鼻を挫かれたわたしはあわてて頭の中の言語のスイッチを「フランス語」から「英

語」に切り換え、

「水が止らない、バスルームの」

と要点だけを伝えた。

「イエース」

間のびした声が応じ、つぎに部屋の番号をたずねた。不意をくらったわたしは頭のなかでまず日本語で数字を確め、それを英語に翻訳しようとしてまごついた。

「スリー・ハンドレッド……」

そこでちょっとつまると、相手がすぐ続けて、

「スリー・ハンドレッド・サーティ・エイト?」

と部屋の番号を正確に言うのだ。

「イエス、イエス」

ホテルでは、電話をかけて来た部屋の番号は自動的に判る仕組みになっている、そのことを知らぬわけではない。しかし、被害妄想と憤りで冷静さを失っていたわたしの耳には、その妙に落ち着いた男の声と返事の内容とはどこか嘲笑的なニュアンスを帯びて聞えたのである。先方も苦情の電話を予想していたのではなかろうか。

「すぐ来てくれ」

どなるように言った。

「イエース、すぐ見に行く」

相変らず悠長な口調で答えて、電話は切れた。

浴室の戸を閉めてもなお、どどど、と、まるで滝壺のそばにいるように水音のとどろく寝室の中を、わたしは落ち着きなく行ったり来たりしながら待った。「すぐ見に行く」の「すぐ」が五分を過ぎ、十分に近くなったころやっと、少し開けておいた入口の扉を黙って押して誰か入って来た。見ると若いメイドだ。水道用の工具を持った男が現れるものと思い込んでいたので意外だった。こんな小娘で役に立つだろうか。

彼女はわたしの存在を無視して一言も口を利かずに浴室をのぞき、水浸しの床を見ると、「あれ、まあ」多分ギリシア語でそういった意味の間投詞を発した。それからまた一言の挨拶もなしに出て行った。文字どおり「見に」来たのである。

しばらく待っていると今度は別の、さきのより年のいった、多少はしっかりした感じの女がやって来て下手な、したがってわたしには解りやすい英語で部屋を変えると告げた。やっぱりここは欠陥部屋だったのだ。だが女は一言も謝らない。それどころか、その無愛想な口調および表情には、夜おそくに面倒なことを惹きおこしたのを非難するような邪慳ささえ感じられる。

だが、とにかく部屋を変えてくれるというのだ。わたしは手早く身の回りの品を片付け、女について部屋を出た。

移された部屋は同じ階の、廊下のはずれに位置していた。なかに入り室内を見回したとき、荷物台の上に置かれたスーツケースが目についた。不審に思い、メイドに向って、

「あれは誰のもの、忘れものではないのか」

とたずねると、

「いや、何でもない」

と答える。何でもない、とはどういうことなのか。言葉が通じたのだろうか。

ふと不信感に襲われてあらためて部屋の様子を調べると、二つあるベッドのうちの一つが乱れているではないか。あきらかに誰かが使用した跡である。これと荷物とを合せて考えると、この部屋には誰か入っていると結論せざるを得ない。まさか相部屋ではあるまい。個室分の追加料金は払ってあるのだから。

「見ろ《ルック》」

言葉だけでは不確かなので、わたしはそう言いながら乱れたベッドを指でさし示した。すると、さすがに今度は彼女は動揺の色をあらわした。そして受話器を取り上げてフロントを呼び出し、激しい口調で喋りはじめた。多分、部屋の掃除ができていないじゃないの、といったようなことを喋っているのであろう。

しかし女は電話をかけおわると、何の釈明もせずに出て行ってしまった。わたしは唖然として部屋の中

央に立ちつくしていた。最初から最後まで、ついに一度も「すみません」を言わなかったその徹底した悪びれのなさに呆れるというか、感心しながら。彼女にして見れば謝罪する義務、いや資格など自分にはないというのであろうが。

ついでに書いておくと、このように明らかに自分たちの側に落度がある場合でも——例えば釣銭を間違えたようなときでも——一般にヨーロッパの人間は容易には「すみません」と言わないようだ。いったん謝ればおのれの非を認めることになり、場合によっては賠償の義務が生じるからである。言い換えれば、日本のように「まあまあ」では済まされぬきびしい社会に生きているのだ。

わたしは狐につままれたような気がしながらも、そのうち何か連絡があるまで気長に待つことに決めた。とにかくベッドのひとつは新しいのだから、今夜眠るのに支障はないと諦めた。ただ、楽しみにしていた入浴は時間も遅いことだし断念せざるを得ず、まずはベッドに身を横たえることにした。

だが部屋の片隅の台に置かれた誰のものとも知れぬ茶色のスーツケースの存在が、絶えずわたしを脅かす。勝手に他人の部屋に入ったような落ち着かなさである。フロントから電話がかかって来るのを空しく待ちながら、わたしは想像をめぐらせた。きっと今夜は相部屋なのだ。相棒はどんな男だろう。わたしは自分の不運を一時は忘れ、相手に同情した。夜更けて何も知らずに戻って来て、隣のベッドに変な東洋人を発見したときの彼の驚愕たるや如何なるものであろう。「すまんな」未知の男に向ってわたしは胸の裡で呟いた。

夕方までは小降りだった雨が激しくなってきたらしい。耳をすますとベランダを叩く雨の音が聞えた。そのうち雷まで鳴りはじめた。夕立だ。今夜のうち降るだけ降って明日上ればよい。

明りは枕元のスタンド以外は全部消し、パリの空港の免税店で買って持ち回っているウィスキーの瓶を取り出し、ベッドに寝そべってちびりちびり睡眠剤がわりに飲みはじめた。雷はかなり近くで鳴っている。ペロポネソス半島の雷、と思うと愉快になってきた。オリンピアの雷鳴。ゼウスの怒り。何にたいする？　それはもう、われわれ観光客にたいするものに決っている。

こんな陳腐なことを胸のうちで呟いていると突然、枕元の電話が鳴った。一瞬びくっとし、つぎにフロントからだと安心して受話器を外し、耳に当てた。

「ハロー」

「あんた、三二一号室にいるのか」

嗄れ声の、ひどいブロークンな英語だった。「イエス」と答えると電話はぷつりと切れた。

誰だろう。時計を見るとすでに十一時半をまわっている。フロントからの電話にしては遅すぎる。何のための電話？　気味が悪くなって来た。何だか推理小説の一齣のようだ。ふと、この種の怪電話はモスクワのホテルではときどきかかって来るという話を思い出した。しかしここは「民主主義」の国である。

折角まどろみかけた意識がこの電話で醒めてしまった。雷の音も邪魔になって寝つけそうにない。最初に入れられた三三八号室のことを思い出した。様子を見に来た女の態度から察すれば、浴槽の水道はあのままの状態に放置されているにちがいない。どうどうという滝のような水音を、隣室の人はどう考えているだろう。非常識な人間がいると腹を立てているのではないか。堪りかねてドアをノックでもしたら……。

そのとき、急に廊下のはずれで男の声がした。二、三人いるらしい。下のバーから引き揚げて来た別のグループの連中にちがいない。

声は次第に近づいて来た。議論でもしているのか、かなり高い声だ。と、そのとき、雷が一段と激しく鳴ったかと思うと、明りが消えた。「怒り狂うゼウス」と暗闇の中で呟くと、笑いがこみ上げて来た。廊下の人声は一瞬静まった後、また騒々しくなり、さらに近づいて来る。息づまる思いで耳に神経を集中していると、声はわたしの部屋の前あたりに来て止んだ。それから今度は、ひそひそと相談しているような声が聞えた。何語かは判らない。

暗闇の中でわたしはベッドに起き上った。同時に、小さくドアを叩く音が聞えた。黙っていると、今度は強く叩いた。

「イエス」

そう応じて手探りで戸口へ行った。

「どなた?」

「わたしの鞄」

まさにあの電話のだみ声である。

おそるおそるドアを開けた。ライターの火が、禿げた頭とのっぺりした顔を赤く照し出していた。背後に、連れらしいのが二人立っているのが見えた。

男は断りもなく部屋に入ると、ライターの光でスーツケースを探し、手に提げると、最後に一言「イクスキューズ・ミー」と言って出て行った。わたしは急いでドアを閉めた。

あっという間の出来事だった。事情が呑み込めぬまま、手探りでベッドに戻った。万一、夜中に停電が直る場合を考えて、スタンドのスイッチを切っておいて横になった。訳が解らぬながらもとにかくこれでやっと個室に落ち着けたという安堵感から、わたしはひとつ大きく溜息をついた。手探りでウィスキーの瓶を探し出し、瓶の口から少し飲んだ。そして何時しか眠りにおちいった。

どれほど経ってからだろう。わたしはふたたびドアを叩く音に目を醒された。しばらく前から叩きつづけているらしい苛立ったような叩き方だ。一瞬、自分のいる場所や状況が思い出せず、上半身を起したまま ぼんやりしていた。

スタンドのスイッチを手探りで見つけて押したが明りはつかなかった。停電中であることを思い出し、それと同時に記憶がよみがえって来た。あの男が舞い戻ったのか。

とにかくノックを止めさせなければならぬ。「イエス」寝ぼけ声で返事をしてそろそろとベッドをおり、暗闇の中を戸口へ進みはじめた。するとそのとき、ドアの向うに女の声が聞えた。一瞬耳を疑った。寝とぼけているのではないか。いや、確かに女の声だった。ふと、先ほど水道を見に来たメイドを思い出した。

だがこんな時刻に、何の用があって？　そうだ。停電用のロウソクを持って来てくれたのだ。方々の部屋をまわったので、Ｃクラスのわたしのところは一番最後になったのだ。

一瞬のうちにこれだけの想像をめぐらすと、それはたちまち確信に変った。警戒心や緊張はゆるみ、わたしはこのホテルのサービスのちぐはぐさに内心苦笑しながらさっと扉を開けた。

その途端、黒い人影がぶつかるように抱き付いてきた。このときの驚きをどう表現したらいいだろう。一瞬、息が止った。それからやっと呻くように、

「ノウ、ノウ、ちがう！」

狼狽のあまり、わたしは後の半分を日本語で叫んだようだ。いや、それすら確かでない。いまは言葉など問題ではない。

わたしの悲鳴じみた声に、当然のことながら先方も驚愕、狼狽に襲われたらしかった。「おお！」鋭い呼吸音のような声を発すると女はさっと身を退き、廊下の暗闇のなかに隠れた。顔も、体つきも、年齢さえ判らなかった。ただ重たい肉体の感触があっただけだった。

わたしは慌てて扉を閉めた。それ以外のことを考える余裕はなかった。

あの女は一体何者か。メイドでない以上、先ほど鞄を取りに戻ったあの禿げ頭がまだこの部屋にいると思ってやって来た女、としか考えられない。これはどういう事なのか。ごくありきたりの男女の密会なのか。

ベッドに横たわって目を閉じ、相次ぐ奇怪な出来事を整理し、説明してみようとつとめるが、思考の輪がどこかひとつ外れているようで、一向に前に進まない。たしかにわたしは気が動顚していた。だがこの暗闇のなかでは感情さえも輪郭を失ったようで、頭の一部はひどく冷静で、すべてを他人事のように眺めていた。それに真暗闇のなかの出来事には「顔」がなく、したがってのっぺりとして、何となく現実性が稀薄なのである。ついさっきのことなのに、早や遠い昔のことのように思い返される。ライターの火に赤く照された男のおぼろな姿、抱き付かれて発した自分の悲鳴、そして女の「おお!」の叫び——ひとつひとつ思い浮べているうちにどうしようもないおかしさがこみ上げてきて、わたしは暗闇のベッドの上で声を忍ばせて笑った。

翌朝七時すぎに目を醒ましたとき、予想どおり停電はまだ直っていなかった。カーテンを開けると、鈍い朝の光が入って来た。その光によってわたしは、褐色のスーツケースが無くなっていること、隣のベッドが乱れたままであることを確めた。わたしは多少ははっきりした意識で前夜の出来事を考えてみようとした。しかし古い夢の記憶のような遠い、あやふやな感じしかないのだ。後でまたゆっくり考えればよい。そう思って目を外へ向けた。

雨は小降りながらも降り続いていた。雨に洗われたベランダ、小さな円卓や椅子が妙に白っぽく、そして寒そうに見える。事実、肌寒かった。わたしはセーターを取り出して上着の下に着た。

停電の方は、夜が明けさえすれば困ることはない。髭剃りは電池式になっている。暗い浴室に入り、顔を洗おうと栓を捻った。水が出ない。断水。これは思いがけぬことだった。多分、停電によって給水装置のモーターが動かなくなったのだろう。雷の一撃で電気だけでなく水まで止るとは。無駄とは知りながらも、とにかくフロントに電話してみた。

「イエース」

例の間のびした声だった。つぎつぎかかって来る同じような電話にうんざりしているのだろう。

「ワン・ミニュット」

と言って電話は切れた。ワン・ミニュットか。見えすいたうそをつきやがる。昨夜来のことがひと連なりとなって思い出され、わたしは次第に不機嫌になって来た。薄暗い部屋にじっとしていても始らないので、様子を見に廊下に出た。

向いの部屋の扉が開いていて、中で人の声がしている。のぞくと、顔見知りの連中だった。

「失礼しますが、水は出ますか」

「いいや。電話したら、直ぐ出ると言ったが、もう三十分経っていますよ」

苛立つ様子もなく、のんびりと笑っている。便利一点張りに慣れているわれわれと異なり、彼らはこうした不便を日常生活の一部として受け入れる習慣を身につけているのだ。これが日本人団体客ならどうなっているだろう。一度くらい顔が洗えなくてもいいではないか。確かにそのとおり。すると「ワン・ミニュット」と答えた電話の声を含め、すべてをユーモラスと見なす気持の余裕が生じて来た。修理工の到着をのんびりと待っているフロントの様子まで、目に見えるようだ。

朝からの断水さわぎに気が紛れ、前夜の出来事などどこかへ行ってしまった。

停電の上に断水、これでは食事の支度も出来ていまいと半ば諦めて階下へ降りて行くと、薄暗い食堂ではすでにかなりの数の客がテーブルについて、何事もなかったようににこやかに朝食をとっていた。それに反し、コーヒーを注いでまわるボーイ達の表情はいっそう固く無愛想に見える。

旅のなかでは小さな事故が人々を近づけ、互いに親しくさせる。わたしは前日の夕食のときの気詰りを忘れ、食卓仲間と気軽に朝の挨拶を交した。

「すばらしいホテルですね。プールはある、バーはある、ディスコもある。しかし、水がない」

そう言うと皆は大きくうなずいて笑った。

食事の最中に給仕頭がわれわれの席へやって来て、フランス語で「水が来ました」と告げた。小さな歓声、安堵の声が上った。そのざわめきを圧するように一人の陽気な中年男が、国歌「ラ・マルセイエーズ」の歌詞の「栄光の日は来れり」にかけて、そのメロディで「水は来れり」とやって一同の笑いを誘った。終りよければすべてよし。すべては歌で終る。

そこへガイドのマダムが姿を現した。

「皆さん、おはようございます」

彼女はにこやかに、少し抑えた声で言った。

「もう水は出ます。それで、出発時間を十五分遅らせることにします。殿方がお髭を剃りたいと言っておられますので」

言い終って、彼女はちょっといたずらっぽい顔をして見せた。

方々で慌しく席を立つものが現れた。わたしも食事を終えるとすぐに部屋へ上った。髭のためでなく、洗面と排便のためである。途中、ふと例の三三八号室のことを思い出した。断水のおかげで風呂の水が止ってよかった。しかし、断水が直ってまた出はじめているのではなかろうか。三階の廊下を歩きながら聞き耳を立てたが、それらしい音は聞えて来なかった。


小雨が降りつづいていた。鉛色の雲の低く垂れた空には、早急な天気回復の兆しは認められない。広いフロントグラスを擦るワイパーの動きが妙に悠長に映る。乗客の意識をふたたびまどろみへ誘いこもうとするように。

バスは沈黙を乗せて、ペロポネソス半島の田舎道を走っていた。運転席のよこに、ガイドのマダムの背中と赤茶に染めた髪が見えている。彼女も黙り込んでタバコを喫っていた。

さてここで、これまで「ガイドのマダム」と呼んで来た女性を紹介しておこう。紹介が遅れたことをシモーヌ、および読者諸氏にお詫びしなければならない。

「皆さん、どうぞわたしをシモーヌと呼んで下さい」

アテネを発つとき、彼女はそのように自己紹介を行なったのであった。姓は知らない。ヨーロッパでは、互いに名で呼び合うのが普通である。しかし日本人であるわたしは、この六十を過ぎた老婦人をなれなれしく「シモーヌ」と呼ぶことに抵抗を覚える。

その後、人柄を知るにつれ、わたしはこの婦人に畏敬の念を抱きはじめていた。考古学にかんする該博な知識（彼女はギリシア各地の遺跡の発掘に何度も参加したそうだ）、遺跡や美術館での説明の巧みさ、全員の統率、おまけに客の苦情の処理までしなければならない。しかし彼女は口もとに微笑を絶やさず、いつもきびきびと振舞っていた。ガイドと学校の先生と、そして厳しい母親、この三つを兼ねているような印象をあたえる。その年齢に似合わぬ精力的な仕事ぶりに、わたしは驚嘆の念を禁じ得なかったが、それはまた、この女性に代表されるヨーロッパの個人のヴァイタリティの再認識でもあった。

オリンピアのホテルを発ってからずっとシモーヌ女史の沈黙がつづいていた。いつもなら、その日の日程の説明が行なわれているころである。さすがに少し疲れたのだろうか。

三十分ほど走ったころ、ようやく彼女はマイクを手にして立ち上った。

「皆さん、おはようございます」

彼女はあらためて朝の挨拶をし、一息ついてから静かな声で喋りはじめた。

「わたしは知っています。何もかも知っています。……停電のこと、断水のこと、部屋の設備に一部欠陥があったこと、従業員のサービスの不足、ぜーんぶ知っています」

ここで間を置き、微笑を浮べて車内を見回した。わたしは驚いてその顔を眺めた。全部知っているって？　部屋の設備の欠陥、それはわたしの部屋の状態から推して十分想像がつく。あるいはあの部屋の隣の客から、水音がうるさいと苦情でも出たのか。しかし、彼女は知っているはずがないのだ。夜中に荷物を取りに現れた奇怪な男のことを。暗闇でわたしに抱き付いてきた女のことを。それを知ったらどんな顔をするだろう。いや、第一、本気にするだろうか。

シモーヌ女史の話はつづく。

「どうか、お気づきの点を書いて送って下さい。あのホテルは、元来、少し問題のあるホテルなのです。しかしそのことはわたしの口からは言えないのです。どうか皆さんから言って下さい。パリの会社ではだめです。アテネの会社に言って下さい。皆さんがあのホテルにふたたび泊る機会は、もうないかも知れません。しかし……」

と、ここで言葉をとぎらせてあらためて一同の注意を集め、

「しかし、皆さんのお友達、皆さんの同胞がもう少しいいサービスを得られるよう、もう少し楽しい滞在ができるよう、どうかお気づきの点を率直に言って下さい。わたしに、ではありませんよ」

そう念を押したところを見ると、苦情の殺到にうんざりしているのかも知れない。それから彼女はアテネ市内にあるA旅行社のギリシア営業所の宛名と、担当係員の名前をゆっくりと繰り返して言った。しか

しわたしのまわりにはそれを書き取っている者はいないようだった。

それが済むと、気分の転換をはかるようにしばらく黙り込み、今度は少し声を高めて喋りはじめた。

「さて、皆さん、わたしたちはこれから古代コリントスの遺跡に向いますが、歴史的な解説は皆さんのおめめがはっきり醒めてからすることにして、少し音楽はいかが」

すると方々で「賛成《ウィ》！」の声が上った。また朝からお勉強かと観念していたわたしは、この「音楽」の提案に一ぺんに目が醒める思いだった。シモーヌ女史のこまやかな心遣いに、わたしは心のなかで拍手した。

彼女が運転手に何かささやくと、彼はうなずいてカセットをセットした。

ブズーキの硬く弾けるような弦の音とともに、どこか東洋風の節まわしをもつギリシアの旋律が流れ出した。聞き覚えのある曲だ。多分テオドラキスだろう。旅の疲れ、事故の後の苛立ち、そんな中で耳にする音楽の効果がこれほど強烈なものだとは知らなかった。それはほとんど生理的な快感だった。心と体が柔かくほぐれて行き、同時に気力が全身に漲ってくる。

曲はつぎつぎと変って行き、何曲目かに映画「日曜はダメよ」の主題曲がかかった。するとバスの中のあちこちで、その旋律を口ずさむ者が現れた。最初は遠慮がちに、やがて次第に拡がって大きくなり、自然に二部のハミング・コーラスとなった。フランス語の歌詞で歌っているものもいた。シモーヌ女史の口も動いている。きっとギリシア語で歌っているのだろう。ふと、昔見たこの映画の主演女優メリナ・メルクーリと、そのハスキーな声を思い浮べた。濃い旅情にこころが染め上げられて行く。気がつくと、わたしも皆と一緒にこの古い曲を口ずさんでいた。通路を隔てた座席で、一行中一番若いオデットも歌っていた。目が合うと頬笑みかけてきた。

音楽によって徐々に目醒めてゆく幸せな一行を乗せて、バスは小雨に濡れたひなげしの咲き乱れる野をコリントスへ向けて走りつづけた。

ナフプリオン

バスの中で聞いた音楽がとてもすばらしかったので、旅の記念にしたいと思い、コリントスで下車する際、古代ギリシアの専門家にたいし失礼に当りはしまいかと躊躇しつつ、シモーヌ女史にカセットの表題を教えてほしいと頼んだ。すると彼女は、自分には判らないからと運転手にたずねてくれてからこう返事した。

「あれはバス会社の方で選曲して録音したもので、特定の表題はついてないそうですよ」

「そうですか。でも曲はテオドラキスでしたか」

「そうです。でもほかの作曲家、たとえばハジダキスのものも混じっていたと思います」

そう教えてくれてから、わたしの顔を見つめ、

「テオドラキスがお好き」

「ええ、大好きです。パリで聞いたことがあります」

「そうですか。……テオドラキスは偉大な作曲家です。いまは政治をやっていて、残念ながら彼の立場はわれわれのとは違っています。でも、音楽家としての優れた才能は誰しも認めぬわけにいきません」

「そのとおり」

やっぱりコワイおばさんだ、とわたしは心のうちで身を竦めながら相槌を打った。

「テオドラキスの音楽なら、簡単に手に入りますよ。レコードでもカセットでも。今夜泊るナフプリオンにわたしのよく知っている店があるので、案内してあげましょう」

「ご親切にありがとう」

こんなやり取りがあった後、彼女は話を変えてこうたずねた。

「あなたはどこの国の方ですか」

「日本人です。現在はパリに住んでいますが」

すると彼女はあらためてわたしの顔を見つめ、

「そう、日本人ですか。チベット人かと思っていた」

と妙なことを言ったのである。

チベット人に会ったことがないので何とも言えないが、わたしの容貌のどこかにそう思わせるところでもあるのだろうかと、大変意外に、そしてまた興味深く感じた。

そのときのわたしの顔は、ギリシアの強い日差しでかなり日焼けしていたのは事実である。しかし、それとチベットとどう結びつくのか。アジアにはほかにも国はいろいろある。十数年前、フランスでよくベトナム人、カンボジア人、稀に中国人と間違えられたことがあった（但し今回は一度もない。それだけ日本人の顔は覚えられたのだ）。それを選りに選って、アジア人としては珍しいチベット人と間違えるとは、何を根拠にと、そのときたずねておかなかったのがいまだに悔まれるのである。たまたまチベット人の知り合いでもあったのだろうか。

後で、旅仲間のオデットにこの話をすると喜んで、しばらくはわたしは「チベットさん」とあだ名されることになった。

ガイドとわたしの立話のなかにテオドラキスの名が出るのを、オデットは小耳に挾んだにちがいない。彼女は三人のCクラス仲間の一人で、パリ大学の学生であった。

古代コリントスの遺跡の見物を終えてバスへ戻る途中、そのオデットが話しかけてきた。

「ムッシウ・ヤマダ、ギリシア音楽が好きですか」

「ええ。あまり知らないけど、テオドラキスなんか好きです」

「カセットを買うのなら、アテネに帰ってからの方がいいですよ。値切れます。二十パーセントまけてくれるんだから」

「そう、知らなかった」

答えながらわたしは、アテネの街のあちこちで見かけた小さなカセットの店を思い浮べていた。リアカーに似た車にカセットのケースを満載して、街角で大きな音量で鳴らしている商人もたくさんいた。このギリシア音楽のカセットというのは、今日のギリシアの代表的な土産品なのかも知れない。その後訪れたエーゲ海の島々の土産物屋の店頭にも陳列され、ブズーキの弾けるような弦の音がギリシアの旋律を奏でていた。ブズーキというのは、マンドリンに似たギリシアの伝統的な弦楽器である。

折角のオデットの助言にもかかわらず、わたしはやはりガイドの紹介してくれる店で買おうと決めた。そしてこの選択はある意味で正しかった。

コリントスで昼食をとった後われわれは南下して、アルゴリコス湾の奥にあるナフプリオンに向った。バスでおよそ三時間、朝からの時間を合せると約八時間走ることになる。天気は昼ごろから急に回復しはじめ、夕方近くナフプリオンに着いたころには空は雲ひとつなく晴れ上っていた。

ナフプリオンは人口一万足らずの小さな港町である。バスは町に入ったかと思うともう中心部にさしかかっていた。

ガイドのシモーヌ女史がマイクを口にもっていく。

「さあ、着きました。今晩はまたホテルが二つに分かれます。まずバスはシーサイド・ホテルに寄ります。オデットとムッシウ・ヤマダはこのホテルです。残りはアンフィトリオン・ホテルです。ムッシウ・ヤマダがカセットを買いたいと言っているので後でその店に案内しますが、ほかにも希望の方があればどうぞ一緒に来て下さい」

すると数名の者が手を挙げた。こんなところで自分の名が出されたことでわたしは照れた。ガイドの話のなかにひとつ不審な点があった。オリンピアまでは三人だったCクラスの客が一人減って、オデットとわたしの二人だけになっているのである。しかしそのときはカセットに心を奪われていたので、その訳をたずねてみる余裕がなかった。

カセットの店にはオデットも行きたいというので、バスはわれわれのホテルには寄らずにもうひとつのホテルへ直行することになった。そこから希望者だけが店へ歩いて行くわけである。

ガイドと並んで先頭を行きながら、わたしは先ほど彼女がテオドラキスについて口にした文句の意味を考えていた。自分たちは彼とは立場を異にすると述べたそのことが、心に引っかかっていたのだ。

テオドラキスは音楽家であると同時に、メリナ・メルクーリらとともに軍事独裁政権に反対して国外に逃れ、独裁政権が倒された後帰国して、以後も政治活動を続けている自由の闘士でもある。すると、それに反対のシモーヌの立場というのは、図式化していえば右翼ということになるのか。あるいはそんな積極的なものでなく、たんに、秩序と平穏を必要とする観光事業の立場から、変革に反対だというだけのことだろうか。いやそれとも、もっと複雑に、彼女の本心は深く秘められているのかも知れない。

いずれにせよ、この博識な年配の女性ガイドの人生にも深い痕跡をとどめているであろう相次ぐ血なまぐさい政争を思うと、これまでの畏敬の念に慎重さが加わって、わたしの口は閉ざされがちになる。

われわれの案内された店は、この小さな港町の盛り場に並ぶ土産物店のひとつだった。店ではレコードやカセットのほかに皮製品やこまごました装飾品、絵葉書などを売っていた。われわれが入って行くと、歓迎の意を表するかのように店内にギリシア音楽が鳴りわたりはじめた。

シモーヌはレジのそばのカセット売場へわたしを連れて行き、主人と握手をしながら来店の目的を述べているらしかった。それからわたしの方を向き、

「テオドラキスが欲しいんですね」

と念を押し、またギリシア語で主人に何か言った。主人は黙って背後の棚に積んであるカセットのうちからてきぱきと二つ、三つ選び出してくれた。

「『日曜はダメよ』が入っているでしょうか」

とたずねると、シモーヌが質問を取り次いでくれた。主人はむっつりした表情で首を横に振り、何ごとか呟いた。

「それはテオドラキスでなくハジダキス。『日曜はダメよ』が欲しいの？」

「ええ、歌詞の入っているのが欲しいんですが」

それをシモーヌが通訳すると、主人は今度はわたしに向って直接に、

「メリナ?」とたずねる。

「そう、メリナ・メルクーリ」

話が通じたのが嬉しく、わたしは勢いこんで答えた。主人は相変らずむっつりした表情でうなずき、手を伸ばして取ってくれた。そばからシモーヌが説明してくれる。フランスでも「日曜はダメよ」となっているこの曲は、ギリシアではいまも「ピレウス育ち」で通っているそうだ。そういえば、映画「日曜はダメよ」の舞台はアテネの近くの港町ピレウスである。

希望どおりの品が得られて大喜びのわたしはその気持を声にこめて礼を述べたが、店の主人はにこりともせず、ただ軽くうなずくのみであった。ところでこの無愛想な中年男の態度、とくにその風貌は非常に印象ぶかく、そこで買ったギリシア音楽とともにこの旅の忘れ難い思い出のひとつとなった。

骨太のがっしりした大柄な体。その体同様がっしりした、中高の青白い顔。わずかに吊り上った黒々とした太い眉毛。厳しい表情の眼——店の主人はこのような男であった。その容貌にはどこか古武士をしのばせるものが感じられ、厳しい表情はすでに見たように、客の相手をする際にもゆるめられることはなかった。

来るときに乗ったオリンピック航空のジェット機で美しいスチュアデスの顔を見たとき、直ちにわたしは歌手のナナ・ムスクーリの容貌を思い浮べたものだが、このナナ・ムスクーリの大きな面長の顔がギリシア美人の典型のひとつであるとすれば、ギリシアの美男子は、この店の主人のような古武士然とした厳しい容貌によって代表されるのではなかろうか。

その顔を一目見たとき、右のスチュアデスの場合同様どこかで見た顔だという気がして記憶をたぐっていくと、そこにあるのはテオドラキスの容貌だった。

ミキス・テオドラキス——現代ギリシア音楽を代表する作曲家、日本では主に映画の主題曲、例えば「その男ゾルバ」、「Z」、あるいは「魚の出てきた日」などの曲で知られるこの音楽家に会ったのは、その一月半ほど前、ちょうど三月一日の夜のことであった。場所はパリのプレイエル・ホール。「キプロス支援音楽会」と銘打たれたこの催しは普通の音楽会でなく、トルコの侵略からキプロスを守るための政治的キャンペーンの色彩の濃いものだった。テオドラキスは前に述べたとおり、自由の闘士でもあるのだ。

その夜テオドラキスは大柄な体を、中国の人民服を思わせる黒の詰襟の上下服に包んで舞台に現れた。縮れた豊かな黒髪、青白い、すこしむくんだように見える顔、そして全く無愛想な表情。その哲学者然たる風貌は舞台にはそぐわぬ印象をあたえた。長身（二メートル近いそうだ）の体を前にかがめて楽団の指揮をとる彼の恰好を、メリナ・メルクーリは自伝の中で「踊る熊」と形容している。

舞台では四人の若い男女がテオドラキスの曲を歌った。彼自身も指揮をしながら歌っていた。やがて場内が湧き、手拍子、合唱などが加わると、彼の表情は次第に綻びはじめた。そして聴衆の興奮が絶頂に達するころには彼もまた酔ったようになり、若者にかえって（彼は五十三だった）キプロス出身の若いピアニストと肩を組んで笑い、ふざけ、番組外の歌をつぎつぎと披露するのであった。

その変貌ぶりをわたしは呆気にとられてながめていた。しかしいま思い返すと、テオドラキスの容貌はやはり鬱然たる表情のまま、あの小さな港町の土産物店の主人の風貌と重なり合ってわたしの脳裡に刻みつけられているのである。


店を出て、シモーヌ女史とほかの仲間に挨拶をしてからオデットと二人、海岸沿いの道を海風に吹かれながら指定されたホテルへ向った。小さな町であるからどこにでも歩いて行ける。

「マダム・ルノーはどうしたんだろう」

そのときになってやっと先ほどの疑問を思い出して、わたしはオデットにたずねた。

「あのひとは帰りましたよ」

「帰った？　どこへ」

「アテネに」

「アテネに？　なぜ」

「知らない。たぶん荷物のことが心配なんでしょ」

マダム・ルノーというのは、われわれCクラス三人のうちの一人であった。六十に近い太った女で、とくにその腰のでかいことといったら、わたしの一抱えではすむまいと思われるほどで、バスの乗り降りにはいつも運転手の手を借りていた。上端だけが金縁のめがねをかけ、そのめがねごしにあたりを睥睨する様が不愉快で、最初から好きになれなかった。はじめのうちは、小柄な若いオデットとの対比によるものかと多少割引いて考えていたが、後でパリのさる官庁で働いている女性と知って、なるほどと自分の直観の正しさを確認した。

それでも数少い仲間の一人であるからと、努めて話しかけるようにしたが、そのたびに億劫そうな返事が戻ってきた。復活祭の休暇にギリシアまでやって来たのは、得体の知れぬ東洋人と口を利くためではありません、そんな風に腹の中で考えているのかどうか知らないが、まるで腹話術のようにほとんど唇を動かさずに喋る呟きのようなフランス語はほとんど解らず、つい、わたしとの会話を拒んでいるように考えたくなるのだった。

マダム・ルノーも、オデットやわたし同様一人旅であるところから、一人でいるのが好きな、非社交的な性格の持主なのかとも考えた。実際、この種の観光旅行は、親しい仲間とともに参加してこそ楽しいのである。他人の目から見れば、単独参加のわたしもまた変な存在に映っていたにちがいない。ただしオデットの場合は別で、連れの友人が急病で来られなくなったということであった。

アテネを発つときからマダム・ルノーは蟹のように絶えず何かぶつぶつこぼしていて、それは独り言のようにも、ガイドにたいする苦情のようにも聞かれ、彼女の人柄についてのわたしの先入観を強める結果となっていた。ところが実は、彼女には苦情をこぼす十分な理由があったのである。

マダム・ルノーは、わたしのようにA旅行社で直接にでなく、代理店を通して旅行の申込みをした。そしてチャーター機が満席だったので、われわれとは別のローマ経由の飛行機に乗せられた。ところがどうした手違いからか彼女の荷物はローマで下され、アテネに届かなかったのである。彼女の苦情はこの事故に関するもので、そうと判れば無理からぬものであった。つまり本来の性格にこの心配が加わって、彼女の表情をさらに不機嫌なものに見せかけていたという訳であろう。

楽しかるべき観光旅行や友人の集いの席では、持病があるとか、何か悩みをかかえている者は、まるで明るい陽光の下でそこだけが日蔭になっている、そんな印象をあたえるものである。その人は最初のうちこそ同情の言葉をかけられるが、おのずと疎んぜられ、いつしか孤立した存在と化す。

アテネ出発以来、ガイドのシモーヌ女史はマダム・ルノーの苦情に辛抱づよく耳を貸し、行く先々のホテルからアテネの会社に電話を入れて、その後荷物が届いたかどうか問い合せているらしかった。しかし何の情報も得られなかった。マダム・ルノーにしてみれば気が気でなく、誰か訴える相手が欲しいのだ。金縁のめがねごしに周囲を睥睨する威厳も忘れ、孫ほども年下のオデットをつかまえて、例の早口で愚痴をこぼしているのをときおり耳にした。

そのマダム・ルノーが急にアテネに引返したと聞いたとき、とっさにわたしはある情景を思い浮べた。

それはコリントスを発つ前のことで、たまたまわたしはマダム・ルノーの近くにいた。彼女はわたしの存在を意識してか、しかしうわべは独り言を装って、例の愚痴をこぼしはじめた。何を言っているのか判らないが、どうやら自問自答の繰り返しのようで、その間に嘲るような笑いが挟まるのである。少々気味が悪い。この人、心配のあまり気がふれたのではあるまいか。

ちょうどそのとき、運悪くそばをシモーヌ女史が通りかかり、その愚痴と嘲笑を耳にしたのである。彼女は多分、オリンピアのホテルについての苦情などで神経が疲れていたのであろう。立ち止まると、やや開き直った口調で一語一語はっきりと発音しながら、次のように言ったのだ。

「ルノーさん、わたしは出来るだけのことはしましたよ。あなたには同情します。ご心配もよく解ります。しかし、いいですか、人生にはもっともっと重大なこと、深刻なことがあります。たとえば死とか。……不吉なことを言うのを許して下さい。でも永年この仕事をしていると、旅先でそういう不幸に出くわすこともあるのです」

わたしは驚き、思わずシモーヌさんの顔を眺めたが、その表情は普段と変らなかった。いやあ、マダム、なかなか言いますね——と、これは胸の裡だけで叫び、しかし一方、急に黙りこんでしまったマダム・ルノーの立場にも同情禁じ難く、この白けた重苦しい空気を少しでも和げようと、わたしは畏敬の念を一瞬忘れて口を挟んだ。

「さすがギリシアですね。あなたは哲学者のようなことをおっしゃる」

しかしわたしの心底からの願いにもかかわらず、彼女はにこりとするどころか一瞥すらあたえずに行ってしまった。そしてこれが直接の原因かどうか知るすべもないが、マダム・ルノーはわたしをオデットと二人きりにして、アテネに帰ってしまったのである。

海岸から引っ込んだ裏通りに面して、「シーサイド・ホテル」と英語の看板が出ていた。たしかにシーサイドにはちがいないが、ここから海は見えない。

わたしたち二人の荷物は先にバスで運ばれていて、帳場の前に仲よく並んで置かれてあった。部屋の鍵を受け取りお互いの番号を確かめ合ってから、エレベーターの方に足を向ける。

オデットは痩せていた。いかにも学生らしい簡素な身なりのわりには大きなスーツケースを持って来ていて、それを持ち上げようと前かがみになるとTシャツとジーンズの間が十センチほど開いて、青白い肌と露わな背骨がのぞいた。手伝ってあげようと申し出ると素直に受け入れ、かわりにわたしのショルダーバッグを持ってくれた。

「荷物、これだけ？　簡単でいいですね。アテネに置いて来ましたの？」

「いや、これで全部」

「ほんと？」

彼女は疑わし気に笑った。

エレベーターは小さくて、荷物があると人間二人がやっとである。荷物をよけて立つと、目の前三十センチのところにオデットの小さな白い顔と、細く尖った鼻が迫って来て、思わず息を止めてしまった。目のやり場に困って意味もなく「やっと……」と呟くと、

「やっと何？」

「やっと……ホテルに着いた。ひと休みできる」

「疲れましたか」

「いえ、べつに」

「それじゃ、荷物を置いたら、少し海岸を散歩しません?」

「賛成」

「じゃ、下で待つことにしましょう」

「オーケー」

オデットはパリ大学の医学部の学生だった。最初会ったとき、小柄な、固さを感じさせる体つき、フランス女にしては慎ましやかな胸のふくらみ、少女のような可憐な声などから、中学生かと思ったほどである。医学の何を研究しているのかとたずねると、専門用語で答え、ついでそれを平易な言葉で説明してくれた。そのときのひたむきな表情や純情そうな口の利き方のために、少女という第一印象は最後まで消えることがなかった。

わたしの理解しえたかぎりでは、オデットの専門は「栄養学」といったところらしかった。ところで、後で見るとおり、この未来の栄養学士は、自分の体の栄養については全く無頓着らしいのである。

オデットにとっては、日本はまだ遙か遠くの珍しい国で、日本人に接するのもこれが初めてということだった。わたしがパリの大学で日本語を教えていると知ると「あら」と叫び、ぱっちりした瞳を好奇心に輝かせながら言った。

「じゃ、この旅行で、わたしは古代ギリシアの芸術と一緒に、現代日本の勉強もできるのね」

Tシャツの上からカーディガンを引っ掛けて出て来たオデットと、風のつよい海岸沿いの道を町の中心に向って歩く。

人口一万足らずのこの鄙びた港町は、一八三二年にギリシアがトルコの支配を脱し独立を取り戻した際、一年間ほど首府に定められていた町である。しかしいまはその面影はなく、小ぎれいな夏向きの観光地になっている。

町の裏手に聳え立つ岩山の頂上に砦が残っているのが望まれる。その昔、この町がヴェネチアの支配下にあった時代を記念するものといわれている。港の入口に浮ぶ要塞化した小島もまた、ヴェネチア時代の遺物である。西陽を浴びた岩窟が、錆びた鉄塊のように赤褐色に染っていた。

貨物船が一隻、まるで廃船のようにひっそりと横付けされているそばを無言で足速に通り抜けると、道がコンクリートから雑草の生えた赤土に変った。この辺りも昨夜かなり雨が降ったらしく、方々に水溜りができている。夕空を映す水面に小じわのような波が走る。道というより海沿いの原っぱに近い人気のない空間を、次第に輝きを失い色を深めていく海面を眺めながら、しばらく歩む。

町の中心に近づくにつれ、海に向って広いテラスを持つキャフェやレストランが軒を並べはじめる。店の奥から流れ出る音楽はアメリカの曲のようだ。近くに海軍の基地でもあるのか、テラスでビールを飲みながら談笑しているセーラー服が目につく。

その辺りからよく整備された遊歩道が海沿いにのびていて、長い脚をパンタロンに包んだ犬を連れた若い女や、腕を組んだ老夫婦などの散歩する姿が見られた。正装の老カップルは、ゆっくりした足どりで何度も往復しているらしい。真直ぐに伸ばした背筋やとり澄ました表情に、舞台の上を行き来する役者の姿を感じると、こちらまで身のこなしが固くなってくるような気がする。

途中、同じグループの仲間とすれちがうと、久しぶりに再会したような懐しさを覚え、手を上げて会釈を送った。相手も同じ仕ぐさで応えた。

海に面して小さな白いテーブルを並べたキャフェのテラスが、しきりにわたしの気をそそる。ちょっと腰をかけて食前酒の一杯でも、と先ほどから考えているのだが、酒を好まぬオデットの手前、どうも言い出しにくい。やっと思い切って足を止めて、

「何か飲もうか」

と誘ってみると、

「いいえ。わたし、寒い」

と細い体を竦めるようにして答える。カーディガンの下で、寒がりの小さな動物のように、かすかに震えているようだ。白い顔がいっそう白く、そして小さく見える。

「じゃ、帰る?」

黙ってうなずくオデットの肩に、わたしは上着を脱いで掛けてやる。「メルシー」、子供のような声。時計を見るともう八時過ぎだ。夕食の時間である。わたしたちはふたたび海沿いの原っぱを通ってホテルへ帰って行く。


ホテルの一階の、照明を落とした閑散とした食堂でオデットと差し向いで取った夕食のことを、わたしはギリシアで訪れたどの名所旧跡よりもはっきりと思い出すことができる。

美しくセットされた沢山の食卓(どこにこれだけの客がいるのか)、そのひとつひとつに点された、燭台をかたどる豆ランプ。わたしたち二人だけに仕える若いボーイのマナーの正しさ、丁寧な言葉遣い。そして何度見回しても他に客の姿の見えないひっそりと静まり返ったなかで、思わず声をひそめて交すとりとめない言葉。

オデットはまったく小鳥のように小食だった。マダム・ルノーもまじえて初めて三人で食事をしたとき、出された料理に全然手をつけないので、嫌いなのかとたずねると、べつにそうでもなさそうだった。「それでは体がもちませんよ」とマダム・ルノーに注意されても、「いいの、これでいいの」と平然として、デザートのオレンジを小さなショルダーバッグにおさめていた。

ナフプリオンのホテルでもほほ同様だった。野菜には手をつけたが、肉はちょっとつつく程度でやめた。

グラスに半分ほど注がれたぶどう酒もそのままにして水を飲んでいる。見ていると、つい何とか言って食べさせたくなる。

「それだから痩せているんだ」

「かまわないの。わたし、よく解っているんだから」

「栄養学の専門家じゃないか」

「そう。だから解ってるの」

それ以上はもう口出しせぬことに決めた。何か訳がありそうだ。きっと腹工合でも悪いのだろうと想像したが、この推理はどうやら当っていたようだ。

「ムッシウ・ヤマダ、あなたはギリシアのどこに関心があるのですか。歴史ですか、それとも自然?」

ナイフとフォークを動かすわたしの手つきを珍しそうに眺めながら、ときおりオデットは改まった口調でたずねる。まるで口頭試問である。わたしは面喰らい、口の中のものを慌てて呑みこんで考え込む。

「ギリシア、お気に召しました?」

「ええ……」

「どこが?」

彼女は追求の手をゆるめない。

「海、それと……光。この町、とても気に入った」

「海が好きなのは、日本が島国だから当然ね」

「というより、港町で育ったから……」

「ピレウスの港へ行ってみましたか」

「いいえ。ホテルの人が、ピレウスは商港だからつまらないって言ったので」

「それは間違いよ。中央埠頭でなく、裏にとても美しい入江があります。ぜひいらっしゃい」

「『日曜はダメよ』のためにも……」

「そうね」

オデットは頬笑むと、その曲の最初のところを口ずさみはじめた。

わたしと異なり、オデットはギリシアに何度か来たことがあると言っていたのを思い出し、今度はこちらから同じ質問を発してみた。

「きみはギリシアのどこに関心があるの」

「そうね、……歴史かな」

「では質問。ソクラテスは何時ごろの人ですか」

これはわたしが二、三日前に復習したばかりで、そのうちオデットに試してみようと考えていた問だった。

「待って下さい……」

オデットは急に受験生のような真剣な表情になり、懸命に記憶を探る目付で宙の一点を見つめた。その様子を笑うと、「待って、待って」と制止し、やがてためらい勝ちに、

「紀元前……五世紀、でしょう」

「そう、正確には紀元前五世紀のおわりごろ。よく出来ました」

「ありがとう。では、今度はあなた。——ソクラテスはどんな死に方をしましたか」

「毒人参。毒人参を煎じたものを飲んで……」

「そのとおり。デザートをあげますよ」

そう言うオデットは、ままごとのお母さんのようだ。

こんな問答をやっているので、わたしの食事はなかなかはかどらない。オデットの方は手持無沙汰なので思いつくままにたずねてくる。しまいには日本語を教えてくれ、と頼む始末である。で、「こんにちは」「ありがとう」「さようなら」などを教えてやると、それを繰り返しながら「セ・マラン（けっさくね）」と喜んでいる。

「もっと知りたければ、パリでぼくの授業を聞きに出ておいで」

とレッスンを打ち切って、わたしは気にかかっていたことをたずねた。

「ぼくを最初見たとき、日本人とわかった?」

「ええ。でも確信はなかった」

「マダム・シモーヌはチベット人と思っていたそうだ。そんな風に見える?」

「チベット人を知らないから。でも、けっさくね」

オデットはわたしの顔をしげしげと眺め、「セ・マラン」を繰り返して笑った。

やっと食事がすむと、わたしたちは直ぐに席を立った。離れた薄暗い壁際にじっと立って控えているボーイへの気兼ねもあったが、それよりも、二人とも疲れていたのだ。明朝の出発も八時半と決められていた。

上へあがって廊下の角で別れるとき、オデットは、

「おやすみ、チベットさん」とふざけた。

「朝起きられる? ドアをノックしてあげようか」

「それより、日本の歌で起して下さいな」

「日本の歌は知らない、チベットの歌なら……」

すると彼女はさっと近づいて来てわたしの両の頬に軽く口づけすると、「おやすみ」をもう一度言って小走りに部屋の方へ消えた。

翌朝わたしは、携帯用の目覚しよりも先に燕の鳴声によって起された。部屋の窓の直下あたりに巣があるらしく、親鳥が戻って来ると大変な騒々しさである。怯えさすのを恐れてそうっと窓を開けたが、それ

くらいの音にはもう慣れきっているようだ。

あたり一帯にみなぎる朝の光。澄みきった青空。正面の材木置場の前の空地をトラックが一台、のろのろと横切って行く。海は、左手の建物の向うに拡がっているはずだ。ひんやりとした朝風が海の香を運んで来る。

オデットを起しに廊下に出てから、ふと部屋の番号が怪しくなった。考えるとますます判らなくなる。ためらいながら軽くドアを叩き、耳をすました。応答がない。もう一度叩くのは止して階下へ降りた。帳場でたずねようとして、オデットの姓を知らずにいることに気づいた。だが係の男はすばやく察して、

「おはようございます。お友達はもう起きていらっしゃいますよ」

と言い、鍵の有無を確かめてから付け加えた。

「外出なさってます」

食堂では、一組の中年の男女がひっそりと朝食を取っているだけだった。前夜とは違うボーイが近づいて来て、

「お一人ですか」

「ええ……」

せめてコーヒーぐらい飲んだだろうか、オデットは。

食事をすませ、荷物を持ってホテルを出ようとすると、入口の石柱に背を凭せかけて日向ぼっこをして

いるオデットの姿を見つけた。薄く目を閉じ、いかにも気持よさそうに見える。斜め後ろからそっと近づく。鼻の下の産毛が白く光って、銀色の口髭のようだ。

本当に眠っているのではなかろうか。声をかけるのをためらっていると、先を越されてしまった。

「おはよう、チベットさん。よくおやすみになれました?」

目を閉じたままオデットは少女のような細く高い声で言った。

「おはよう。ずいぶん早起きなんだね」

「早く目がさめたので、港を散歩して来たの」

「じゃ、目覚しの日本の歌を聞かなかったね」

「あら、ほんとに歌って下さったの」

オデットは眩しそうに薄目を開き、わたしの表情をうかがった。

「もう一度歌って。まだ半分しか目が覚めていないの」

わたしは彼女と並んで石柱に凭れかかり、ショルダーバッグから前日買ったカセットを取り出し、ギリシア語が解るかたずねてみた。これは夜、ベッドの中で思いついたことだった。カセットのケースには英語で表題が記されてあるが、なかの曲名はすべてギリシア語だったのである。こう数が多くては、ガイドにたずねるのも気がひける。

残念なことに、オデットはギリシア語を知らなかった。そのかわり思いがけなくひとりのギリシア人の友達を紹介してくれたのである。

それは、偶然にも女優のメルクーリと同じメリナという名の女性で、何年か前、パリに留学していたとき知り合ったのだった。その後、何度かアテネでも会っている。いまは結婚していて、子供が一人あるはずだ。

「とてもいい人。カセットの曲名をフランス語に訳すぐらいのことは喜んでしてくれるでしょう。――ええ、フランス語はとても上手、あなたと同じように」

オデットはそう付け加え、石柱から背を起し、わたしの方に向き直って続けた。

「これからまだ二、三日アテネにいらっしゃるんでしたね。じゃ、今晩アテネに戻ったら電話をしておきます。わたしは明朝パリへ戻りますから」

オデットはハンドバッグから小さな手帳を取り出し、メリナの電話番号を控えさせた。

「アテネのホテルはどこ？　予約してありますか」

「ええ。これは指定のホテルで……」

「どのあたり？　何ていう名前」

わたしは一瞬ためらった。

「……エコノミー・ホテルっていうんだけど」

「あら、それなら知ってるわ。以前に泊ったことがあります」

「そう、セ・マラン（けっさく）」

わたしはオデットの口癖を真似て言った。

「実を言うと、その名前、恥ずかしくてね」

だがオデットは共感を示す様子もなく、

「なぜ？　エコノミーって、いいじゃありませんか。ホテルの名としては少し変だけど」

と妙に冷静な声で言い、話を元へ戻した。

「そのホテルはオモーニア広場の近くですね。するとメリナの家から遠くありません。――何時いらっしゃる？」

まだ行くかどうか決めかねていたわたしは返答に窮し、口ごもった。旅の途中で未知の人を訪ねて行くのは、率直に言って気が重かった。

「いらっしゃる前に一度電話して、都合を聞いてみて下さいね」

こう念を押されると、もう行かぬわけにはいかないような気がして来た。オデットが一緒ならいいのに。

そうしているうちに迎えのバスがやって来た。いつもと順が逆で、「Aクラス」の仲間が先に乗っていた。昇降口が開き、サングラスをかけたシモーヌ女史が降り立って、手を挙げて挨拶を送った。

バスは車体を洗われ、朝の光のなかで新品のように見えた。

わたしはオデットの足元に置かれた大きな鞄を下げて歩き出した。オデットはされるがままにしていたが、しかし今度はわたしのショルダーバッグを持とうとはしなかった。

薄い色のついたバスの窓硝子ごしに、いくつもの顔が仲の良い二人の近づくのを眺めていた。

メリナの国で

躊躇のすえ、やっとメリナという女性に電話する決心がついたのは、アテネに帰り着いた翌日の昼近くだった。

名乗ると直ぐに判って、夕方七時半ごろ家に来るよう誘われた。旧知のような親愛のこもった話しぶりにわたしは気持が幾分楽になり、招待を受けることにした。

「何ていうホテルですの」

「エコノミー・ホテル……」

恥ずかしがることはないのだ、と自分に言い聞かせつつ答えると、

「エコノミー?」

初耳だと言わんばかりにちょっと首をかしげでもするように黙り込み、

「何通りにありますの」とさらにたずねる。

「知りませんが、オモーニア広場の近くです」

「あら、それじゃ近いわ、簡単ね」

メリナは安心したように言い、地下鉄で一つ目のヴィクトワール広場という駅で降りてからの道順、建物の位置と番地、階などを丁寧に教えてくれた。

「入口にヴァルマスって名が出てますから、そこのブザーを押して下さい」

メリナは姓をヴァルマスというのであった。

そこまで説明しておいてから、ふと考えが変ったらしく、

「やっぱりタクシーの方が簡単かしらね。タクシーでいらっしゃい」と訂正した。

夕方六時半ごろ、夜に備えてコートを羽織り、あの好人物の番頭の「行ってらっしゃい、ムッシウ・ヤマダ」の大音声に送られてホテルを出た。

近くの広場に店を出している花屋で花を買った。開きかけのサーモンピンクのバラを五本、少々高いが、夕食に招かれるのだからと奮発した。ずんぐりした花屋の男は少しまけてくれ、「グッド・ラック！」と英語で言って大袈裟にウインクして見せた。

ハトロン紙に包まれ根元を銀紙で巻かれたバラの花束を持って、夕暮時の人込みのなかをオモーニア広場へ急ぐ。街角からカセット売りの音楽が流れ、それに混じって宝くじ売りの甲高い声がひびく。道行く

人の視線が花束に注がれているようで、わたしは何度も持ち替えた。

タクシー乗場の行列に加わってしばらく待った。やっと順番が来て運転手に「九月三日通り」と、行先をフランス語と英語で告げたが通じない。いや、それは通じたらしいが、先方の返事がさっぱり解らないのである。

困っていると、そばの学生風の青年が英語で説明してくれた。

「九月三日通り」というのはすぐ近くで歩いて行ける、と言う。「地下鉄は?」と確かめると、たった一駅なのに何故そんなものに乗るのか、といった不審気な顔をする。

だが花束をかかえてこれ以上歩くのはたまらない。青年に礼を述べて、地下鉄の入口へ足を向けた。

夕方の地下鉄の混みようは日本並みで、わたしは歩かなかったのを悔いた。すし詰めの車内で花束を頭上にかざし、額を流れる汗を拭うこともできずに、わたしはかろうじて車体の動揺に耐えていた。そして、これでタキシードでも着ていたら、立派な喜劇映画の一齣だな、などと考えているうちにもう次の駅に着いて、大慌てで、訝る乗客の間から跪くようにして身を引き抜き、やっとの思いで下車することができた。

九月三日通りは、車の往来のはげしい大きな通りだった。ところで、「九月三日」というのは何の日なのだろう。パリに九月四日通りというのがあって、これは第三共和制制定の日を記念する通りだそうだが、ギリシアの九月三日は何なのか。トルコからの独立、あるいはナチス・ドイツからの解放、何かそうした国民的な出来事と関係があるのだろうか。

古代のみならず現代ギリシアの歴史にも暗いおのれの無知を反省しながら、わたしは根元を包む銀紙の崩れかけたバラの花束を下向けに持ち、教えられたとおり、九月三日通りを目指す番地に向って歩いて行った。

その間もなおわたしは、旅先で知り合った学生の電話一本で未知のギリシア女性の家に招かれることになった事の成行きの不思議さを、全身で感じつづけていた。

探し当てたところは、新しい高級マンション風の建物だった。通りから石段を数段上ったところに大きな厚い硝子扉があり、その横に、住居者の表札がたてに並んで出ていた。ヴァルマスの名を探し出し、そこのボタンを押すとランプが点き、インターホーンで女の声が応じた。わたしの到着を待ちうけていたとみえて最初からフランス語である。名乗るとブザーが鳴った。これで入口の扉が開いたわけだ。中に入り、エレベーターで五階まで上る。扉が開くと、目の前に女の子の手を引いた若い、美しい女性がにこやかに立っていた。

「メリナ?」

「ええ、こんにちは。ようこそ」

こんな挨拶を交して家に請じ入れられるわたしの一連の動作が、初対面の堅苦しさもなくごく自然に行われるのが、自分でもおかしいくらいだ。ギリシアの土地を踏んだ瞬間からすでに始っていた非日常のなかに、さらにもうひとつ出現した非日常、あるいは、旅のなかのもうひとつの小さな旅。そのなかに、われながら厚かましいくらい抵抗なしに入って行けたのは、フランス語の媒介によるのかも知れない。

わたしはメリナとフランス語で喋っているうちに相手が初対面のギリシア女性であること、さらには、ここがギリシアであることまで忘れていたようだ。言い換えれば、フランス語によってわたしはパリの日常と繋っていたのだ。

そうはいうものの、「これは、メリナ、あなたのために」などと芝居のせりふじみた文句を口にして、まるで厄介払いするように急いでバラの花束を手渡すわたしの動作に、やはりぎこちなさが無くはない。

メリナはいかにも慣れ切った自然な態度で花束を受け取り、花に顔を近づけ、感謝の笑顔で軽くわたしにうなずいてから花瓶に生ける準備にとりかかった。ふと見ると、広々としたサロンの低いテーブルの上の花瓶にはすでに花が大きく盛られてあり、さらに目を移すと、戸棚も花で飾られているのだった。

サロンはそのまま食堂に続いていて、優に五名は食事のできる長方形の大きな食卓が置かれてあり、そこにも花はあった。やがてその上に並べられるであろう大小の皿、美しく磨きこまれたグラスの類をわたしは大きな期待をこめて想像した。

すすめられるままにソファの分厚いクッションに腰をしずめてからも、まだ幾分夢を見ているような気分は続いていた。ふと気がつくと、すこし離れた床の上に、先ほどメリナに手を引かれていた女の子が立ってまじまじとわたしの顔を眺めている。「こんにちは」とフランス語で挨拶してみたが通じるはずはなく、驚きと好奇の入り混じった真剣な凝視を止めようとしない。

そこへ、メリナがバラを生けた花瓶をかかえて戻って来た。

「子供さんのお名前は？　年はいくつ」

「エリナといいます。四つ」

「エリナ、ここへいらっしゃい」

わたしは坐ったまま、顔をのぞき込むようにしてもう一度話しかけた。しかしエリナは立ちつくしたままだ。その表情はむしろ固く、いくぶん怯えの色さえうかがえる。これ以上言葉をかけると泣き出しそうだ。

「この子はもう眠いんですよ。今日はお昼寝をしなかったから」

そうメリナが言い訳をし、子供に向って、たぶん「エリナ、もう、おねんねしましょ」といった意味のことをギリシア語で言うと、子供の全身からふっと緊張が抜けるのが判った。彼女は絨毯の上に転がっている薄汚れた布の人形を拾い上げて胸に抱いた。

「これがないと眠れませんの」

メリナはいとしげに子供の顔を眺めて促した。するとその小さな顔に、諦めとも安心ともつかぬ、やわらぎの色が浮んだ。

「おやすみ、エリナ」

と声をかけると、エリナは最後にもう一度大きな目でわたしの顔を見つめ、やっと羞じらいの微笑に口もとをゆるめた。それから片手に人形を抱きしめ、母親に手を引かれて出て行った。

しばらく経って子供を寝かしつけて戻って来ると、メリナは改まった口調でやっとたずねてくれた。

「何か飲物を。ウィスキー、それともチンザーノ？」

「ウィスキーを、すこし」

メリナはずっしりとした感触のクリスタルのグラスに半分ほどジョニー・ウォーカーを注ぎ、さらにわたしの注文で氷と水を運んで来てくれた。

意外なことに、彼女自身は何も飲まない。

メリナは年の頃二十七、八、中肉中背の健康そうな美人であった。背に垂らした豊かな黒髪、面長の顔、わずかに吊り上った黒々とした眉毛と大きな黒い瞳、血色のいい唇の間からのぞく白い歯並み。――このいかにも南国的なはっきりした顔立ちには、真紅のセーターがよく似合った。豊かな胸のふくらみやゆったりした動作のはしばしにも、子を持つしあわせな若妻の日常が感じとれる。

直ぐに用件を切り出すのも失礼に当りそうなので、わたしはまずオデットの噂から始めることにした。

メリナはパリ留学中、たまたまオデットのおばに当る人の家に間借りをしていたのだった。その婦人が大変なギリシア好きで、メリナの帰国後、オデットと一緒に何度もアテネを訪れた。

「でも最近は会っていませんの。今度も電話で喋るだけで、会いに来てくれません。元気でしょうね」

「ええ。でも本当に小食ですね」

「そうそう、まったく小鳥の胃袋ね」

メリナも何か思い出したらしく笑った。

「それに、下痢していたらしいですよ」

言い終って、こんなことしか喋ることがないのかと自分の言葉にあきれた。見ると、メリナは妙に真面目な表情で聞いている。

「ギリシアはいいですね」

慌ててわたしは話題を変えた。

「どんな所をごらんになりました」

わたしはペロポネソス半島周遊の旅の印象をものがたった。メリナは言葉を挾むことなく、終始微笑をたたえて聞いている。

空腹に飲んだ濃いウィスキーの水割り、メリナのゆっくりした解りやすいフランス語、共通の知人についての噂話、それらのおかげでわたしはますます寛ぎ、来訪の目的を忘れそうになる。時間はすみやかに過ぎ去り、外は何時の間にか夜だった。用件を切り出すのは食前、あるいは食後にすべきか、とわたしは迷っていた。いや、それ以上に気になるのは、メリナの夫の帰宅の遅さである。夕食は、主人が戻ってからでないと始らないはずだ。

メリナの話によると、元船員だった夫は今では船を下り、同じ会社の事務関係の仕事をしているらしかった。だが、今日は仕事の都合で遅くなると先ほど断ったメリナの言葉を考慮に入れても、少し帰りが遅すぎはしないか。

もう九時だった。もっとも、ギリシアでは夕食時間が九時、十時というのはよくあることのようで、これで別に不自然でないのかも知れない。花瓶のほかは何も並んでいないうつろな食卓の有様を眺めながら、わたしはそのように考えた。そして急激に空いてきた腹の工合を紛らせ、同時にまた、ひととおり喋り終った後に訪れた沈黙の気まずさを逃れるために食前に用件を済ますことに決め、やっと上着のポケットからケースにおさまったギリシアの歌のカセットを取り出した。

すると待ち構えていたようにメリナはさっと立ち上り、紙とボールペンを用意し、受け取ったカセットにあらためて目をやった。

「テオドラキスですね」

「ええ、好きなんです」

「いい音楽家です」

ただそれだけ言ってメリナは曲の表題を読みはじめた。彼女の声にこもる冷淡とまではいかないまでもどこか控え目なひびきに、ふとわたしは、ガイドのシモーヌ女史がテオドラキスの政治的立場について洩らした文句を思い出した。テオドラキスが好きだ、と述べることは、この国ではどうしても政治的な意味を帯びざるをえないのだ。この裕福そうなメリナも、シモーヌと同じ側ではあるまいか。一瞬そんな疑問が脳裡をかすめた。だがメリナの方にはそのようなこだわりの影は見えない。

「音楽がお好きなのね。じゃ何か……。うちにはいまカセット・レコーダーがありませんので」

そう言って彼女はサロンの一隅に置かれたステレオの蓋を開き、ターンテーブルにのったままのレコードに針を下した。期待に反し、それはアメリカの流行歌を編曲したムード音楽だった。

それからしばらくの間、メリナは表題をフランス語に直す仕事に没頭した。ときどき考えこむ風なので、

「ざっとでいいんです」と口を挾むと、

「ギリシア語特有の表現があって、訳しにくいんです」

と真剣な面持で言訳する。ますます気の毒になって、こんな仕事を初対面の人に頼んだことを悔いた。

そうしているうちに入口でブザーが鳴った。やっと夫が帰って来たのだ。メリナは「失礼します」と言って席をはずし、しばらく現れなかった。

玄関の向う側に寝室をはじめ浴室や台所があるにちがいなく、空腹をかかえたわたしは、メリナの夫のことよりも、台所ですっかり支度がととのい、運ばれるのを待つばかりの料理のことを思い浮べながら、かすかな物音にも聞き耳を立てたりした。

夫のヴァルマス氏が妻とともに入って来た。柄もののシャツに着替え、パイプをくわえている。三十四、

五の、いかにも船乗りらしい、がっしりした体軀の持主である。

わたしはソファから立ち上り、差し出された大きな手を握った。

「彼はフランス語はだめですの。英語はできますけど。あなたは？」

「すこしだけ」

「わたしは日本語もすこし知ってますよ」

ヴァルマス氏が言葉を挾んだ。

「コンニチハ、オハヨウ、コンバンハ、アリガト、サヨナラ」

彼は知っている日本語をつぎつぎ口にし、最後に「クルクルパア」と付け加えた。船に乗っていたころ、日本に何度か行ったことがある。東京のほか、川崎、釜石、神戸、尾道、長崎等、彼の知っているのは港町ばかりであった。

「あなた、何か飲物は」

メリナが、この場では共通語の英語で夫にたずねる。すると意外なことに、彼はパイプをくわえたまますこし考え、それからおもむろに「ナッシング」と答えたのである。主人たるもの、客に合せて飲むのがもてなし、あるいは礼儀と心得ていたわたしは内心驚き、かつ失望を禁じえない。その上、メリナも夫も、先ほどから空になっているわたしのグラスを見ても、もう一杯いかが、とすすめてくれないのである。

ヴァルマス氏とわたしが互いに不得手な英語をあやつってギリシアや日本の印象を語り合っている間、

メリナは黙々と中断された翻訳の仕事を続けた。ときおり行き詰ると、夫の意見を求めている風だ。仕事は予想以上に手間取った。わたしは困惑しはじめたが、いまさらもう結構とは言えない。とにかくこれが終らなければ夕食に移れないはずである。腹を空かせて待っているヴァルマス氏が気の毒でならない。

「どうもすみません。後でもいいんですよ」

堪りかねて、わたしはメリナにとも夫にともつかず言った。

「もう終ります」

彼女は顔を上げずに答えた。

事実、翻訳は間もなく終った。メリナはフランス語で表題の記された二枚の紙片を示しながら、混同しないようにと注意した。夫が横から何か言ったが、どうやら、輪ゴムで留めてあげるように、といった意味のことらしかった。

メリナは紙片を小さくたたみ、カセットのケースに輪ゴムで留めて応接机の上に置くと、夫と一言、二言、言葉をかわしてから台所の方へ消えた。さあ、いよいよメシだぞ。

ところが再び現れたとき、彼女は盆の上に妙なものをのせて運んで来たのである。

盆の上には皿が一枚しかのっていなかった。そして皿の上には大きなパイ風のケーキ。おや、おかしいな、いまごろお菓子とは。これがギリシア風なのか。

「どうぞ。ギリシアのケーキです」

そうすすめられて、わたしは一瞬、返事に窮した。たしかに空腹で、のどから手が出るほど欲しい。だが、その菓子パン風のものはわたしの胃袋には大きすぎる。いまこれを食べると折角の夕食のご馳走が入らなくなる。どちらか一方を、というのなら、やはり菓子の方を断るべきだ。それに、二人の目の前で自分一人が食べるというのも気がひける。日本でのように、それではと紙に包んで帰りに持たせてくれれば有難いのだが。

とっさのうちに頭のなかで以上のような計算をめぐらせたあげく、西欧人並みに自分の意志を明確に表現できるのを誇らしく思いながら、わたしは落ち着き払ってゆっくりした英語で言った。

「すみません。わたしは食事の前にはお菓子を食べないことにしていますので」

この言葉に夫婦はちらっと目を交し合い、そしてその瞬間、ある微妙なゆらぎがその場の空気に生じたように思われた。――いや、正確には、そう気付いたのは後になってからのことで、その時にはまだわたしの確信は微動だにしていなかったのである。

もうすこしの辛抱だ。わたしは目まいのしそうな空腹にけんめいに耐えながら、ふたたびヴァルマス氏を相手に下手な英語で喋りはじめた。だがもう話題は大方つきていた。わたしがこれまでに訪れた名所旧跡の名を列挙すると、相手が今後見物すべき場所の名を列挙する、といった工合である。ほかのことを喋りかけ、途中でふと、先ほどすでに喋ったことだと気付き、気勢を殺がれたりする。だが相手は気付かぬふりをして辛抱づよく耳を傾けてくれる。

仕方なく、ガイドからチベット人に間違えられた話を披露してみたが、彼は一向におもしろそうな顔をしない。「チベット人」というのが通じたかどうかさえあやしい。

メリナは翻訳に疲れたのか、黙りこんでいた。われわれが言葉に詰っても、はじめのころのようにフランス語やギリシア語で会話の流れを助けようとはしない。

そのうち、ついに完全な沈黙が訪れた。ウィスキーの効果も消え失せ、さすがに気疲れを覚えて時間を見ると、もう十時を回っているではないか。いくらなんでも遅すぎる。そのときになってやっと（本当に、やっとだ）、わたしは気付いたのである。一旦気付くと、もうじっとしておれなかった。わたしは腰を上げながら言った。

「もう遅いので、これで失礼します」

するとやはり思ったとおり二人は引き留める素振りも見せず、「お会いできて嬉しかった」と型通りの挨拶をした。メリナはテーブルの上から紙片を輪ゴムで留めた二つのカセットを取り上げ、わたしに手渡した。それからふと思いついたように、ステレオのわきの小棚から少し古いカセットを取り出し、「記念に」といって差し出した。

「このなかにわたしの好きな歌があります。三つ目か四つ目の曲で、『メリナの国で』という題なの。メリナ、そう、わたしの名前。これはわたしの歌ね」

そう言い足して、彼女は夫の方を振り向いて頰笑んだ。夫はパイプをくわえたまま表情を変えない。わたしは礼を述べてカセットを受け取った。もう少し早く、まだウィスキーの酔いが残っていて、また大変な勘違いに気付いていなかったなら、一度歌ってみてくれと頼むくらいの勇気があったかも知れない。しかしいまはそれどころではない。わたしはあらためてメリナの好意に感謝し、ヴァルマス氏の大きな手を握った。そしてメリナが着せてくれたコートの袖に慌てて手を通すと、逃げ出すように家を出た。

来るときは賑やかだった九月三日通りは人も車も絶え、まだ十時過ぎというのに深夜の様相を呈していた。帰りは方向が逆なので地下鉄の駅を間違えぬように、と別れしなに注意してくれたメリナの言葉を思い浮べながら、肌寒い暗い通りを急いだ。

いまごろ、メリナたちはどうしているだろう。やれやれといった表情で遅い夕食の席に着いているヴァルマス氏の姿が目に浮ぶ。しかし他人のことよりも、先ず心配しなければならないのは自分の胃袋のことだった。今晩、メシにありつけるかどうか。

あの大きなケーキを食べておかなかったことが悔まれた。と同時に、「食事の前にはお菓子を食べないことにしています」などと、まるで重大な宣言でも行なうように言ってのけた情景を思い出すと、恥ずかしさと滑稽さとで全身が熱くなった。

腹の底からこみ上げて来る笑いを堪えながらわたしは考えた。いや、あれは一般論としては間違っていない。だがあの二人は「食事」という言葉をどう解釈しただろうか。わたしの勘違いに気付いただろうか。

勘違い？　夕方の七時半に招かれた以上、わたしのように考えるのがむしろ自然ではないのか。

薄暗い地下鉄のホームには、わたしのほかに一人の青年が待っているだけであった。まだ電車があることを知ってわたしは安心した。待つ間、メリナの訳してくれた歌の表題に目を通した。「朝」、「裏切り」、「つばめ」……。メリナの綴りは正確だった。しかし曲を知らなければ表題は死んだ文字の羅列にすぎない。かろうじてわたしの知っているのは、ハジダキスの「ピレウス育ち」、つまり「日曜はダメよ」の一曲だけである。だがいずれにせよ、メリナが記念にとくれたカセット「メリナの国で」を含め、すべてパリに戻るまでおあずけだ。

オモーニア広場に帰り着いたのは十一時ごろだった。わたしは直ちに例の食堂へ足を急がせた。エコノミー・ホテルの番頭が紹介してくれた「オリンピック」である。さいわい店はまだ開いていた。おそらくわたし同様、辛うじて食いはぐれを免れた男たちが広い店内にまばらに席に着き、黙々と食べていた。

顔見知りの初老のボーイが会釈して椅子を引き、フランス語のメニューを手渡してくれた。もう遅いからこれとこれしか出来ない、と言う。何でもいい。小魚のフライと白ぶどう酒を注文した。空き腹にまずいものなし。

胃袋が満たされていくにつれ、メリナの家のサロンから眺めた大きな食卓、その上に思い描いたご馳走への未練は急速に薄れていった。料理は貧しくとも、外国語で会話をつづける煩しさもなく一人で気楽にする食事の有難さを、わたしはしみじみと味わった。

ホテルに帰り着いたのは真夜中すぎだった。帳場には例のおやじの姿はすでになく、夜番の若者が新聞を読んでいた。彼は暗いロビーに明りを点そうともせず、ちらっとこちらへ目を上げたのみで一言の挨拶もしなかった。

アテネでの最後の一日を、わたしはオデットのすすめに従ってピレウス訪問にあてた。オモーニア広場から地下鉄に乗ると、二つ目の駅から地上に出ておよそ二十分で終点の港に着く。駅を一歩出ると、すでにそこには港独特の、明るい、どこか開放的な活気があふれていた。濃い潮の香にまじるチャンのにおい。港町で育ったわたしにとって、港はいつも懐しい場所である。帰って来た。そんな思いが胸にこみ上げて来る。

中央埠頭には、派手な色の煙突や船体をもつ大きな船が何艘も横付けになっていた。エーゲ海の島々に向けてわたしが乗るのはどの船だろう。あらたな旅情に胸をふさがれ、わたしは歩を止めた。佇んで船尾に記された船の名を仰ぎ見ていると、遠い昔、故郷の丘の上から港に入って来る汽船の名を当てて得意になっていた少年がわたしのなかで目を覚し、起き上って来るのが切ないほどはっきりと感じられるのだった。

地図をたよりに途中から埠頭を離れ、海に背を向けて舗装された坂道を上って行った。坂を上りつめると眼下にふたたび海が見えた。半円を描く入江にたくさんの小舟が舫っている。オデットの教えてくれた海岸にちがいなかった。

坂を下り、色とりどりのヨットが大きな玩具の陳列のように整然と並んでいる岸に沿って、コンクリートの道をしばらく歩いた。ヨットはイギリス、フランスは勿論のこと、遠くアメリカ、パナマ、ヴェネズエラなどの国籍をもっていた。名前もエロス、ミノスなどギリシアにちなんだもののほかに、チャーリー、シンデレラ、さらに「風の眼」などという凝ったものまであった。

艇内の清掃を行なっている大きな男たちの毛深い腕も、胸も、脚も、赤く日焼けしていた。

入江沿いになおしばらく歩くと、人気の絶えた静かな場所へ出た。ところどころに建っている夏向きのホテルは、まだシーズン・オフでひっそりとしていた。入江の道はそのあたりで終り、そこから先は突堤に変っていた。

すこし高くなったところに広いキャフェ・テラスが設けられてあるのが目についた。わたしはその石段を上って行った。

テラスには白いテーブルと椅子が雨ざらしのまま、明るい光の中に前年の夏の残骸のように散らばっていた。人影はなかった。奥にあるキャフェに近寄り硝子ごしにのぞくと、薄暗い内部に何組かの客と白い制服を着たボーイの姿が見えた。

ボーイに合図してテラスに戻り、汚れの比較的少い椅子を選んで腰を下した。そしてあらためて見回すと、テラスのはずれの手すりのそばの海に一番近い席に、白いポロシャツを着、濃いサングラスをかけた白髪の老人が坐っているのに気が付いた。彼はもう何時間も身動きせず、じっと海を眺めているように思われた。

やがて、乱雑に置かれた白い椅子とテーブルの間をはるばる（それほどテラスは広く感じられた）運ばれて来たビールを、わたしはゆっくりと時間をかけて飲んだ。真上から惜し気なく降り注ぐ四月の陽光の下で時は停止し、そのなかで放心したように、テラスの手すりと防波堤との間にわずかに見えている入江の海を眺めていた。

わたしの意識は徐々に溶けて行き、まどろみ、そしてある瞬間、「しあわせ」とはこんなものかと物憂い気持で考えた。

ときおり、どこかでエンジンの音が軽快にはじけ、やがて夢のスクリーンの上を滑るように、碇泊中のヨットの帆柱の向うの狭い水路に小蒸気船が姿を現すと、それが突堤の外に隠れてしまうまで根気よく見送った。

　どこを見渡しても
　ピレウスより素敵な港は見つからない

ふと、「日曜はダメよ」の一節が口にのぼった。

やがてわたしは立ち上りテラスを下りて、突堤の内側の狭い通路を、先端に見えている白い燈台めざして歩きはじめた。

修理場に引き上げられたヨットの船体のかげで、上半身裸の男たちが黙々と塗装作業を行なっていた。突端に着いて小さな石段から上にあがると、横なぐりに強い風が吹きつけて来た。風に耐えながらしばらく海を眺めた。紺青の海面に立つ小さな白波の間をモーターボートが走っていた。ちょっと目を離すと、ボートは海に紛れて見えなくなった。

海の向う、ちょうど対岸に当るところに、白壁を段状に重ねたアテネの街が巨大な貝殻の丘のように望まれた。

風が肌に滲み透り、体温を奪って行く。たまりかねて石段を下り、風の当らぬ燈台の後ろに回ろうとすると、そこに一人の若い女が坐っていた。

ジーンズに包まれた長い脚を持て余し気味にコンクリートの上で折り曲げ、その上にギターをのせていた。

巻き上げてまげにして留めた髪はブロンドだった。うなじの下に突き出た背骨が白く光っていた。黒いシャツを突き上げる円錐型の乳房の先端が肩ごしに見えた。

女は背後の人の存在に気付かぬらしく、身じろぎもせずに茫洋とした水平線へ目を向けていた。

驚かしてはいけない。その気遣いに縛られて、わたしはしばらくその場に立ちつくしていた。それから足音を忍ばせて少し離れたところに憩いの場所を探し、腰を下した。女はそれを待っていたように頭をめぐらし、微笑を浮べた。白い顔に鼻の先だけが赤かった。わたしも微笑を返した。

それからしばらくは、互いに相手を忘れたように黙って海を眺めていた。潮騒の間に、風に鳴る弦の音が聞える、ふとそんな気のする瞬間があった。空耳だったかも知れない。

海を見にギリシアまでやって来たようなものだ、と思った。

翌朝、わたしはエコノミー・ホテルに別れを告げ、A社の送迎用バスでふたたびピレウス港に運ばれた。こうして最後にもう一度、姿なき団体の一員となって、この旅最後のスケデュールであるエーゲ海島めぐりに出かけることになったのである。

われわれを乗せた瀟洒な観光船ステラ・オケアニス号はデロス、ミコノスの島々に寄った後、ロードス島からはるかエーゲ海の出口に位置するクレタ島まで訪れた。しかしどの島も観光客でごった返していた。面積が小さいだけに、観光客の密度が高くなるわけである。

船は沖に停り、そこから島へランチで運ばれる仕組みになっていた。ロードスのような大きな島では、観光バスによる島めぐりがあった。土産物店が軒を並べ、満員の美術館はガイドの声と私語でどよめいていた。船の出航時間に遅れぬよう、どこも駈け足見物だった。

島から、沖に碇泊している何隻もの観光船を眺めながら、どこまで追いかけて来るんだと舌打ちしたくなり、ふと自分もその一隻に乗って来ていることに気付いて苦笑したりした。

夜は船に戻って寝る。何のことはない、観光船とは海上を移動する観光ホテルのことであった。ステラ・オケアニス号には、さまざまな言葉を喋るいくつもの団体が乗り合せていた。しかし、さすが一人旅の者は外にいないらしく、その点わたしは確かに稀少価値の高い船客であった。そのわたしも船上で暇をもて余し、この時ばかりは連れのないことを嘆いた。同じ一人なら、誰もいない海辺での方がよい、とピレウスの入江を懐しんだ。

日暮れとともに船の中は社交場と化した。幸か不幸か、ここではAクラスもCクラスもないのである。ダンス・パーティがあり、船長招待のカクテル・パーティなるものが催された。

男も女も正装して出席した。タキシードとイヴニングというカップルも幾組かあった。着飾りたがる女との釣合い上、止むを得ずタキシード持参ということになるのだろうと、そのものものしさを滑稽と感じつつも同情を禁じえなかった。

パリの空港で、ほかの連中の荷物の多さに驚いたことをわたしは思い出した。中身はこれだったのだ。一度しか着る機会のないものを旅の間中持ち回るあほらしいほどのマメさ、根気のよさ、それこそ彼らの社交精神であり、おしゃれというものなのであろう。ショルダーバッグひとつの軽装を自慢しているようでは、とても仲間入りできない。

だがこんな反省（?）を追い払って、わたしはノー・ネクタイのまま臆することなくタキシードやイヴニングの間を動き回った。ギリシア人のボーイ達は唯一の東洋人であるわたしに親切だった。彼らの笑顔や目くばせに励まされてわたしはシャンパンのお代りを何度もし、キャビアのカナッペなどには十分狙いをつけて手を伸ばすことを怠らなかった。

最後の晩は、お別れのための特別料理が出るということであった。そのとおり、テーブルには大きな花が飾られ、グラスの数もいつもより多く、またこれを最後と着飾った女たちで室内は息苦しいほどはなやいでいた。

一人のフランスの若者が仲間からはぐれ、われわれの席に紛れこんで来た。それまではセーターで通していて仲間だと思っていたのに、今夜にかぎって神妙に背広を着、黒の蝶ネクタイまで締めている。裏切られた気がした。

特別サービスのシャンパンを飲んでいると、それまでわずかに揺れていた船の揺れが次第にひどくなって来た。この航海中はじめてのことである。

揺れはしばらく続いた。すると、あちこちで席を離れるものが出はじめた。一人が立つと、感染したように次々と立って食堂の外へ消えて行く。多くは女性だが、女が立つと男も立って一緒に出て行く。

肉料理が出はじめるころには半分ほどが空席になっていた。黒の蝶ネクタイは剽軽者らしく、おもしろがってはしゃぎ、自分の注文した上等のぶどう酒を皆に振舞った。わたしは彼の「裏切り」など忘れ、お互いの胃袋の健全を讃え合ってグラスを重ねた。

ところがしばらくすると、彼の顔色が急に青くなった。これはいけないと思っていると、彼は黙って立ち上り急いで出て行った。上等のぶどう酒を瓶に半分以上残して。

若者は何時までも戻って来なかった。ぶどう酒をいかにすべきか。同じテーブルの者は皆、自分たちの瓶のを飲んでいる。このままでは若者のぶどう酒はボーイに飲まれてしまう。明朝早く、われわれはピレウスに上陸することになっていた。

最初はためらいがちに、やがて次第に遠慮を忘れて、わたしは「裏切者」の酒を自分のグラスに注ぎはじめた。万一、彼が戻って来たらその旨断って、謝るなり、代金の一部を払わせてもらうなりすればよい。

船の揺れはわたしの酔いを促し、悪いと知りつつついに瓶を空にしてしまった。

揺れは間もなく静まったが、中座した客は戻って来なかった。

食事が終りかけたころ、黒い服を着た給仕頭が飲物代の徴収に回って来た。

「このぶどう酒はわたしの注文ではありませんよ。注文した人は気分が悪くなって出て行きました」

そう言って見回すと、食卓仲間は一斉にうなずいた。

給仕頭は顔をしかめ、注文主の部屋の番号をたずねた。誰も知らなかった。連れがいるはずだが、覚えている者などいない。給仕頭は苛立ちを隠さなかった。しかし何時までもこだわってはいられない。ほかのテーブルも回らねばならないのである。その客を見かけたら、代金を払うよう言ってくれ、と頼んで行ってしまった。給仕頭には気の毒だが、仕方のないことである。

剽軽者の若者の顔は、翌朝下船するまでついに見かけることはなかった。

エーゲ海で四日を過し、五日目の朝早くピレウス港に帰り着くと、わたしはA旅行社のバスでアテネ空港に運ばれ、帰りの航空券を渡された。これでやっと姿なき団体から解放され一個人に戻ったわけである。

その日の昼のエール・フランスのチャーター機で、わたしはアテネを離れた。

機内は、日焼けしたヴァカンス帰りのフランス人で一杯だった。なかに一人、忙しそうに答案の採点のようなことをしている中年女がいた。学校の教師らしかった。フランスもこんな風になって来たんだなとわたしは苦笑まじりに考え、同時に、残して来た自分の仕事を思い出した。ここはすでにフランス、そしてヴァカンスは終っていた。

フランス領空に入って間もなく、「パリは晴れ、気温は十七度」とアナウンスされると、乗客の間から歓声が上った。

そのとおり、パリも春たけなわだった。わたしが出発した翌日、雪が降ったなどということが信じられぬような、ギリシア帰りの肌にさえ暑く感じられる陽気であった。

二週間ぶりに見るパリの街はわたしの目にことさらに美しく、新鮮に映った。パリに戻って来るたびに味わうこの初々しい感覚、何かを発見したような驚き、それはひとつの旅のおわりのしるしであると同時に、またあらたな旅のはじまりの予感のようでもあった。

下宿に戻ると早速窓を開け放ち、空気を入れ換え、シャワーを浴びた。それから、たまっている郵便物に目を通すのは後まわしにして、旅の間おあずけになっていたカセットの音楽を先ず聞くことにした。

馴染みのある「日曜はダメよ」の入っているものから始めた。久しぶりに聞くメリナ・メルクーリの声は、おそろしくしわがれて聞えた。何時の録音なのだろう。カセットのケースには彼女の踊る映画のシーンが示され、その下に「オリジナル・サウンド・トラック」云々と記されてあった。するとおよそ二十年前のものである。わたしの耳が変ったのか。メリナ・メルクーリの声は録音されたまま、二十年の間に老けたように思われた。

つぎにテオドラキスを聞いた。曲だけのものと、歌詞つきのものとが半々ぐらいだった。オリンピアからコリントスへ向うバスの中で聞いた曲や、エーゲ海を行く船の上でバンド演奏で聞いたシルタキの踊りの曲などに、わたしは旅情のよみがえるのを覚えた。

メリナが訳してくれた題名は、残念ながらあまり役に立ったとは言えない。当然のことながら、題名を知っていても歌詞がわからなければ曲の内容はつかめないのである。しかしいまのわたしには題名は二の次であった。メリナという女性に会えたこと、その家で過ごした時間、あの滑稽な勘違い。——このたびのギリシアの旅の貴重な思い出のひとつ、その確実な証しとして、わたしはメリナがフランス語で曲名を書いてくれた紙片をいつまでも残しておこうと考えたのである。

ひととおり聞いてから、最後にメリナから記念にもらったカセットを手に取った。「メリナの国で」の入ったカセットを最後に回したのは関心の薄さではなく、逆に期待の大きさを物語るものだった。

メリナと別れて以来、エーゲ海の船旅の間に、わたしは何度かこのカセットのことを考え、そのたびに何かうまく出来すぎたお話のような、おかしな気分にとらわれたものだ。「メリナの国で」は訳し様によっては「メリナの家で」ともなる。しかし、それではあまりにも実際に生じたことに近すぎた。それとも、メリナは冗談を言ったのか。わたしをからかうつもりだったのか。

曲名も何も記されていないカセットを手に取って、わたしはしばらく眺めた。このなかに一体どんな魅惑にみちた曲、どんな甘美な声が閉じ込められているのだろう。わたしは玉手箱を開けるような期待と不安を抱いてそれをセットした。

メリナは三番目か四番目の曲と言ったけれども、わたしは最初から全神経を耳に集中して聞き入った。ふと、メリナ自身の声がとび出して来そうな予感に身を固くしながら。

三曲目までは歌詞がなく、ブズーキの演奏だけだった。ほかでも聞いたことのあるようなありふれた旋律で、わたしは少々失望した。これではあるまいと判断した。こんなものであって欲しくなかった。

四曲目もゆるやかな弦の演奏に始った。これでもなさそうだと思いながら聞いていると、前奏が終り、女の声が歌い出した。

わたしは思わず身を乗り出し聞き耳を立てた。どこかロシアの民謡を感じさせる哀愁を帯びた節まわしである。だが歌詞はさっぱり解らない。

するとと突然、転調して、急テンポの男女の二重唱に変った。長調の陽気な旋律だった。二重唱の部分はすぐ終り、また最初のゆるやかなテンポの女声ソロに戻った。

歌詞は三番まであるようで、急テンポの二重唱の部分はルフランになっていることが判った。調べの長短、テンポの緩急の対照のおもしろさはあるものの、とくに変ったところのある曲でもなかった。全体に素朴さの感じられる民謡調の歌である。

これだろうか。わたしは何かの手がかりを求めて歌詞を追いつづけた。しかしいくら聞いても解らない。半ば諦めて最後のルフランに耳を傾けていたとき、突然、「メリナ」という音が聞えたように思った。

曲が終るのを待ちきれず、わたしは慌ててテープを巻き戻し、最初から聞き直した。

ゆるやかなブズーキの前奏がやたらに長く思えた。やっと終って、女の独唱に続く短い二重唱の部分になると、わたしは固唾をのんで耳を傾けた。確かに「メリナ」という言葉が聞き取れた。かろうじて。まるでほかの音の間に身を潜めているかのように。気のせいだろうか。ちがう。それはルフランのなかで三度繰り返されていたのである。

これに違いない、とわたしは確信した。念のため、残りの曲もひととおり聞いてみたが、わたしの確信をゆるがすものは発見できなかった。

それから当分は、暇を見つけてはギリシアの音楽を聞いて過ごした。その時の気分によってテオドラキス、ハジダキス、あるいは「メリナの国で」を選んだ。

しばらくは多忙な毎日が続いた。帰った翌日から大学での講義が始ったし、休暇前にすませておくべき試験の答案の採点がそっくり残っていた。旅の思い出に耽ってばかりもおられなかったのである。時はすみやかに過ぎ去り、月が変って、もう五月だった。ギリシアの海も光も早や遠い過去の一部にすぎなかった。しかし多忙な日常の間にも、「メリナの国で」のことだけはときおりふっと胸をよぎった。好奇心がおさまると同時に、いったんは関心が薄れはしたものの、あの「メリナ」のルフランは謎のように心の片隅にひっかかっていたのである。それはあたかも、ギリシア旅行がわたしに残した宿題のように思われた。

作曲者の名はさておき、せめて歌詞について少しでも知ることができたら。案外有名な歌かもしれないと考え、親しくしている音楽好きの学生にたずねてみたが駄目だった。

「ギリシアの歌?」とその学生は目を円くして言った。「それはディミトリに聞くにかぎりますよ」

ディミトリというのは、わたしの講義に出ている禅の研究を志すギリシア人学生であった。痩せて浅黒く、八の字ひげを生やしたユーモラスな風貌の彼は何時も最前列に席を取り、わたしが教室に入って行くと起立して手を差しのべ、「お元気ですか」と挨拶するのだった。

本当に彼はうってつけだ。しかし休暇が明けてから、どうした訳か、哲人ディミトリの瓢々たる姿は教室で見られなくなった。しばらく経ってほかの学生にたずねると、惜しいことに彼は禅の研究を急いで、すでに日本へ発ったということであった。

それからまたわたしは「小鳥の胃袋」、あの可憐なオデットにどんなにか会いたかったことであろう。ギリシア好きの彼女のことだからきっと何かの手づるを見つけ、「メリナ」の謎を解くのを手伝ってくれることが出来たにちがいない。

それでなくてもただ再会して、ギリシアの旅を懐しみ合うだけでもよかった。わたしの口からメリナとその夫の近況を聞いて、オデットは喜ぶにちがいない。自分の紹介した日本人がどのように迎えられたかを知りたがっていないであろうか。あの滑稽な失敗談を聞けばオデットは口癖の「けっさく」を連発して、少女のような声でいつまでも笑うだろう。そして最後に、メリナの贈り物のあの歌を、ともに歌詞は解らぬまま二人して聞くことが出来たら、それはこの旅を締めくくるのに何とふさわしいエピソードになりえたことであろう。

しかしオデットのくれた番号を何度ダイヤルしてみても応答がなく、彼女の方からもまた、何の音信もなかった。

最初はむしろ平凡に聞えた「メリナの国で」の旋律は、聞き慣れるにつれどこか哀愁をふくみ、ときにはこころよく感傷を誘って、わたしの心に訴えかけて来るようになった。

歌詞の方は最初から諦めていたわたしは、せめて旋律だけでも自分のものにしたいと願った。しかし素朴と思えた最初の印象とは逆に実際は微妙な節まわしに富んでおり、全曲を覚えるのはむずかしく、少し試みてからわたしは放棄した。

そのかわり、と言っては変だが、ルフランの部分の短い長調の旋律は、まるで作曲者が故意に「複雑」の後に「単純」を配し、その対照の効果を狙ったかと思われるほどに単純素朴で（少くとも素人にはそう思えたのだ）、とくに練習の必要もなく何時の間にか憶えてしまい、やがて口ずさめる程になったのである。

夕食の支度をする台所の片隅で、洗濯物を干すベランダの上で、郵便物を取りに降りて行く階段の途中で、——そのようなありふれた日常の場所、無自覚の時間に、ふと気付くと、わたしはその「メリナのルフラン」を口ずさんだり、ときには少年のように口笛で吹いたりしているのであった。旅はわたしをいくぶん若返らせたようだ。

やがてわたしは旋律だけでは満足できなくなり、意味は解らなくとも、口真似だけででも歌詞が歌えるようになりたくなった。実際、歌詞を知らなければ、歌の抜け殻みたいなものではないか。

それからは毎日少しずつ、ギリシア語の発音を真似て練習した。あまりに複雑な個所は適当に省略したりして、何日か経つうちに、曲りなりにもルフランの個所だけは歌えるところまでこぎつけることが出来た。もちろん、ギリシア人には全く通じない我流のギリシア語で。

そうなるとさらに欲が出て、その個所を日本語にして見たいという気紛れを起したのである。おかしなことだった。ギリシア語の歌詞のテキストが存在しないのに、どうやって訳すのか。要するにわたしが勝手に作詞するということである。

不思議なことに、着手するとたちまちのうちにそれは出来上ってしまった。まるで思いついたときには、頭のなかで「作詞」はすでに完了していたかのように。

だがそれは不思議でも、意外でもなかったのだ。晴れた日にはベランダで日光浴をしながら、また、夏にも訪れる小雨もよいの暗く寒い日にはベッドにもぐりこんでこの曲に耳を傾けた時間、——あるいは寂しければ少しの酒に慰めを求め、そして酔いのために寂しさの色合いの変った心であのルフランを口ずさんだ日々を通して、わたしは知らぬ間に「作詞」を始めていたにちがいないのだ。そのように考えたくなるほど、何の工夫も努力も要さずきわめて自然に、それはわたしの口から出て来たのである。早速わたしはノートに書き写した。

メリナの国で　メリナの国で
わたしたちは　出会った

何度か呟いてみた後、原曲の三度のルフランに認められるわずかな違いを考慮してわたしはさらに次の二連を付け加えた。

メリナの国で　メリナの国で
わたしたちは　別れた

メリナの国で　メリナの国で
わたしたちは　また会うだろう

そして読み返しながらわたしは確信した。きっとこのルフランの内容はギリシア語でも同じようなもの――語句はもちろん異なっていても、趣旨と、そして何よりも情感において、これに似たものであろうと。

わたしの歌詞のあまりの単純さに、いや、それにもまして作詞者の自信に、読者諸氏は驚き、呆れ、失笑を禁じがたいであろうか。しかしわたしは満足だった。「メリナの国で、わたしたちは出会い、わたしたちは別れた」この単純な歌詞のうちに、自分のギリシア旅行のすべてが明快に表現されていると感じたのである。そして最後の「メリナの国で、わたしたちはまた会うだろう」に、わたしの深い願望がこめられていたことは言うまでもあるまい。

わたしは早速この「詩」をフランス語に訳して絵葉書にしたため、礼状がわりにメリナ・ヴァルマスに送ろうと考えた。幸いにも手帳に、メリナのマンションのある通りの名と番地が控えてあった。

ギリシアへ寄せるわたしの愛情を精一杯こめたつもりのその文句を読んで、メリナはあの南国的なはっきりした顔に、どのような笑いを浮べるであろうか。それを想像するのもまた、わたしの新たな楽しみのひとつであった。

多忙と孤独の交互するわたしの日常に、ギリシアの旋律とは別の小さな歌がわたしひとりのための歌が付け加わった。

わたしはいささか得意でさえあった。カセットを鳴らしながら曲が例のルフランにさしかかると、我流ギリシア語で歌ったものだ。初夏の、うんざりするほど長くなった日の暮れきるのを待つ間、ベランダに持ち出した椅子にかけ、中庭を囲む黒く煤けた建物の屋根の上にいつまでも残る昼の色を見上げながら、低い声で歌った。燕の飛びかう明るいギリシアの夕暮を懐しみながら、歌った。ウィスキーがすこし入りすぎているときは、窓を開け放して夕餉の支度に忙しい向いの棟の住人たちの耳にとどくほどの声で、歌ったのである。そして最後の、わたしの作詞に従えば、

メリナの国で　メリナの国で
わたしたちは　また会うだろう

に当る個所では、きまって胸が感動にふくらむのを覚えた。わたしはときにはその部分だけを、繰り返して歌った。するとそのとき、旅先で優しくしてくれた人々、メリナや、メリナを紹介してくれた痩せっぽちの医学生オデットだけでなく、ピレウスの入江を囲む突堤の燈台のかげで黙って微笑を交わしただけのギターを抱えたブロンドの娘とも、あの有り余る光のなか、限りなく青い海のほとりできっとまた会えるだろうという希望が湧いて来て、それはまた何故か、切ない感情でわたしの胸を締めつけて止まないのだった。

第二部　モハメッドとともに——モロッコ

カテイ探し

濃霧の層は意外に厚く、また広範囲にわたって西ヨーロッパ上空を覆っているらしかった。わたしの予想では、パリを離れて南下するにつれ空は急速に晴れて来るはずであった。それなのに、何時までもミルク色の濃霧の中を飛んでいる。

一体、どのあたりを、どこへ向っているのか。五里霧中とはこのことだろう。

「この食品には、豚肉は一切使用されていないことを保証します」昼の機内食に添えられたカードにフランス語とアラビア語で記された文句が、行先が回教国であることを示しているのだが。

もう窓の外を眺めるのにも飽きてしばらく新聞に目を通していると、アナウンスがあった。

「ただいま、わが機はアリカンテ上空を経て、地中海へ出ました」

何時の間にピレネ山脈を越えスペイン上空を横切ったのか。霧が薄れていた。窓に顔を寄せて見下ろす。

すると、アナウンスの中の「地中海」の一語が呪文であったかのように、雲の層が急に真綿を引き伸すように薄くなり、やがてうっすらと海が見えはじめた。かと思うと、たちまち青さを増して来る。たしかに地中海だった。変化のはげしさに驚きながら一心に見下ろす。濃淡の縞模様を描く紺青の海面、その上にちぎれ雲が微塵のような影を落して走っている。青い海。「紺碧」という言葉すら空しく思われる、そのような青。

しばらく見とれていると突然、左前方に、代赭色の平たい陸地が現れた。海の青との対照が、異様なまでの強烈さで目を打つ。まるで天変地異でも生じたかのように。あれがアフリカ大陸なのか。

飛行機はこんな驚きや感慨にはおかまいなく、地中海を見捨てて赤い大陸の上空へ入って行く。赤い荒地、赤い砂漠、そして赤い岩山。その頂きのわずかな雪は人工雪のようで、少しも冷さを感じさせない。彼方にそそり立つ真白な高峰がひどく孤独で空しいものに映る。

しばらくすると、やっと黒ずんだ緑が見えはじめた。わたしは詰めていた息をひそかに吐き出した。すると、それに応じるように、

「さあ、やって来た」

それまでじっと目を閉じていた隣席の老人が窓の方へ首を伸ばして、ひとりごちた。いかにも旅慣れた様子の、でっぷり太った裕福そうな白人である。

パリを発って約三時間、黒い森林の中に切り開かれた白い滑走路に飛行機は着陸した。

ラバト。空港には目ぼしい建物はなく、人の姿も稀だ。妙にしんとした外の様子が窓硝子を通して伝わ

って来る。どこか田舎の空港に不時着でもしたのではなかろうか。

「ラバト？」

「そのとおり。モロッコの首都」

老人はゆっくりとうなずいて答えた。

座席の小窓から見るかぎり、滑走路にはわれわれの飛行機以外には、片隅に大きな模型のような白いセスナ機が一台とまっているだけである。その向うに見える暗緑のひろがりは、オリーブかオレンジの畑にちがいない。

数人の乗客が乗り降りする間、あわただしく荷作業や給油が行なわれているらしかった。およそ三十分後に、機は最終目的地マラケシュに向け再び飛び立った。

上空に達すると反対側の窓から西陽が差し込み、機内を赤く染める。

「モロッコははじめてかね」

隣席の老人がフランス語で話しかけて来た。何時の間にか濃いサングラスをかけている。

「あなたはフランス人ですか。モロッコをよく知っていますか」と問い返すと、

「ずっとモロッコに住んでいるよ」

さも当然のことと言わんばかりの、落ち着き払った口調である。

モロッコに対するヨーロッパ列強の搾取が始ったのが十九世紀のおわりで、一九一二年にはモロッコは

フランスの「保護下」に置かれ、一九五六年に独立を回復する。しかしこの国は、いまでもフランス人にとって「自分の国」なのか。そんな疑いを老人の自信に満ちた口調は抱かせる。

「一人旅かね」

「ええ、そうです」

「ホテルはとってあるか」

「旅行社に任せてあるが……」

「何ていうホテルだ」

「知らない」

「なに、知らない？」

知らない、と口に出して言った瞬間、その非常識さにわれながら驚いた。サングラスごしに老人に見つめられ、急に不安が胸元にこみ上げて来る。取り繕おうとして急いで言葉をつぐ。

「とにかく一流ホテルですよ」

すると老人の唇が笑いにゆがんだ。

「モロッコでは、きみ、ホテルといえば一流、さもなければゼロだよ」

わたしは顔の赤らむのを覚えた。パリの旅行社でクーポン券を受け取ったとき、ホテル名が記入されていないので質問すると、係員は、空港に現地の旅行社の者が迎えに来ているはずだから心配いらない、と断言したのだった。わたしはギリシア旅行の際、空港に出迎えてくれたオレンジ色の制服を着た美人の姿を思い浮べ、今度はきっと、イスラムの色である緑の制服を着たモロッコ美人が迎えに来てくれるぞなどと、たわいない期待を抱いていたのである。

その楽観が、老人の「なに、知らない?」の一言によって脆くも崩れ去り、それまで何とか紛らせて来た不安が猛烈な勢いでふくらんで来た。

ラバトからマラケシュまでわずか三十分、「ベルト着用、禁煙」のランプは点いたままだ。上空に達してしばらくすると、もう飛行機は着陸態勢に入った。今度もまた、黒い森林の中に不時着する感じでぐんぐん高度を下げて行く。

無事着陸。エンジンが停止する。時計の針を一時間遅らせる。現地時間で十八時すぎ。

降りようとして、座席の下に押し込んであったボストンバッグを引っ張った。すると、提げ手の片方が付け根からぽろりと取れた。調べてみると、金具を留めた部分がミシンの目にそってちぎれているのだ。模造皮の安物とはいえ、数か月前にパリで買ってまだ二度しか使っていないのである。

ふと、イヤな予感が胸をよぎった。

急に重さの増したような鞄を傾いたまま引きずるようにして提げ、滑走路を出口の方へ向う。

黒い木立の後ろに陽が沈みかけていた。朱、紫、鉛の三色にくっきり色分けされた凄絶な西空の情景にわたしは思わず歩を止め、しばらく仰ぎ見る。おそろしい夢のなかの色。

「では、よき滞在を」

不意に言葉をかけられた。隣席の老人だった。悠然とした足どりで出口へ去って行った。

税関の手前の国立銀行出張所の窓口にはすでに長い列が出来ていた。二十分ほど並んでフランをディラムに換えてから税関へ行く。一人旅の日本人は珍しいのか、パスポートの点検も厳重である。何度も顔と写真を見くらべた後、荷物の検査に移る。

やっと済んで通り抜けようとすると、何を思ったのか、黒い口髭をたくわえた軍人面がたずねた。

「ホテルはどこか」

飛行機の老人と同じ質問である。そんなに重要なことなのか。不安になって、しかし止むなく「知らない」と正直に答えると、相手の表情が険しくなるのがわかった。急いで旅行社のクーポン券を出して見せた。いまは一人だが、いずれ団体に加わって旅をすることになっている。これがその証拠である。

係官は一枚ずつ入念に目を通してから、やっと通関を許可してくれた。

後はもう、出迎え人を見つけ出すだけだ。

駅の待合室ほどの広さのホールへ出た。同じ便で到着した客は大方散ってしまい、ホールには浅黒い肌の無表情な顔をしたポーターや軍服に似た制服の警官が、手持無沙汰に立っていた。遅れて一人入って来たわたしの方を一斉に眺める。

あたりを見回した。当てにしていた出迎え人らしい人の姿は、どこにもない。

わたしは焦った。やっと片隅に、胸にバッジを付け、ほかの客の相手をしている男の姿を見つけた。近寄ってバッジをのぞいて見るが、よその旅行社の男だ。

誰もいない。にこやかに出迎えてくれる緑色の服のモロッコ美人、そんな甘い幻想はたちまち消え失せ、不安がはげしく全身を焙りはじめる。せめてあの隣席の老人でもいてくれたら。しかし彼はとっくに姿を消していた。

違うとは知りながら、バッジを付けた男に近づいてフランス語で話しかけてみた。

「すみません、こういうグループの者なんですが」

クーポン券を見せていると、それまでわたしの動きを見守っていたポーターたちが、ぞろぞろと寄って来てのぞき込み、口々に何事かアラビア語で喋りはじめた。

その不可解な音の連なりのなかから、「カ、テ、イ」という三つの音が耳に飛び込んで来た。しかも彼らはわたしの顔を眺めながら、その「カテイ」を繰り返すのである。何、家庭？

「何ですか、カテイというのは」

すると男の一人がクーポンの表紙に押されたスタンプの文字を指さした。見ると「K・T・I」と、当地の旅行社の略称がしるされてある。なるほど、フランス風に発音すれば「カ・テ・イ」となる。やっと解ってわたしはたずねた。

「で、カテイの係員はどこにいますか」

「もう帰った」

「えっ、帰った?」

帰ったとは何ごとだ、客をほったらかしにして。向けどころのない憤りに声が震えそうになるのをこらえて、

「なぜ帰った」

しかし男たちは黙ったままだった。頼りになりそうなのは、どこかの旅行社のバッジを付けたあの黒い縮れ毛の男だけのようだ。さいわい、彼のフランス語はよく解る。

「どうしたらいいでしょうか」

「ホテルの名は?」

またまたホテルの名である。誰もが、こちらの弱点を狙ったように同じ質問をする。

「知りませんよ、クーポン券に書いてないんだから」

わたしは空しいとは知りながら、誰かに向って抗議するように言った。

「とにかく、カテイに行きなさい」

「電話をかけられませんか」

「だめ」

「電話番号が書いてあるけど」

「だめだ」

男はクーポン券の表紙の電話番号のところを指先で示した。なるほど二百数十キロ離れたカサブランカの本社の番号だった。

カテイに行けというが、一体どこにあるのか。途方に暮れて外を見た。冬の日はすでにとっぷりと暮れ、暗闇が空港をとり巻いている。いまから行っても、もう会社は閉まっているに違いない。西も東も判らぬこのアフリカの田舎町に到着早々一人投げ出され、わたしは突如、泣き出したいほどの無力感に襲われて叫んだ。

「助けてくれ」

「とにかくタクシーでカテイのオフィスへ行きなさい。タクシー代は会社が払ってくれる」

「でも、こんな時間に開いているだろうか」

すると一瞬、相手の表情が曇った。しかし口から出たのは、

「だいじょうぶ」の一語だった。それを信じて行動するより仕方がない。

外はネオンひとつない真暗な空地だった。町へ向う空港バスなど、どこにも見当らない。これは全く計算外のことだった。肝腎のタクシーですら、果してそんなものが存在するのか。

きょろきょろ見回していると警官が近づいて来て、パスポートの提示を求める。挙動不審とでも映ったのか。それとも、ただの退屈しのぎか。ついでにタクシー乗場をたずねると、黙って暗闇を指さした。

目をこらすと、一台の黒い車が灯を消して停っているのがかろうじて認められた。あれがタクシーなのか。訝りつつ近づいて行くと、近くにたむろしていた黒い人影のなかから一人の男が出て来た。

「タクシー?」

「そう。カテイを知っているか」

「オーケー」

男は仲間のところへ戻り、早口にアラビア語で相談しはじめた。そのなかの一人が運転手らしく、黙って説明を聞いている。どうやら本人はカテイを知らないらしい。白のカッターシャツに黒いズボンをはいた痩せた男。ひどく頼りない印象をあたえる。

説明がすむと、彼は運転席に乗り込んだ。客であるわたしには一言も口を利かないで。

白タクみたいなものではなかろうか。

乗るのをためらって、最初の手配師じみた男にもう一度念を押してみた。

「こんな時間に開いているだろうか、カテイは」

「だいじょうぶ」

「今日は土曜日だけど」

「九時まで働いているよ」

威勢のいい返事が戻って来た。土曜日に、夜の九時まで働く? これがこの土地の習慣なのか。半信半疑のまま、しかし男がドアを開けてくれた車に乗り込まざるをえない。

空港を出ると、タクシーは暗いさびしい舗装道路を走りはじめた。淡い光のかすかに残る夜空を背に黒々とシルエットを描く巨大な棕櫚の並木。まだ宵の口というのに、行き交う車もない。すでに深夜の静寂の支配する暗闇のなかを、車内燈を消したままタクシーは走りつづける。

「遠いの？　何分ぐらい？」

だが、フランス語が通じないのか、運転手は返事をしない。車のなかに閉じ込められた沈黙が刻々と凝固していくようだ。その息詰る沈黙に穴をあけようとして言葉を探す。本当にカテイを知っているのか。まだ開いているのか。

だが口の中は緊張に乾ききり、舌が鳥もちにくっついたように動かない。

何分ぐらい走っただろう。前方に建物と明りが見えて来た。人影もあり、街らしい気配がうかがわれる。やれやれ、と胸を撫で下ろす間もなく車は走り抜けた。そしてふたたび裏街の暗がりへ入り、しばらく走ってやっと停った。

一体、どこだ、ここは。

「カテイは？」

運転手は依然無言のまま、道端の建物を指さす。車の窓ごしに見ると灯は消え、真暗だ。旅行社のオフィスとはとても思えない。九時まで働いているはずではないのか。場所を間違えたのかも知れない。いや、予想どおり、もう閉店になっているのだ。

「ここはカテイじゃない。閉まっている」

興奮のあまり、わたしは筋道の通らぬことを口走ってしまった。だが運転手は返事をしない。沈黙戦術に出ているのか、それとも本当に言葉が通じないのか。

「誰かに聞いてみてくれ」

すると運転手は緩慢な動作で車を降り、姿を消した。

覚悟をきめ、暗い車内で腕組みして待った。ほどなくして戻って来ると、運転手は何の説明もあたえず依然押し黙ったまま車を発車させた。わたしはもはや言葉をかけることを諦め、なすがままに任せることにした。

次に連れて行かれた所は確かに旅行社だった。しかし「K・T・I」ではなかった。ただ、開いていたのは幸運というべきで、男が出て来て運転手に何ごとか説明しはじめた。そのアラビア語の中から一言「シネマ・パレス」という言葉がわたしの耳に飛び込んで来た。説明がすむと、男は運転手に向って「急げ」という身ぶりをした。

車はまた薄暗い街を走り、やや繁華な一郭に入ると、推察どおり映画館のそばで停った。しかし近くには旅行社らしいものは見当らない。車を降りてぼんやりと見回している運転手に、無駄と知りつつ「どこか」とたずねると、目の前の一階建の建物を指さした。そこも灯が消え、入口に金網が下りていた。

「ちがう！　閉まってるじゃないか」

バカにされたように感じ、それ以上に不安に苛立って、わたしはつい激しい口調で叫んだ。

しかし途方に暮れているのは運転手も同様らしかった。もう信頼できなくなっているとはいえ、いまこの男に逃げられたら全くの孤立無援に陥る。ほかにタクシーなど見つかりそうにない。この男を怒らせてはまずい、とわたしは苛立つ自分をいましめた。こうなればカテイが見つかるまで、明日の朝までもくっついて離れないぞ。

そのとき、われわれの様子をうかがっていたらしい若い男がそばの雑貨店から出て来て、わたしに向ってフランス語で言った。

「今日は土曜日だから、ここはもう閉まっているよ。月曜日まで開かない」

確かに彼の言うことの方が筋道が通っている。だがそれなら、わたしはどうなるのだ。月曜日までどこに泊ればいいのだ。出発点で団体に合流できなければ、一人この町に取り残されてしまう。

「どうしてくれるんだ！」

暗い路上で、わたしは誰にともなく叫んだ。

すると、男が妙なことを言った。

「もう一軒ある」

わたしは耳を疑い、聞き返した。

「もう一軒？　それもカテイか」

彼はうなずいて、運転手に向ってアラビア語で説明しはじめた。どうしてこの町にはこうも沢山カテイが存在するのか。まさか気休めにいい加減なことを言っているのでもあるまい。説明を聞いているのかいないのか、ぼんやりと突っ立っている痩せた運転手の背に向って、おい、しっかり聞いておいてくれよ、と叫びたくなる。

四度目に連れて行かれた暗い大通りの角の建物はそれまでのものより大きく、しかも嬉しいことにあかあかと灯がともっていた。あまりの違いに、一瞬わたしは警戒心を強めた。ここもカテイなのか。

車を降りようとすると、ちょうど硝子扉を押して一人の若い男が出て来るのが目にとまった。見ると、何たる僥倖か、先ほど空港でカテイのオフィスへ行くよう指示をあたえた、あの黒い縮れ毛の男ではないか。

地獄で仏。ぐずぐずしているとこの仏さん、どこへ消えるかわからない。慌てて駈け寄り、声をかけた。

相手は驚き、わたしの顔をのぞき込んだ。それからやっと判ると、手を差し出した。その手を握りしめるわたしの手には、きっと命綱をつかむ遭難者の力がこめられていたにちがいない。

わたしは事情をかいつまんで説明した。カテイはどこも閉まっている。あんたの言ったこととは反対に……。

「だいじょうぶ。心配いらないよ」

男は動ずる風もなくそう言って、わたしの肩を軽く叩いた。

そこはやはり、カテイではなかった。しかし若者は、構わないから中に入って待て、と言ってくれる。

わたしはあやうく、タクシーの運転手のことを忘れるところだった。黙って車のそばに立っている。ひとまず落ち着きを取り戻すと、先程までの不信感に代って感謝の念が湧いてくるのをわたしは覚えた。よくぞ辛抱してここまで連れて来てくれた。別れるとなると名残り惜しくさえあった。わずかな時間ではあるが、彼もまた旅の道連れと言えぬことはない。

「どうもありがとう。そして、さよなら」

相手の要求するだけの料金を払い、片方の提げ手のもげた鞄をぶら下げてわたしは明るい建物の中に駆け込んだ。

若者は早速、方々の観光ホテルのフロントに電話をかけて、カテイの係員が来ていないかたずねてくれた。間もなくつかまり、わたしの姓を告げると、泊るべきホテルの名が判った。その能率のよさに感心したが、何のことはない、わたしはこの町の観光業者の情報網に見事に引っかかったまでのことである。

厚く礼を述べ、出かけようとすると、若者は、タクシーは見つかるまいからと言って、近くに停車中の、これから入庫する自社のバスのところへわたしを連れて行き、ホテルまで送ってやってくれと運転手に頼みまでしてくれた。こうして、わたしはどうにかホテルに辿り着けたのである。

到着早々スリルに富んだ体験を経たあげく、やっと入ることが出来たこのホテルというのは、確かに旅行案内に示されたとおりのAクラスの観光ホテルであった。

ところで、わたしは第一部の冒頭で、「ホテルはCクラスで」の原則を掲げたが、では、それは一体どうなったのか。早々と原則違反を犯したことについてここで一言断っておかねばなるまい。

わたしのモロッコ旅行の計画を知ったパリの友人は、この国の観光施設のおくれを強調し、次のように言うのであった。水道の水は飲むな。生野菜は警戒せよ。安ホテルに泊るな。部屋に鍵を掛けておいても安心できない。要するに、ヨーロッパではないのだから、云々。

多少の誇張と偏見を計算に入れつつ、その忠告を頭に置いて旅行社のパンフレットに目を通してみると、確かにモロッコ旅行に関してはホテルはすべて「デラックス」と「Aクラス」で、Cクラスは勿論のこと、最も望ましいBクラスすらひとつも挙っていなかった。

こうして結局、わたしは「Aクラス」を選ばざるを得なかったのである。飛行機で乗り合せた老人が皮肉な口調で言った「一流でなければゼロ」は、かならずしも冗談ではなかったらしい。

さて、受付で手続をすませると、制服姿の現地人の若いボーイが荷物（といっても無様な鞄が一個だが）を持ってエレベーターまで案内してくれた。そしてわたし一人をエレベーターに乗せるとどこかへ姿を消し、わたしが三階で降りると廊下の角から笑顔でふたたび姿を現した。

案内された部屋は表のポーチの屋根に面していた。プールのある中庭を見下ろす部屋には、一人客は入れないことになっているらしい。こういうことはもう幾度もの経験から覚悟が出来ているので、いまさら僻むこともない。

部屋そのものはひろびろとしていて、ツインのベッドが置いてあった。便所兼用の浴室もゆったりしていて清潔そうだ。ビデがちゃんと付いている。さすが元フランス「保護領」である。おおむね設備は満足すべき状態にあった。しかし、アラビア語で「太陽」を意味する名を持つ観光ホテルの、裏向きの一室、——「ホテル太陽」の太陽のない間——のことを思い返すと、いまも苦笑が浮ぶと同時に、なにか空しい気がしてくる。

時間はすでに七時半をまわっていた。一休みし、今回もパリの空港で仕入れて来たウィスキーの瓶を鞄から取り出して、気付けに一杯飲む。とにかくカテイと連絡を取らねばならぬ。受付に電話して事情を説明すると、今夜、係員がやって来るはずだと言う。かならず連絡してほしいと念をおし、開いたばかりの食堂へ下りて行った。疲労のせいか腹はへっていないが、とにかくなすべき事は早く済ませておこうといったはなはだ事務的な気分である。

入口近くで、タキシード姿のすらりとした黒い肌の給仕頭がにこやかに、訛りのないフランス語で挨拶した。大変な美青年である。

「いらっしゃいませ。お一人さまですか」

「ええ、一人です」

するとと給仕頭はあたりを見回し、入口近くの小さなテーブルを指定した。一番悪い席だと判ったが、これも一人で旅する者の甘受すべき運命である。

料理は完全にフランス風であった。給仕頭をはじめ、ボーイ達はすべて現地人のようだが、英・独・仏の三か国語を喋っている。飲物にはモロッコ産の赤ぶどう酒を選び、そのほかに、友人の忠告に従ってミネラル・ウォーターの大瓶を注文した。これは食後、部屋に持って上るためである。

食欲がないので、ぶどう酒で流し込むようにして食事を済ます。一人旅で一番辛いのが、食事の時間である。どんな珍味、どんな美酒も、話相手なしでは味気なく索然としたものとなる。日本人の友達がいてくれたら、とはじめて思った。先ほどのような精神的な疲労をほぐし癒すには、やはり自分の国の言葉で喋るしかないようだ。

次第に食堂が込みはじめた。外に何組か待っているようだ。わたしが立ったところで席が空くわけではないが、こんな所に一人坐っていても仕方がない。飲物の代金を払って早々に席を離れた。

いったん部屋へ戻り、水の瓶を置いてからふたたび下へ降りた。カテイの係員をつかまえなければならぬ。わたしの翌日からの行動は、彼の指示によって決るのである。もしあの親切な旅行社の若者に救われなかったら、どうなっていただろう。一週間のツアーに「乗り遅れ」た以上、悪いのはわたしということになって、最悪の場合は帰りの飛行機の切符ももらえず、自費ですごすごとパリへ引き返さざるを得なくなっていたかも知れない。そう思うと、あの黒い縮れ毛の若者の親切がいっそう身にしみて感じられる。ロビーは、ちょうど到着した別の団体客で混雑していた。みな胸に大きなバッジを付けている。夫婦連れの老人が目立つ。クリスマスの休暇をモロッコの太陽の下で過しにやって来たのだ。

カテイを見張るのに適当な場所を探して人込みの間を通り抜けようとしていると、入口の方から、黒ぶちめがねを掛けた長身の青年が手に伝票風の紙きれを持って急ぎ足にやって来るのが目にとまった。近づいて見ると、胸に「K・T・I」のバッジを付けている。この男だ。間違いない。

目と目が合った瞬間、以心伝心とでもいうのか、先方から、

「ムッシウ・ヤマダ?」と声をかけて来た。

「そうです。あなたはカテイ……」

「こんばんは、ムッシウ・ヤマダ」

彼はそう言って、人なつっこい笑みを浮べて勢いよく手を差しのべる。面喰らいながらその手を握った。まるで感激のご対面である。こんなはずではなかったのに。

気を取り直し、何はさておき空港でのいきさつについて抗議しかけると、

「すみません、すみません。まあ、とにかく何か飲みながら……」

相手はもっぱら低姿勢で、わたしをロビーの一隅のバーのカウンターに連れて行く。フランス人ならこんな風に自分の方から謝ることはあるまいと、このモロッコ青年の態度に好感を抱いた。

「何を飲みますか。何でもお好きなものをどうぞ」

ためらっていると、

「コニャック?」

「じゃ、それにしよう」

彼は自分のためにはビールを注文し、われわれは初対面の挨拶をかね、健康を祝して乾杯した。こうして結局、わたしは一杯のコニャックのために出鼻を挫かれ、わずか千円ほどとはいえ、空港からのタクシー代をカテイに請求するのを諦めてしまったのである。

ところで、ユーセフと名乗るその男が「すみません」を連発しながら釈明したところによると、こうである。

彼は、わたしが午後三時すぎに着くチャーター機で団体客と一緒にやって来るものと思い、空港で待っていた。しかし姿を現さないので乗り遅れたか急に中止したのかと考えて帰ってしまった。わたしの乗ったのはエール・フランスの定期便である。後で判ったことだが、申込みをしたときチャーター機はすでに満席だったので、わたしは割増金を取られた上、定期便に個人として乗せられたのである。その連絡がパリとモロッコの両方の旅行社の間でうまくついていなかった。そこからこのような手違いが生じたらしい。

さて、このツアーの案内書によれば翌日が市内観光、翌々日が終日自由行動となっていた。その点を確かめると、ユーセフはそれは印刷物の間違いだと訂正して言った。

「理論上は、明日はあなたは自由です」

「理論上は」とは、「原則的には」の意味であろう。

「では非理論的には？」とまぜ返すと彼は困った顔で笑い、言い方を変えた。

「とくに変更のないかぎり」

「明日自由なら、何をすればいいのでしょう」

街の様子の皆目わからぬ第一日目からの「自由行動」にわたしは戸惑い、不安を覚えてそうたずねた。思いがけぬ質問にユーセフはちょっとたじろいだ風で、厚いめがねのレンズごしにわたしを見つめ、真面目な顔で言った。

「することはいろいろあります。たとえば街をぶらつくとか……」

日程のわずか一日の変更、これがわたしのモロッコ旅行にいわば決定的な影響を持つことになろうとは、わたしは、そして勿論ユーセフも、夢にも思わなかったことである。

速く歩け

この種の団体旅行、フランス風の言い方に従えば「組織された旅」では、いったん組織の一員となり旅の軌道にのってしまえば、後はただ指導者、すなわちガイドの指図どおりに行動しているかぎり、間違いは、まあない。問題はその軌道にのるまでの数時間であって、そのわずかな時間こそが真の旅の時間、あるいは旅の魅力と言えるのである。

ところでこの度の旅行では、本来なら組織の代理人ユーセフとの接触によって終るはずの「自由な」時間が、日程の変更によってさらに丸一日延びたのであった。

立派な観光ホテルの一室に身を落ち着けながらも、わたしはまだ「組織化」されておらず、したがって、自由であると同時に頼りない存在でもあるのだった。その自覚が、わたしには欠けていたのである。

ユーセフと別れた後、わたしはロビーから夜の中庭へ出た。照明燈の光のなかに、底まで青く透きとおったプールの水面から立ち上る湯気が白く見える。手を漬けてみたが、水は冷かった。

プールサイドを取り囲む棕櫚やバナナの木が、電光を浴びて人工的な色を浮き上らせている。そのかげのベンチでは幾組かの男女が肩を抱き合い、手を取り合ってじっとプールの水面に見入っていた。ふと、推理小説の一場面、殺人の行なわれる直前の平和なアフリカの観光ホテルの内部、そんな想像が浮んだ。われながらあほらしくなる。

プールサイドを一巡するともうすることがない。南国とはいえ、年の暮、夜気は肌に冷い。夜空に輝く大きな星を仰ぎ見て、さて、次は何をしようか。込んでいるロビーで窮屈な思いをするのもいやだ。あっさりと部屋へ引き揚げ、翌日に備えることに決めた。

寝室の明りは暗いので、ウィスキーとミネラル・ウォーターの瓶をかかえて浴室へ入る。ここは眩しいほど明るく、暖房もよくきいている。便器は蓋をすると腰掛けとなり、浴室はたちまち書斎に早変りした。こうして毎夜、便器に腰掛けてウィスキーを飲みながらフランス語のガイドブックでお勉強、これがモロッコ旅行中の習慣となってしまった。

しかし厠上の甲斐もなく、ちょっと目を通しただけでわたしは投げ出した。着いたばかりなのに、すでに大きな旅をすませたような疲れを感じたのである。

風呂に入り、もう一杯水割りを飲み、ベッドに横になる。明りを消し、目を閉じると、頭の中にさまざまな情景が浮んで来た。赤い砂漠、黒々と影を描く棕櫚の並木、物言わぬ痩せたタクシーの運転手、親切な旅行社の若者、度のきついめがねをかけた好人物のユーセフ……。やがてそれらが回り燈籠のようにぐるぐる回りはじめる。ああ、モロッコ。そう呟いた次の瞬間、眠りにおちていた。

プールサイドには朝の光がさんさんと降り注いでいた。久しぶりに見る日光らしい日光である。その眩しい光のなかに、早くも女たちが白い肌を露わに寝そべり、お喋りをしたり眠ったようにじっと目を閉じたりしていた。そのそばを、盆に飲物をのせて、白い仕着せの若いボーイが無表情に通り過ぎる。

庭をとり巻く熱帯植物の強烈な緑、その上にひろがる紺青の空。空の一角に、青い硬質の板から彫り出されたようにくっきりと輪郭を描いてそそり立つのは、ラ・クトゥビアの回教寺院の尖塔である。一日五回行なわれる祈禱の時間には、塔の上に白い旗が掲げられるという。

日差しはすでに、いや依然としてと言うべきか、夏であった。季節の秩序感が狂ってしまい、十二月末という暦の上の日付を思い浮べようとすると、頭の芯にキーンとした痛みのようなものが走る。つい前の日に離れたパリの濃霧に閉ざされた暗い空、あれは何時の、何処の現実なのか。この明るすぎる光は、わたしを落ち着かせない。

椅子から立ち上る。ぼんやりしてはいられない。この一週間の旅のなかでただ一日しかない「自由な」日を有効に使わなければ。ユーセフの助言に従って街をすこしぶらついてみよう。

部屋に戻りカメラと市街地図を持って、大体の見当をつけてホテルを出る。

マラケシュ。人口三十三万。カサブランカ、ラバトに次いでモロッコ第三の都会である。町は十一世紀後半に先住民族のベルベル族によって築かれた。モロッコの名はこのマラケシュに由来するという。いまは古都としてこの国最大の観光地となっている。

ホテルの前の道に男が二、三人佇んでいた。わたしの姿を認めると、そのうちの白いあごひげを生やした老人が近づいて来て「ガイド?」と話しかけてきた。断って、あらためて地図で方向を確かめていると、何処からともなく七、八歳の少女が現れた。手に掛けた赤、黄、緑のけばけばしい色の首飾りを押し付けるようにして、フランス語で値段を言う。断っても、執拗に付きまとう。相手にならずにいると、しまいには、

「これ、記念にあげる」と言ってわたしの腕に掛けようとする。

「いらない」と押し返しても同じことを繰り返す。その執拗さにふと気味が悪くなった。年は幼いが顔の表情はおどろくほどませている。じっと見上げる黒い瞳に何か魔力でもこもっているようで、わたしは思わず目を外らした。

そのとき、これまた何処からともなく、赤いスキー帽のようなものをかぶった若者が姿を現した。胸をはだけたシャツの下から、黒い下着がのぞいている。彼が二言、三言何か言うと少女はあっさり退散した。

若者が近寄って来た。シャツの下の黒い下着と見えたのは胸毛だった。礼を言って歩き出すと、若者も従いて来た。

「日本人? 一人?」

下手なフランス語で話しかけてくる。

「日本はすばらしい国だ。わたし、学生のムスターファ」

そう名乗って手を差しのべた。

この手も怪しい。握るべきかどうか。ちょっとためらってから、結局握ってしまった。顔に吹出物のある二十前後の若者である。目付が妙に鋭い。

「どこへ行く」

「ただちょっと、散歩するだけ」

「道はわかっているか」

「地図があるから」

「地図なんか役に立たないよ。どこへ行きたい」

「……市場《スーク》まで」

言い終ってから、しまったと思った。

「それなら、こっちが近道だ。気を付けなさい。さっきのような子供が押し寄せて来る。囲まれると動けなくなるよ。わたしがついていれば安心だ。追っ払ってあげる」

ムスターファと称する若者は、わたしにぴったり寄り添って離れない。うるさい奴だ、もう口を利くまいと思った。それとも、一旦ホテルへ引き返すべきか。思案しながら足を動かし、ふと気付くと、何時のまにか若者に示された方向に進んでいる。いけない、このままではガイドを頼んだことになる。そう気付いたときにはすでに、「要らないよ」と言って追い払うわけにいかないような気になっていた。

人影のない、低い土塀に沿った埃っぽい道を、わたしはしばらく相手を無視して歩いた。伸び上って塀のなかをのぞいて見ると広い墓地だった。崩れ落ちた墓石が陽に晒されて白く光り、明るい廃墟のようだ。

「そこは墓地」

余計な説明を加えるムスターファの声が何とも疎ましい。

大通りに出た。「こっち」若者の声に魅せられたように足がその方向へ向う。まだ大丈夫、まだ大丈夫と心のうちで自分に言い聞かせながら、とうとう市場の入口らしいところまで来てしまった。

やっとわたしは立ち止まり、引き返す決心を固めた。ここからなら一人でホテルに戻れるし、まだガイドされたことにはなるまい。翌日の市内観光のプログラムに「市場見物」が入っているのを思い出し、それを理由にここから引き返すとムスターファに言った。すると、

「プログラムは間違っているよ。市場はとても道が狭く、団体客は通れない。ぜひ今日見ておきなさい」

なるほど、彼の言うことに一理ある。それにもうここまで来たのだ。このままバイバイというのも相手に悪い。引き返す決心はたちまち崩れ、結局ムスターファに従うことにした。

アラブの都市には、新市街と呼ばれる近代的な街とは截然と区別されたメディナと称する古い回教徒の街があり、その中心の、職人や商人の集る場所が市場である。なかでもマラケシュのそれは規模の大きさ

で、モロッコでもとくに有名なものとされている。マラケシュまで来てここを見逃すわけにはいかない。わたしはこのにきび面の学生をガイドと決め、スークに足を踏み入れた。

幅二、三メートルの狭い道が迷路のように入り組み、そこを沢山の人が行き来していた。たまにガイドを連れた観光客らしい白人の姿も見かけた。両側には金物、皮、布などの製品を陳列した小さな薄暗い店が軒を連ねている。どれも同じように見え、二、三度角を曲るともう方角がわからなくなる。これでは確かに地図など役に立たないし、団体の通り抜けも困難だろう。ムスターファの言うとおりだ。疑って悪かった。わたしの警戒心は次第にゆるみ、代って信頼の念がわいて来た。

ある一軒の小さな皮製品の店の前までやって来たとき、ムスターファが立ち止まった。

「ちょっとなかをのぞいてみないか」

「いや、結構」

「だいじょうぶだよ。ここはわたしの友人の店だから」

生れかかった信頼感がすっと引っ込み、わたしの体はふたたび警戒心に固くなる。その背をぐいと押して、ムスターファは狭い店の中に入らせた。

同時に薄暗い店の奥から、待ち構えていたように長身の男がぬうっと姿を現した。黒い髪毛をいわゆるアフロ・スタイルに縮らせ大きく膨ませた、浅黒い肌の巨漢である。彼はまずムスターファとアラビア語で何ごとか喋り、それからわたしを見下ろすように眺めて白い歯をのぞかせ、

「ボンジュール、ムッシウ（いらっしゃい）」と、癖のないフランス語で挨拶しながら手を差しのべて来た。あ、また握手か、と警戒したが握らぬ訳にはいかない。天狗の掌のような手だった。

「彼はベルベル族でね、ときどきパリにも出かけて商売をやっている。明日、山へ帰るので、とくに安くしておくと言ってるよ」

そうムスターファが口添えをする。これがかの有名なベルベル族か。わたしはあらためて、相手の精悍な顔を見上げた。

ベルベル族というのは紀元前五世紀ごろ、北アフリカ一帯に栄えた古い人種である。七世紀ごろアラブ人が侵入するまでこの地方を支配していた。いまもモロッコ人口の半数近くを占めているという。主にモロッコ中部、サハラ砂漠を東西に走るアトラス山脈附近に住んでいる。マラケシュを築いたのも彼らの先祖だ。

「とにかく店の中を見てごらんよ」

ムスターファがしつこくすすめるので、品物を眺める格好だけして店を出ようとすると、二人の男が立ちはだかるようにして止めた。

「まあ、そう急がずに」

「でも、何も欲しいものはないから」

すると、ベルベル族は素早く小さな腰掛けを出して来て掛けろとすすめる。断ったが、どうぞ、どうぞと言って肩に両手を掛けてむりやり坐らせた。

腰を下したのを見ると、ベルベル族は嬉しそうに笑った。

「どうかゆっくりして行ってくれ。われわれは友達だから」

それから彼はまたムスターファとアラビア語で何ごとか喋った。一言も解らないのが、何とも口惜しい。

こんな所にいつまでも腰を下していては危い。こちらの意志を明確に示すべきだ。

わたしはムスターファに合図しようとしたが、彼は故意にか、よそを向いている。

そのときベルベル族が言った。

「絨毯を買わんかね」

とんでもない。一蹴し、立ち上りかけると、今度は皮のクッション・カバーを出して来て目の前に並べはじめる。美しい色彩のアラビア模様が入っている。

「安くしとくよ」

ベルベル族は二つ、三つと異った柄のものを並べる。しかしいくら安くても、こちらに買う気はないのだ。

「要らない」

「ではどんなものが欲しい」

「何も欲しくない」

すると彼は、それでは返事にならないと言わんばかりに苦笑を浮べて頭を左右に振り、

「何が欲しいか言ってみてくれ」

と執拗に食い下がる。わたしは戦法を変え、店のなかを見回してそこにない物を言った。

「木彫りの人形……」

「人形はない」

ベルベル族は困った顔をする。作戦成功である。

すると、それまでよそを向いていたムスターファが何か言った。二人はしばらく相談する風だった。それが終るとムスターファは店を出て行った。

「ちょっと待て」

そう言って、ベルベル族はふたたびわたしを坐らせた。

しばらくすると、ムスターファが片手に木彫りのけだもの、もう一方の手に銅の人形を持って戻って来た。多分、知り合いの店から借りて来たのであろう。

「こんなのどうか」

「いや、わたしの欲しいのは木の人形だ」

「これだって、同じようなものだよ」

「ちがう。要らない」

そう突っ撥ねつつわたしは勢いよく立ち上り、そのまま出て行こうとした。するとムスターファが引き止め、耳もとに口を寄せてささやいた。

「ねえ、ここでは定価というものがないんだよ。いくらでも値切れる。それに彼は友人だから、とくに安くすると言っている。この店で買うことをすすめるよ」

「けっこう。見るだけと言ったじゃないか」

相手の顔を見る気にもなれず、わたしはそっぽを向いて言い放った。

そのとき、狭い店の入口から十ばかりの少年が入って来た。見ると、黄色い液体の入ったコップを盆にのせている。

一体、何だろう。飲物のようだが誰が注文したのか。

陰謀の網がじわじわと狭められるのを感じる。

「薄荷茶だよ。知っているか」

受け取った盆をわたしの前に差し出してムスターファが言う。茶のなかに緑色の薄荷の葉が漬っている。黙って見ていると、「どうぞ」とすすめる。

罠だ。うっかり手を出すとますます後へ退けなくなる。

「ありがとう。でも欲しくない」

「これはおごりだ。飲んでくれよ」

ムスターファはコップを手に取って突きつけるようにする。その執拗さにわたしは、さきほどホテルの前で彼自身が追い払った首飾り売りの少女の態度を思い出した。

断りつづけながら、しかし一方でわたしは考えた。茶の接待まで断るのは、この土地の人にたいして失礼に当りはせぬか。いずれにせよ、もうこのまま店を出るわけにはいかないだろう。それなら、なるべく穏便に切り抜けることを考えた方がよくはないか。

わたしは臍《ほぞ》を固め、ムスターファの手からコップを受け取り、ふたたび小さな腰掛けに腰を下して茶を飲みはじめた。薄荷の香りがきつすぎて清涼感はなく、おまけにひどく甘い。

「どう、うまいだろう」

「甘すぎる」

「この土地の人間はもっと甘くして飲むんだよ」

わたしが茶をすするのを満足気に眺めている二人が怨めしい。

飲み終ると案の定、また商談が始った。

「これ、どうか」

ベルベル族が皮のクッション・カバーを指さして言う。

「要らない」

「では、これは」

今度はムスターファが、自分が外から持ち込んだ木彫りのけだものを示す。

「いくらだ」

欲しくはないが参考までにたずねると、ムスターファが値段を言った。途端にベルベル族が短く口笛を鳴らし、呆れ顔に「高い！」と叫ぶ。

「これより安くはならないそうだ」

ムスターファは弱ったような顔をして、

「こっちの方がいいと思うな」

と、ベルベル族の皮袋の方をすすめる。

「いくらなら買う。値をつけてみてくれ」

ベルベル族が覆いかぶさるように上体を乗り出して来た。

「わからない」

「わからない？　そんなバカな。さ、いくらなら買う」

わたしの困惑は次第に焦慮から恐怖へと変って行った。蟻地獄に落ちたあわれな蟻。もう何も買わずに店を出ることは不可能だ。いまはまだ愛想笑いを浮べているベルベル族の精悍な顔が、いつ険しい表情に変るかわからない。

それにかりに店を脱出できても、ムスターファの案内なしにこの迷路を抜け出してホテルに戻ることができるだろうか。

とにかく一刻も早くケリをつけなければならない。相手は「値をつけてくれ」としきりに促す。だが何の目安もないわたしには、値のつけようがないのである。何度目かの「値をつけてくれ」に根負けして、とうとうこう言った。

「わからないから、そちらが先ず言ってくれ」

するとすかさず、

「二つ買うか」

「とんでもない」

「二つなら七百にしとくが、一つなら四百」

四百ディラム、円に換算して約二万円である。高いのか安いのか、相場を知らぬわたしには皆目見当がつかない。目でムスターファに助けを求めると、彼は真剣な表情で寄って来て耳もとでささやいた。

「高い。値切りなさい」

ああ、やっぱり彼は味方だったのだ。

「いいかね。目くばせしたら、そこで手を打つんだ」

しかしこちらにはもともと商談を成立させたい気はないのだから、思い切った値切り方をしてやるべきだ。

「二百」

と半値を言うと、ベルベル族は、それは無茶だと言わんばかりに笑いながら首をよこに振る。こちらの思う壺だ。

「じゃ買わない」

そう言って腰を上げかけると相手は慌てて、

「二百五十」

「いや、二百。それ以上なら買わない」とわたしは踏張る。

「二百四十」

「だめ」

ムスターファのにきび面をうかがうと、依然真剣な表情で、

「二百より少し上の値を言いなさい」

と小声で指示をあたえる。少し上とはどの程度なのか。

「……二百五？」

「いや、もう少し上」とムスターファが訂正する。そこで、

「二百十」と言ってみた。すると間髪を入れず、

「二百二十」

と叫ぶなりベルベル族はさっと手を差しのべた。ためらいながらムスターファの顔を見た。目くばせしている。

差し出された手を力なく握る。

「二百二十、オーケー?」

相手は手に力を込めて念を押す。わたしは仕方なくうなずいた。

「これは友人の値段だよ」

ベルベル族は白い歯を見せて嬉しそうに笑いながら天狗の掌でわたしの背をポンと叩き、どれでも好きな柄のものを選ぶよう言った。

店を出るとムスターファは、もう一軒のぞいて見ないかなどと言う。憤然として、すぐにホテルに帰りたいと答えた。買物の包みは彼が持っていて渡そうとしない。目を離さぬよう気を付けて黙々と従いて行った。

ガイド料を値切ったのがせめてもの慰めだった。スークを出たところで金と引換えにムスターファは包みを渡し、道順を教えて引き返して行った。

午後はずっとホテルで過した。何をしても、何処に行っても落ち着かない。気晴らしにプールサイドに出て日光浴を楽しむ裸の女たちを眺めていても、あのいまいましいムスターファやベルベル族の顔が浮んでくる。半値近く値切ったのだからそう損はしていないはずだが、それでもひっかかる。

いまいましい思いで品物を鞄の奥に押し込んだ。二度と見る気がしなかった。もう済んだことだ、忘れてしまおうと何度思っても、しかし直ぐまた考えている。怪しいと感じたとき、なぜ直ぐホテルへ戻らなかったのか。いや、スークの入口からでもまだ引き返せたはずだ。足を踏み入れてからでも、店に入ることは拒めたではないか。なぜ最後まで、何も要らぬと言い張らなかったのか。……振り返って考えると、優柔不断とはいえ、まるで魅せられたように行動したことが不思議だった。ちょっとしたスキに付け込むアラブ人の抜け目のなさに空恐ろしさを覚えた。多分、これがアラブ世界なのだ。

夜、いつもよりさらに侘しいひとりきりの食事を済ますと、わたしはさっさと部屋に戻り、ベッドにひっくり返った。浴室の明るい光の下で、便器を椅子がわりにしてガイドブックを読む気力もない。依然あ、、、のことがひっかかっていた。

そのとき、枕元の電話が鳴った。ぎくっとしてはね起きた。

「アロー、ムッシウ・ヤマダ?」

訛りのないフランス語だった。突然名を呼ばれてわたしはどぎまぎした。

「こんばんは。ガイドのモハメッドです。いま団体を連れて、カサブランカからホテルに着いたところです。明日からわれわれと行動を共にして下さい。明朝、九時出発です。では、ごゆっくり」

これでやっと旅の軌道にのせられたのだ。しかし前日の、空港からホテルにたどり着くまでのいきさつ、午前中のスークでの体験、この相次ぐ出来事にわたしはひどく疲れ、もう旅は終ったような虚脱感にとらわれていた。翌日からツアーに出かけるのが億劫でたまらない。いっそのこと、もう止めてしまってパリへ戻りたい。しかしそんなわがままは許されないのだ、「組織された旅」では。

結局、翌朝からわたしは、一人の落ちこぼれも認めようとしない優秀な統率者モハメッドに導かれて、古都めぐりの旅に出かけることになった。


白いカフタン、黒い毛皮のシェシア。モハメッドは口ひげを生やした三十前後のモロッコ青年であった。サングラスをかけると表情に凄みが出る。

よく透る声できれいなフランス語を喋る。なかなかの雄弁家である。しかしその解説に、わたしは従いて行けなかった。いや、その気がなかった。つねにあのことが邪魔をするのだ。

身から出た錆とはいうものの、何とも冴えない旅立ちではある。

マラケシュの名は、フランスの友人はみな知っていた。それほど名高いのである。だが恥をしのんで告白すれば、モロッコ旅行を思い立ちパンフレット類に目を通すまでは、わたしはマラケシュの名を知らなかったのである。モロッコの都市で知っているのは、馬鹿のひとつ覚えのカサブランカ。それも現実の、でなく、映画を通しての、知識とは呼べないほどの知識にすぎなかった。首都がラバトであること、マグレブ諸国のうちではいまでは珍しい王国であることを辛うじて知っていた程度である。

要するに予備知識はゼロに等しく、モロッコはわたしにとって依然お伽の国に近い存在なのであった。

外国旅行に出かける前に大変な予習を行なう人がいる。何種類もの地図、参考文献、買物、うまいもの、穴場（?）についての手引きなどを読みあさり、出発前にもう行って来たような口を利く。本人もその気分である。わたしの友人にそんなのがいて、パリに行ったことがないのにパリの街並みに詳しく、どこの角に映画館があるね、などと言ってわたしを慌てさせたものだ。

わたしはむしろその逆で、現地に着いてから一夜漬けの勉強を始める口である。そのためにパリでガイドブックを一冊買い込んで持参していた。しかし前述のような事情で気が動転し、とても予習など出来る状態ではない。

こうなると、ぎっしり詰った観光スケデュールの中でたちまち溺れてしまい、あっぷあっぷしながらガイドに従いて行くしかないのである。

ラ・クトゥビアやエル・マンスールの回教寺院。ふーん、そうか。

歴代の王の墓、王宮跡。ほほう。

城壁の跡、壮大な棕櫚の並木道。広いなあ。

名所旧跡の入口で待ちうけている蛇使いや水売りの老人。笛の音とともに籠の中からえらの張った鎌首をもたげて踊りはじめる無気味なコブラ。――絵葉書のとおり。

ターバンを巻き、白いあごひげを長くのばした遊牧民姿の水売りは全身に――胸、腹、太腿にいたるまで、大きな銅のコップをぶら下げていた。ただし彼らの商売は蛇使い同様、写真にうつされることであった。シャッターを切りながら金を払わぬ不行届き者にたいしては執拗に付きまとい、バスまで追って来た。

また行く先々で、われわれは絵葉書の束を手にした子供に悩まされた。まるでハエを追い払うような身ぶりで追い払うフランス人観光客の態度を見て、最初、わたしは憤慨したものだ。しかし少しでも同情を示し、立ち止まりでもしたらどうなるかを、やがてわたしは身をもって知った。

絵葉書一枚に生活がかかっているのだ。片言のフランス語を口にしながらどこまでも追いすがる痩せた子供たちの真剣な表情の奥に、ふと、前日のベルベル族の商人の精桿な目付を見た。わたしは慌てて視線を外らした。

午後の観光に出かける前に、どうも気掛りなので、ガイドのモハメッドにスークの見物はないのかとたずねてみた。すると彼はとんでもないという顔付で、午後は全部それに当てられているのだと言う。ちくしょう。団体客の通り抜けはできないなんて、真赤な嘘なのだ。わたしはあのガイドの若者のにきび面を思い出し、歯ぎしりした。そんなわたしを尻目に、モハメッドは一同に向って大声で注意をあたえる。

「スークでは、物売りの相手にならないように。時間を食うし、はぐれる恐れもあります。出られなくなりますよ」

そして彼は最後に、わたしにとってまことにショッキングな言葉を付け加えたのである。

「買物は、定価の店に案内しますから、そこでゆっくり出来ます」

ええっ、なに？　定価の店？　そんなものがあるのか。一瞬、その言葉に焼かれたように全身がかっと熱くなった。

やがて冷静さを取り戻すにつれ、「ここでは定価というものがない」と言ったムスターファの文句の意味が解ってきた。つまりスークでは、商品の値は売り手と買い手の掛け引きによって決るのだ。

マラケシュのスークはモロッコ最大と言われるだけあって入口がいくつもあり、われわれの入ったのは前日とは別の入口だった。

通路はさらに狭く、錯綜していて、迷い子になった場合を想像するとぞうっとしてくる。雑沓の規模も前日訪れた場所の比ではない。なるべくまとまって行動しようとするが、この渦巻く人波のなかでは困難である。用心のため、モハメッドの外にもう一人、この土地の老人が案内人に加わっていた。白いカフタンをまとい赤いトルコ帽をかぶった長身の老人が、曲り角ごとに立ち止まって、遅れて来る者に黙って方向をさし示す。

進むにつれ、染色、皮鞣し、鍛冶、木工などの職人の店が密集する地帯が現れた。異臭が鼻をつく。

間口一間ほどの暗い穴ぐらを仕事場にして、老人から子供まで、あらゆる年齢の男が働いていた。女の姿はない。わたしは、以前にソ連のウズベック共和国の町ブハラで見たバザールの光景を思い出した。しかしここでは幼い子供の姿が目につく。鍛冶屋の店先で、金槌で鉄棒を懸命に叩いて延しているのは五、六歳の少年だ。家具の店では、削り終えたばかりのテーブルの板を、もっと幼い男の子が、サンドペーパーの代りに手のひらでしきりに擦っている。

足を止めて眺めようとするわたしを、「あぶないよ!」の声が脅かす。背に穀物袋を積んだロバや、荷を山積した手押車が通る。そのたびに生じる人波に圧せられ、息が詰りそうだ。

これがスークなのだ。昨日ムスターファが連れて行った場所など、さしずめ土産物店街といったところである。

子供たちは仕事場だけでなく、路上にもいた。手に分厚い絵葉書の束を持ち、十枚一組で売りつけようと一行に付きまとう。みなよく似ているので、ふと、午前の連中が先回りしてここで待ち受けているのではないか、と怪しみたくなる。

なかには何も持たず、「小銭をおくれ」と手を差し出すのもいた。ねだる勇気がなく、ただ顔を見上げて「ボンジュール、ムッシウ(こんにちは)」と挨拶だけする女の子の顔には、はにかみとも媚びともつかぬ独特の表情が浮んでいた。

どんな幼い子もフランス語の片言は知っていた。それも商売道具、生活の武器なのだ。

「コイン集めをしているからフランスのコインをくれ、だとさ。抜け目のないやつ」

同行の中年男が苦笑しながらこう呟いた。

わたしは次第に辛くなってくる。目をそむけ、耳を掩いたい。元フランスの「保護下」にあった土地をフランス人に混じって見物してまわる、これは興味ぶかいことだが、また一方で抵抗を覚える。しかしこの土地の人間、この土地の貧しい子供の目から見れば、どこの国の者であろうと観光客に変りないのだ。

そんな感慨に耽っているわたしの耳に、突然、

「アリガト！」と日本語が飛び込んできた。驚いて見ると、近くの店先に十二、三の少年が立って笑っている。目が合うと、

「タカイ、タカイ」と叫ぶ。

「タカイ、タカイ」

わたしは苦笑しながら応じる。自分ひとりの実感として確かにそうだ。少年は何の事やら解らぬままに、通じたと知って嬉しそうに手招きしながら繰り返す。

「タカイ、タカイ！」

日本人観光客が口にする言葉をうろ覚えに覚えたのか。「高い」と「安い」を間違えているのか。

職人の街をひととおり見て回ると、いよいよガイドはわれわれを「定価の店」に案内した。メディナ（アラブ人街）のなかではここ一軒しかないという、いわば公認のショッピング・センターである。

色めき立つ一行の中にあって、わたしひとり足どりが重く、気が滅入ってくる。

ずっと付きまとって来た子供たちもこの店のなかまでは入れず、入口のそばに佇んで、ぞろぞろ入る一行を怨めしげに見守っている。いや、睨みつけている。

ついに堪りかねたように、首飾りを手に掛けた少女が口惜しそうに叫んだ。

「この店に、いいものなんか何もないよ」

そうだ。いいものなんかあってたまるか。わたしは心からその子に同情した。全く、子供たちと一緒に外に残っていたい心境である。

ぐずぐずしていると、一番後からやって来た赤いトルコ帽の老ガイドが両手を拡げ、追い込むようにしてなかに入れた。

広い店のなかには、なるほど方々の店で見かけた土産品が取り揃えてあった。財布や鞄などの皮製品、きんきらの燭台、昔のアラブの短刀、大きな敷物、唐草模様の彫金細工をほどこした円盤状の壁掛け。

どれにも小さな値札が付いている。

片隅では彫金の実演も行なわれていた。「お買上げの方には、裏にイニシャルを刻んで差上げます」

おそるおそる皮袋を探した。奥の方にいくつも並べられてあった。

屈辱感を嚙みしめながらその方へ近づいた。わたしの買わされたのと同じようなのがいくつも並んでいる。

無関心を装って素早く値段をのぞく。

あっ、一瞬、目を疑った。同時にかっと頭に血が上った。わたしの買い値の半分以下ではないか。すると——わたしは急いで頭の中で計算した。あのベルベル族は、最初は相場の五倍近い値を吹っかけてきたことになる。

わたしはその場にしばらく呆然と立ち竦んでいた。あのにきび面のムスターファめ。勿論、あいつもグルだったのだ。「値切れ」という助言、あのもっともらしい目くばせ、すべては芝居だったのだ。

しかし彼らへの憤りはたちまち自分自身のおめでたさ、愚かさへの腹立ちに変った。半値近くまで値切ったことで何とか気を紛らせていたが、相場を知らぬ以上、「半値」など何の意味があろう。先手必勝。まずこちらから思い切った安値、五十、いや二十くらいの値をつけておいてから駆け引きを始めるべきであった。だが相場を知らぬと悟られた瞬間、勝負はついていたのである。

この店の品が安ければ安いだけ、屈辱感が深まってくる。買物だけでなく、忌わしい記憶をかき立てるこのスーク全体に興味を失ってしまい、わたしは買物を楽しむ一行から離れ、逃げるように一人先に外に出て待つことにした。
二、三軒先の雑貨屋の店先に、何種類か新聞がつるしてあった。写真につられ、近寄って眺めた。アラビア語のスポーツ新聞らしく、第一面トップに大きくうつっているのは相撲の仕切りの場面だった。一人は北の湖である。モロッコくんだりまでも巡業したのだろうか。

ふと気が付くと、いつのまにか物売りの子に取り囲まれていた。ついわたしまで「ハエのように」追い払いたくなる。

相手になるな、顔も見るな。いま自分は一人だ。あの鋭い視線に射すくめられ、催眠術にかけられたようにまたどんな失敗を犯すか知れない。

とそのとき、子供たちがぱっと散って小路に消えた。そのすばしこさがまた異様で、何事かと振り向くと、人込みの間から口ひげを生やした制服姿の警官が姿を現した。しかし彼は周囲には全く無関心な様子で、ゆっくりした足どりでスークのなかを通り過ぎただけであった。

二時間半にわたるスーク見物の後、最後にわれわれが連れて行かれたのはジェマア・エル・フナという大きな広場であった。スークの出口に当る地点にあるので、観光の道順としても無理はない。

広場に面してフランス風の大きなキャフェがあり、その屋上が展望台になっていた。暗い階段を上り、入口で入場料がわりに買わされたジュースのびんを持って屋上へ出る。椅子の大半は、カメラを構えた観光客によってすでにふさがれていた。

展望台に立って見下ろしたとき、わたしは思わず息を呑んだ。

広場の向う半分には、天幕張りの小さなバラックが何百となく重なるように建ち並び、周辺は埃にぼうっとかすんでいた。広場のまわりの赤褐色の建物が、折からの夕日を浴びて一段と赤味を増し、すでに影に没した広場の薄闇と鮮かな対照を描き出していた。

広場のこちら半分はさながらお祭り広場だった。数匹の猿を連れた猿回し、蛇使い、軽業師、自転車の曲芸、白いカフタン姿の男の踊り。そのわきの地べたには、商人がむしろを敷いて坐りこみ、なつめ、オリーブ、穀物などを並べていた。その間にひしめく群衆の数は万を超すだろう。音ともいえぬ大きなざわめきの幕のなかから、蛇使いの笛の音が洩れて来る。「アラビアン・ナイト」の世界だ。

わたしはしばらく巨大なスクリーンに映る映像でも眺めるような気分で、手すりにもたれて見入っていた。

肩を叩かれて振り向くと、ガイドのモハメッドが立っていた。

「どうですか、ムッシウ・ヤマダ」

「すごい眺めですね。今日は何かのお祭りですか。たとえばクリスマス……」

「いや、年中こうなのです。ここはマラケシュだけでなく、モロッコでも特別な場所でね」

「ジェマア・エル・フナというのは?」

「〝死者の集る場所〟の意味で、昔、サルタンがここで罪人を拷問にかけ、生首をさらしたといいます」

説明を聞きながらわたしは何度も溜息を洩らした。これはもう「壮観」などといったものではない。この生の氾濫には無気味なもの、不安なものがある。われわれ日本人の理解を拒む途方もなく広大な、明るい闇。そのなかにときおりどこかで匕首のようにひらめくムスターファやベルベル族の視線。もしこれこそがアラブ世界だとしたら……。

「何か買物をしましたか」

「えっ、いや、何も……」

身を固く縮めてわたしは否定した。

「フェズでもう一度機会がありますから」

「でも買物には全然関心がないから」

「オーケー、オーケー……」

モハメッドはわたしのきつい口調に苦笑しながら、ふたたび肩を叩いた。


わたしがマラケシュについてのとぼしい知識と印象を整理し、すこしはまとめてみようとして旅行案内をひもといたのは、すべてが終了したその日の晩のことであった。

案内書と例のウィスキーの瓶をかかえて仮の書斎、すなわち明るすぎるほどのバスルームに入る。便器に蓋をしてその上にまたがり、ウィスキーをすする。それからおもむろに、わたしは頁をめくりはじめた。やがて初めの総論のところに「モロッコ人の生活」という項目を発見した。目を通してみると、メディナやスークの紹介がなされている。あれ、こんなものがと興味を喚られて読み進むうち、次のようなくだりに遭遇したのである。

「スークでは値切るのが掟であり、それはまた一種の儀式でもある。この儀式は薄荷茶の接待とともに数時間にわたって行なわれることがある。……駆け引きが巧みなら、あなたは相手の尊敬を得るであろう。……」

強烈な光線に目を焼かれたようにわたしは目を閉じた。それ以上読むに耐えず、本を伏せた。なんと、前日の体験そのままではないか。ベルベル族のすすめた腰掛け、少年が運んで来た甘い薄荷茶。あれはみな値切りの儀式のための道具だったのだ。わたしはあの皮袋のために、茶を飲みながら何時間も粘って値切るべきだったのだ。あまりあっけなく終って相手は拍子ぬけしたことだろう。

騙されたどころか非は全くこちら側にある。そのことは、もういさぎよく認めざるをえない。ルールを知らずに賭に加わったようなものだ。「駆け引きが巧みなら、あなたは相手の尊敬を得るであろう」——止めの一撃ともいうべきこの文句がわたしの脳裡に皮肉にこだまする。あの精悍な風貌のベルベル族や狡猾なムスターファの、してやったりと笑う哄笑までが聞えてくるようだ。

こうなるとかえって気持がさっぱりした。わたしは自虐的な心理からふたたび案内書を開き、あちこち探した。すると、果してあった!

「マラケシュとは、もとは〝速く歩け〟の意味で、云々」。町が築かれた当時（十一世紀後半）は、この附近は大変物騒だったところから、この名が付けられたという。

「速く歩け」。すべて納得のいくことだった。ぐずぐずしていて少し高い買物をさせられたぐらいで済んだことを、むしろアラーの神に感謝すべきではなかろうか。

わたしは少し気分が軽くなって、一風呂浴びて床に就いた。だが興奮は鎮まらなかった。寝つかれぬままに思いは絶えずあのことに引き戻される。

自分の心理と行動を反省しているうち、ふと唐突に妙なことを連想してしまった。アラブ赤軍に身を投じた日本の若者のことである。彼らもわたし同様、無知と気の弱さからアラブの蟻地獄に落ちた蟻ではなかったのか。……

だがしかし、これはどう見ても、プール付観光ホテルの寝室にふさわしい「述懐」とは言えない。折角だから何かもっとパァッとはなやかな、楽しい空想ができないものか。

だがそんな空想よりも先に睡魔が、この矮小なる心のドラマの幕を引いてくれた。

旅仲間

バスの窓の外には、ゆるやかな起伏を描く代赭色の荒野が北の方はるか彼方、灰色にかすむ山脈まで拡がっていた。あの山の向うにも同じ赤い荒野が続いているのであろう。そしてその果てにまた山があり、その後ろにもまた。……たぶん地中海のほとりまで。わたしは飛行機の上から眺めた赤い砂漠の色を一瞬、思い浮べた。

乾ききった地面にしがみつくように生えている灌木の枝葉が、砂埃で白っぽい。いや、もともとあのような色褪せた緑なのか。洗い流してくれる雨水に恵まれぬまま、何時しかあれが自然の色となってしまったのか。

雨が降らないとなると数年間も降らないという。この桁はずれに乾き切った土地では、灌漑は国にとって文字どおり死活の問題である。

「ごらん下さい。あの用水路は最近完成されたものです」

ガイドのモハメッドが窓ごしに指さして誇らしげに言う。大きな樋型のコンクリートの水路が道に沿って延々とのび、その中を鋼色の水が走っていた。その向うに拡がるオレンジ畑、これは確かにヨーロッパと同じ濃い緑である。水と緑、その密接な関係があまりになまなましく、なにか辛い気さえする。

目を南へ転ずると、真白に雪をかぶったアトラス山脈がどこまでも従いて来ている。「暑い太陽をもつ寒い国」と形容されるモロッコの風土の特性を端的に示すように。

朝、マラケシュを発ったわれわれのバスは、行き交う車もない荒野の舗装道路を一路、フェズに向けて走っていた。行程約四百八十キロ。ともに人口三十万を超えるこの二大都市の間には、鉄道をはじめ公共の交通機関は存在しないようだ。いやそんなことはあるまいが、少くともわたしの持っているフランス語版の案内書の地図には、マラケシュ＝フェズ間に鉄道路線は示されていないのである。総じて、レンタカーとか自動車道路などについての記述はあるが、汽車の便については全く触れられていない。つまり観光とは関係がないということだろう。

途中、昼食のために下車。休憩後、また旅を続ける。

日が暮れかかったころ、バスはアトラス山脈の峠にさしかかった。すると急に眺めが変った。あたりは雪だった。深い雪のなかにひっそりと埋まるように、小さな町が現れた。イフラーヌ。

「ここもモロッコなのですよ」

一同の驚きを楽しむようにモハメッドが説明する。

変化したのは自然だけではない。雪原のなかに忽然と瀟洒な建物の群が出現したのである。もみの木に似た植込み、赤いとんがり屋根、窓にともる暖そうな黄色い光。突然、お伽の国に迷い込んだようだ。いや、モロッコのなかに居据った富めるヨーロッパに、と言うべきであろう。

町を通り抜け、峠の上に出る。雪原が西空の残照に赤く染っている。土の色が歩み出たようだ。

「フェズ六十キロ」――イフラーヌのはずれに標識が出ていた。まだ一時間以上ある。やがて道は下り坂になった。雪はたちまち消えていき、なだらかな丘陵にオリーブらしい木立が黒いかたまりとなって続く。

暮れ切った濃紺の空に、星が大きな光を放ちはじめる。

外燈の明りひとつ見えない真暗闇を車内燈を消したままのバスが走り続ける。減燈したヘッドライトの光で前方をわずかに照しながら。

電燈をつけてくれと頼む者は一人もいない。日本では想像もつかぬことだ。慣れて来ると、この車内の暗闇はこころよい。旅の疲れを静かに癒してくれるようだ。皆眠っているのか、話声ひとつ聞えない。だがわたしは、この高齢者から成る一行が目を開いているのを知っている。窓外の闇を凝視しながらふと彼らが洩らす忍耐の吐息が、なまなましく肌に伝わって来る。

目が慣れて来るにつれ、道ばたにうごめく物の形が見えはじめた。カフタンをまとった土地の人が歩いているらしい。もう町は近い。そう思って前方に目を向けると、遠くの暗闇の中に帯状に連なるこまかな光の群が見えている。

「フェズの町が見えてきました」

車内の静寂に気がねしたような抑えた声でモハメッドが告げる。暗がりの方々で、ほうっと溜息が洩れる。長い旅だった。朝八時に発って、途中の休憩時間を除き正味八時間以上走り続けたことになる。

前方の闇に出現した光の島は、しかし数分後には掻き消されたように見えなくなった。まるで蜃気楼のように。まだまだ遠いのだ。覚悟をきめ、しばらくは目を閉じる。

いよいよフェズの町はずれに達したとき、モハメッドが言った。

「皆さん、お疲れさまでした」

すると方々から、

「いいえ、疲れてはいませんよ」

と元気な声が上った。女性の声も混じっていた。

「たしかに強行軍でした。でもいい旅だったと思いませんか」

「ウイー」

一斉に賛同の声が上った。

「これはモモのおかげです。どうか、モモのために拍手を」

車内にまばらな拍手が起った。

「本当に、いい旅だったと思っているんですか」

モハメッドがおどけた口調で言う。

「拍手が聞えませんでしたがね」

すると、今度ははげしい拍手が起った。わたしも負けじと手を叩いた。

「わかりました。モモに代ってお礼申し上げます」

モモというのは、このツアーの間われわれの運転手をつとめてくれる男である。三十四、五の、すらりと上背のある、黒い縮れ毛と浅黒い肌のモロッコ人。いつも眠そうに瞼が垂れていた。誰かに似ているなと思って頭のなかをさぐると、エジプトの大統領サダトの顔が浮んだ。ひどく無口で、一見愛想がなく、乗り降りに会釈しても応じない。極度のはにかみ屋なのかも知れない。

モハメッドによれば、モモは「哲学者」だそうであった。

マラケシュではほぼ全員が同じホテルに泊っていた一行のうち、ただミスター・スミスと呼ばれる黒人と、モニカという小柄な痩せた女性の二人だけが別の、ということはAクラスよりさらに一段格が上の、デラックス級のホテルに泊っていた。

したがって、フェズでも別のホテルに泊るのはその二人だけだろうと思い込んでいたので、バスが町の中心に近づいたとき、モハメッドの口から、もう一組別のグループの一員として自分の名が読み上げられるのを耳にして、わたしは驚いた。Aクラスなのになぜと訝っていると、それを見越したようにモハメッドが、

「ホテルのクラスに変りはなく、ただ部屋数の都合で」

と説明した。

ところで、この別組はわたしのほかに、一組の老夫婦、度のきついめがねをかけた若い女、褐色の口ひげをたくわえた長身の青年の四名から成っていた。いずれもまだ一度も口を利いたことのない初対面の人達である。

ついでに述べておくと、この度のきついめがねの娘と口ひげの青年の二人に、先ほど名を挙げたミスター・スミスとモニカ、それにこのわたしを加えた計五名が、およそ五十名から成るこの一行のなかの単独参加者であることがおいおい判ってきた。

ミスター・スミス（モハメッドに倣ってこう呼ぶことにしよう）、彼は泡のようにこまかく縮れた黒い髪に白いものの混じる、初老の黒人であった。大変なおしゃれで、午前と午後に着替えるほどの衣裳持ちである。どれほど多くのトランクを持って来ているのであろう。町から町へ移動するバスの中で、わたしは彼がハンガーに掛けた上着をさも大事そうに最後部の金具に吊すのを見た。ある午後などは、真赤なブレザー姿で現れてわたしの度胆を抜いた。

このように大半が老人で、それも田舎の人が多いらしく、したがって一般に地味な服装のこの一行のなかにあって、ミスター・スミスは何かと目立つ存在であった。だが彼の本当の自慢のたねは数々の衣裳よりも、たえずその胸に吊されている真新しいポラロイド・カメラではないだろうか。

見物の途中、一行がバスを降りるたびに、彼はガイドの説明には耳をかさず（もっとも、言葉が解らなかったのだ）、専属のカメラマンさながらに、ガイドをはじめ一行のだれかれを忙しげに撮影して回るのであった。ときには自分の選んだ背景の前にむりやり連れて行き、ポーズを取らせたりして。

そしてバスに戻り発車を待つわずかな時間を利用して、早速出来上ったカラー写真を当人に進呈したり、まわりの人に見せたりして喜んでいた。だがどういう訳か、彼はついに一度もわたしにカメラを向けることはなく、また出来た写真を見せようともしなかったのである。

最初わたしは、国では写真屋なのかと疑ったが、カメラの扱い方、のぞき見た写真の出来栄えなどから推して、プロでないことはわたしの目にも明らかであった。

ミスター・スミスは英語しか解らないようだった。フランス語の団体のなかにあって、その熱心なカメラ外交にもかかわらずどこか孤立したような印象をあたえるのは、肌の色でなく言葉の問題があるからに違いない。言葉の障害をご本人はそれほど気にしていないように見えたが、よく気のつくモハメッドはフランス語による説明の後で、ミスター・スミス一人のために英語で繰り返したり、彼の座席の横まで来てしゃがみ込み、質問に応じたりしていた。

本人はそれほど気にしていないように見えた、と書いたが、それはうわべのことで、実はミスター・スミスはポラロイド・カメラによって何とか言葉の障壁を突き破り、孤立から脱け出そうとこころみていたのかも知れない。

ときおりわたしは、彼が疲れたような顔をして、バスのなかで少し離れた座席にひとり坐っているのを見かけた。あるとき、独り者の誼みから、少しは出来るつもりの英語をたのみに、彼のそばに腰を下して話しかけてみた。しかし奮闘の甲斐なくわたしの英語はあまり通ぜず、結局判ったことといえば、彼がはるばるフロリダからやって来たアメリカ人であるという一事だけであった。

ミスター・スミスは、実は多少人間嫌いなのではなかろうか。少くとも、わたしから話しかけられて喜んでいる様子は微塵もうかがわれなかった。その後も何度か顔を合す機会があったが、ついに一度も彼の方から言葉を、例えば「グッモーニン」の一言すらかけてくることはなかったのである。で、わたしは以後、彼の孤独を邪魔するのを差し控えることにした。

褐色の口ひげを生やしたハンサムな長身の青年もまた、この旅に参加すべくはるばるアメリカ大陸からやって来ていた。しかしこちらはブラジル人で、建築家だそうである。つねにジーンズにシャツの軽装で、それは彼の若さとマッチしてすがすがしい印象をあたえたが、いかに「熱い太陽の国」とはいえ、朝晩は肌寒い十二月の末にあれで何ともないのか、と不思議に思えるのであった。いつもシャツのボタンを三つまで外していて、その間からのぞく栗色の縮れた胸毛が南国の陽光に光った。

このブラジル青年は、フランス語が少しは解るらしかった。しかし相手が英語が出来る場合はもっぱら英語を喋った。一行のなかで英語の出来るのはミスター・スミスのほかに数人、そのうち二人は女性であった。一人はデラックス組のモニカ、もう一人はフェズでわたしと同じホテルに泊ることになったクリスチーヌで、これはカナダ人である。

ブラジル青年はこの二人の女性とはまるで以前からの知り合いのように親しくしていて、たがいに名で呼び合っていた。それでわたしは、彼の名がアルフォンスであることを知った。アルフォンスはバスではいつも彼女らのどちらかと並んで坐っていて、わたしの目に、若い女性を独り占めしているように映ったものである。

こんな訳で、フェズのホテルの受付で鍵を受け取った後、アルフォンスとカナダ娘クリスチーヌが肩を並べて割当てられた部屋へ階段を上って行くのを見たとき、わたしは心のなかで、ははあ、あの二人、もうできているな、と勘ぐったのであった。

受付で言われたとおり、荷物を置くとすぐにわたしは一階の食堂へ降り、われわれ五名用に準備されたテーブルに着いて皆の揃うのを待った。

まもなく老夫婦がやって来て席に着いた。服装だけでなく人柄も質素なようで、人見知りするようにおとなしい。黙っているのも気詰りなので、

こんな場合の習慣に従ってたずねると、

「どちらから来られました」

「ローザンヌから」

と意外な地名が妻の方から返って来た。ローザンヌといえばスイスである。概してこちらの人間はこのように国の名でなく町の名を言う。だがわたしの口からはどうしても「日本《ジャポン》」と国名がとび出す。日本人と知って、二人は珍しがるどころかむしろ固くなったように思われた。きっと日本人に接するのははじめてなのだ。

もじもじしている二人を見ていると、この場の空気をほぐす責任が自分にあるような気がしてきて、二、三話しかけてみた。しかしどうも相手の言葉が解りにくい。フランス語にかなり訛りがあるようだ。

ほとんど口を利かない夫の方は年は六十すぎ、浅黒い肌の、額の大きく禿げ上った、大頭の持主であった。容貌魁偉と呼ぶにふさわしい。それに比し、あめ色の縁のめがねをかけた銀髪の妻の方は小学校の先

生上りのような、いかにも健全でしっかり者の印象をあたえる。図体の大きな亭主はこの細君には何かにつけ叱られ、やり込められているにちがいない。

「遅いですね」

仲睦まじげに階段を上って行った二人の後姿を思い浮べながら、わたしは言った。

「始めましょうか」

そこへクリスチーヌが一人で姿を現した。ブラジル青年と「できている」という予断を抱いていたので意外に思い、

「ブラジルさんは？」

とたずねると、

「知りませんよ」

とクリスチーヌは答える。そんな他人のこと、知ってるわけがないでしょ、と言わんばかりの剣幕に、わたしはまたまた驚いてしまった。

四人揃ったところでボーイが注文を聞きにやって来た。

「あの若い人ぬきで始めましょう」

ローザンヌの老婦人の提案で、やっと遅くなった夕食が始った。

アルフォンスはいつまでも姿を現さない。

円いテーブルを囲んで一方にローザンヌの老夫妻、他方にクリスチーヌとわたしの二組が、それぞれ向い合って坐っていた。この娘をこうしてまともに眺めるのは、勿論はじめてのことである。

胸に透し模様の入った赤い開襟のセーター。えらの張った四角い顔。大きな黒縁のめがねをかけているが、よく見るとその枠も顔に合せて角型である。強度の近視らしく、厚いレンズのため目の表情はうかがえない。六・四に分けた栗色の髪がときおり目にかぶさるのを、さっと振り払う。ふとその仕ぐさから、どういう訳か、日本のテレビ漫画の主人公の顔を思い出した。

クリスチーヌの愛嬌のなさ、これは先程ブラジル青年のことをたずねられて示した反応によってすでに十分明らかであろう。だが食事のはじめに、ローザンヌ氏（かりにこう呼んでおく）のすすめるぶどう酒を断るその断り方を見たとき、わたしは驚くと同時にあらためてこの女性に注目したのであった。彼女は会釈もせず、また一言の礼も述べずに、ただぶっきらぼうに「ノン」と拒否の意志を示しただけだったのである。これはもう無愛想を通りこして、敵意と呼ぶにふさわしい。

さまざまな人種、さまざまな階層からの寄せ集め的集団に混じって旅をするおもしろさのひとつは、思いがけぬ個性的な人物に出くわすことである。個性といっても種々様々だが、不愉快な性質、例えば意地の悪さや無愛想さなども極端にまで達すれば立派な個性であり、それはそれなりに人間的魅力でありうる。

次第に好奇心をそそられたわたしは、食事をしながらひそかにクリスチーヌを観察しはじめた。きっと結んだ薄い小さな口が、スープを飲むときは大匙が楽々入るくらい大きく開く。すると意外にも彼女の顔は、蛙の面のような一種独特の愛嬌を帯びてきた。

食事中の他人の様子を盗み見た失礼を償うため、また酔いとともに湧いて来た人恋しさに負けて、わたしはテーブルごしにクリスチーヌに話しかけた。あいにくバンド演奏が始ったので、大声を出さねばならない。

「どこから来られました、マドモアゼル」

「ケベックから」

「じゃ、カナダですね」

「いいえ、ケベック、と言いました」

彼女は厚いレンズごしに睨みつけ、相変らず怒ったような甲高い声で言う。ケベックはカナダでないとでも言うのか。いかにもこの娘らしい反応の仕方に妙な満足を覚えつつ、

「ケベックから直接に?」

「いいえ、いまはパリ」

「じゃ、わたしと同じですね」

クリスチーヌはこれには何の反応も示さない。

「ケベックね。道理でフランス語に訛りがあると思いましたよ」

横から、自分自身スイス訛りのきついローザンヌ夫人が言葉を挾んだ。しかしこれまた完全に黙殺された。

ところがまたまた意外なことに、どういう気紛れか、これをきっかけに、それまではむっつり押し黙っていたクリスチーヌがわたしに向って猛烈な勢いで喋りはじめたのである。こちらから話しかけたのが誘い水になったのか。それにしても、黙るにせよ、喋るにせよ、極端な女である。

しかも彼女のフランス語はローザンヌ夫人の指摘どおり、発音がケベック風というのか、アメリカ訛りがきつい。それだけでも解りにくいのに、マイクを通した騒々しいバンド演奏の音に声がときおり掻き消され、よく聞き取れない。

わたしは従いて行けなくなった。しかし相手はこちらの困惑にはお構いなく、わたし一人に向って早口で喋りつづける。話しかけたのを悔いたがもう遅い。これでは話を聞くのが精一杯で、食事どころではない。ローザンヌの夫妻にSOSの視線を送ったが効き目はない。遠慮からか、怖じ気からか、二人とも口を挾むのを差し控え、黙々と食事を続けながらただ聞いているだけである。

そのうちにやっと、クリスチーヌが何かを訴えていることが判ってきた。理解しえたところを綜合すると、おおよそ次のようなことらしい。

彼女は、われわれの「モロッコ古都めぐり」よりも大がかりな「モロッコ南部大周遊」というのに参加して、途中からこのグループに合流させられたのだった。これはよくあることだ。ところが、コースがパンフレットに書かれてあるものとかなり違っていた。南のサハラ砂漠の町々を訪れてマラケシュに戻って来た彼女は、多分われわれ一行を待つためだろうが二日も足止めをくらった。おまけに一日ごとにホテルを変えさせられた。

「二日もマラケシュで？　そのころ、ひどい雨が降ったそうですね。——えっ、なに？」

わたしはナイフとフォークを両手に持ったままテーブルに身を乗り出した。するとそれが関心のしるしと映ったらしくクリスチーヌは顔を紅潮させ、これまで溜っていた不平不満を一気にぶちまける勢いでまくし立てはじめたのである。

待ってくれ。わたしは何度か遮ろうとしたが無駄だった。第一、この喧騒のなかでは声を張り上げなければ相手の耳にとどかない。それにこの興奮ぶりでは、うっかり言葉を挟みでもしたら火に油を注ぐ結果になりかねない。ここはもう、もっぱら相手の意を迎え、言いたいだけ言わせておくのが得策であろう。

「コースが違っていたなんて、そりゃあひどい。同情しますよ」

「パリに戻ったら、会社を訴えてやる」

「そうですよ、当然ですよ」

相手に調子を合せながらも腹のなかでは首をかしげたくなる。「訴える」といっても、実際どのようにするのか。かえって高くつくのではなかろうか。だがそれを口にしたら大変なことになる。

気の毒に。団体旅行のなかには、このようなツイていない人間が一人はいるものである。ふとわたしは、ギリシア旅行で荷物がホテルにとどかず、始終ぶつぶつこぼしていた老婦人を思い出した。

ところで、先程からクリスチーヌの愚痴に必死で耳を傾けているうちに、わたしは何となく愉快な気分になっていくのに気がついた。何故だろう。心のうちを探って思い当ったのは、あのマラケシュのスークでの苦い経験であった。誰にも打ち明けられず、そのためいわば化膿していた心の傷が何時しか癒えはじめていた。わたしはクリスチーヌの不運な話を聞きながら、その痛がゆい傷のまわりを軽く掻かれるような、奇妙な快感を味わっていたのである。

同時にわたしは、耳障りなきいきい声でまくし立てるこのケベック娘に同病相憐れむの親近感を抱きはじめていた。いや、こう言うべきであろう。クリスチーヌの不運にくらべれば、自分のヘマなど大したものでなくなってきたと。わたしは久しぶりに胸のつかえが除かれ、それとともに余裕、さらには何だか優越感までも抱きはじめたのである。

だがそれも束の間のことで、ふと両脇の二人を見ると、すでに前菜を終えて次の肉料理を待っている。クリスチーヌも同様だった。あんなに喋っていたのに何時食べるひまがあったのか、一口でわたしの二倍、あるいはそれ以上の分量を呑み込むのだからな、と呆れながら、一人取り残されたわたしは大慌てで前菜を片づけはじめた。クリスチーヌ相手の悪戦苦闘の労をねぎらうように、ローザンヌの入道坊主氏がしきりにぶどう酒を注いでくれる。メルシー、メルシー。

その酒の酔いに先の優越感をあおられたらしく、わたしは次第に陽気な気分になって来た。無性にお喋りがしたい。さいわいバンド演奏は静かな曲に変っていた。

「わたしもね、マラケシュの空港でえらい目に遭いましたよ」

見知らぬ夜の街をホテルを探して走り回った冷汗の出るような体験を、わたしは誇張まじりに語った。するとクリスチーヌが真正面から睨みつけるようにして言葉を挟んだ。

「ホテルを探し出すくらい簡単よ」

「でも、ホテルの名が判らないいんだから」

「じゃ、どうして探すの」

依然、怒ったような無愛想な声ながら、とにかく話に乗って来ただけで大成功である。

「それが、おもしろいことに、旅行社の名を言っただけでホテルが判ったんだ」

しかしこれでは話が通ぜず、クリスチーヌは急に関心を失くしたように見えた。わたしは急いで言葉をついだ。

「もう絶望だったな」

「絶望なんて存在しない」

憤然とクリスチーヌが応じる。

「アラーの神に祈りたかった」

冗談のつもりで言ったのに誰も笑ってくれない。それどころか、それまで黙って聞いていたローザンヌの先生上りみたいな老婦人が真面目な表情で見つめてたずねる。

「あなた、イスラム教徒なの」

「ちがう、ちがう」

あまり声が大きかったので、近くのテーブルの人が振り返った。

すると今度は、やはりそれまで沈黙を守っていたローザンヌの入道坊主が、わずかな話のとぎれ目に突然クリスチーヌに話しかけた。まるで先程からその機をうかがっていたかのように。

ちょうど運ばれて来た肉を一切れ食べてみてから彼はクリスチーヌの方に身を寄せ、ものものしい口調でこう言ったのである。

「マドモワゼル、ご用心。この肉はとても固いですぞ」

同時に彼は目をむき、大袈裟に嚙む真似をして見せた。

すると予想に反し、クリスチーヌは簡単に笑い出したのである。その笑いも、お喋り同様、いったん始まると止らないらしかった。胸のつかえを吐き出してせいせいした気分は解るが、その変化の激しさはやはり尋常でない。わたしはあらたな興味を搔き立てられた。さあ、今度はこちらが見物する番である。

赤くなって苦しそうに笑いつづけるクリスチーヌの姿態に刺激されたのか、入道坊主は調子に乗ってつづける。

「誰か嚙むのを手伝ってくれないかな。ボーイさん、手伝っておくれ」

そう言うなり彼は両手で自分の大きなあごと禿げ頭を挟むように持ち、上下に動かして咀嚼を手伝う仕草をして見せた。

クリスチーヌの笑いの発作はその極に達したようだった。フォークとナイフをテーブルに投げ出し、身もだえしている。

ここぞと言わんばかりに入道坊主は激しく攻めたてる。完全に彼の勝である。もともと容貌魁偉な男が、さらに目玉をむいておどけて見せる。それは誰が見ても滑稽だ。しかしクリスチーヌの笑い方は異様、あるいは病的で、お付き合いに笑おうと思っても白けてしまって、なかなか笑えないのである。

入道坊主の連れ合いの様子をうかがうと、彼女も同感らしく全然笑っていない。これには、ひょっとして何か訳でもあるのか。

「どうしたのでしょう」

「知りませんよ」

彼女は憮然たる面持で答え、二人の方をうとましげに眺める。

入道坊主はなおも額に深いしわをこしらえ、目玉をぐるぐる回し、口をぱくぱくさせて苦しげに嚙む真似をして見せる。彼はあきらかに、クリスチーヌの笑いに興奮していた。言葉によって、身ぶりによって、この娘の全身を――胸を、腹を、腰をくすぐって、くすぐって、くすぐって。……

いまはもうクリスチーヌは両手で顔を覆い、泣いているようだった。その反応の激しさにわたしは不安になり、その途端に、あっ、これはヒステリーだ、と遅まきながら気付いたのであった。用心しなくてはいかんぞ。同時に、散々ヒステリー女に苦しめられながらも、ヒステリー女はおもしろいと洩らしていた友人のことを思い出した。だがこのクリスチーヌのどこがおもしろかろう。あいつはまだまだヒステリー女の研究が足りないな、とわたしはその友人を懐しみながら胸のうちで呟いたのである。

翌朝、定められた時間に食堂へ降りて行くと、ローザンヌの老夫婦とクリスチーヌがすでにテーブルに着いていてわたしの来るのを待ち兼ねている風だった。クリスチーヌは今日は黒のセーターに着替えている。

朝の挨拶をかわしたが、三人とも妙にとり澄ましていて、昨夜のことがうそのようだ。とくに入道坊主氏は過ちを悔いる海象《せいうち》のように、神妙な面持で黙り込んでいる。

ブラジル青年は今朝も姿を見せなかった。そもそもこのホテルに泊ったのかどうか。クリスチーヌと並んで階段を上るのを確かに見たのだが。

「どうしたのでしょう」

海象の細君が言ったが誰も気にしている様子はなく、わたしが席に着くと同時に朝食が始った。

クリスチーヌは今朝もまた、むっつりと不機嫌な顔をしている。昨夜笑いすぎたことで自己嫌悪に陥っているのだろうか。向い合っているので黙っているわけにもいかず、ご機嫌うかがいに言葉をかけてみた。

「よく眠れましたか」

「いいえ」

案の定、とげとげしい声だ。

「どうして？　疲れすぎたんでしょう」

ヒステリーの発作を思い浮べながらそう言うと、

「いいえ、暖房がきかなかったの。スイッチを入れると冷風が出て来た」

「そりゃ、いけませんね」

と同情の言葉を口にしながら、腹の中では何とも滑稽で笑いがこみ上げてくる。なぜわたしはいちいち、この娘の不平の聞き役になってしまうのだろう。

黙っていると吹き出しそうになるので、

「お気の毒に」

と付け足したが、彼女はわたしの腹のなかを見透したように、憤然とした表情で厚いレンズごしに睨みつける。そしてわずかにオレンジ・ジュースを飲んだだけでさっと立ち上り、一言の挨拶もなしに出て行ってしまった。ただし、錫箔のふたの付いた小さな容器入りのママレードをすばやくハンドバッグにしまい込むことは忘れずに。ローザンヌの老夫婦はわたしに向って目を丸め、口もとをゆがめて見せた。

さて、いまわたしたちはモロッコ北東部の町フェズにいる。人口三十二万、マラケシュ同様、ベルベル族によって八世紀末に築かれた古い町で、モロッコの文化の中心である。

これから秀れたガイド、モハメッドに導かれて市内観光に出かけるところである。だが、ここまでわたしとともに旅をつづけて来られた読者は、もはやもうこの作者にたいして、珍しい風景の描写、名所旧跡についての該博な知識、卓抜な文化論等々を期待してはおられぬと思う。モロッコ古都めぐりを楽しみにしておられた方にはまことにお気の毒だが、観光の方は中止させていただいて、なおしばらく脇道へ、旅のなかの旅へとご同行願わなければならない。

朝食後しばらくして、われわれ四人がホテルのポーチに出て待っていると、哲人モモの運転する「カテイ」のバスが先に別組を乗せてやって来た。

乗込むと、中に行方不明のブラジル青年アルフォンスがいる。籠抜けの奇術でも見る思いで、

「おや、こんな所にいたの。探してたんだよ」

すると彼は何事もなかったように悠然と手を挙げて応じた。

ふと見ると、そばにモニカが寄り添うように坐っている。なんだ、相手はクリスチーヌでなくモニカだったのか。そうだろうな、いくらなんでもクリスチーヌでは……と、彼女のおそろしい目付やきいきい声

を思い浮べながら考えた。おれだって、どちらかといえばモニカの方がいい。モニカがどんな女か知っているわけではないが。

身長百九十センチを超す巨漢のアルフォンスと、百五十センチ足らずの小柄なモニカの組合せ、こういうのはこちらでは珍しくないようだが、わたしにはおもしろい眺めである。

二人には共通点がひとつだけあって、それはカメラを持たないことだった。一行中ではこの二人だけである。アルフォンスはカメラの代りに小さなノートをたずさえていて、サングラスをかけた目で回教寺院などを眺めながら鉛筆でスケッチを行なっていた。そんなところがいかにも若い建築家らしく、颯爽として見える。

「おはよう」

顔が合うとモニカが会釈を送って来た。

「おはよう。朝のお勉強はすみましたか」

ひざの上に置かれた分厚い本に気付いて、わたしはちょっとからかってみたくなった。読んでいるのは旅行案内などでなく、何か専門書のようである。

色素の乏しい、生白い痩せた顔に薄緑色のサングラスをかけた、年恰好のはっきりせぬモニカなる女性、これがまた、旅仲間のなかの個性的存在の一人であった。

はじめて口を利いたのはマラケシュからフェズに向う途中、昼食のために寄ったレストランでだった。

頭上から燦々と陽光の降り注ぐ広い庭に沢山のテーブルが並べられ、幾組もの観光客がにぎやかに食事をしていた。

わたしが行ったときには、中央の席はほとんど埋まっていた。空席があっても、グループの間に割り込むのは窮屈である。やっと隅の方に、四人掛けのところに二人しか坐っていないテーブルが見つかった。顔に見覚えがあったので、許しを得てそこに坐ることにした。

腰を下して見回したとき、テーブルの間に途方に暮れたように突っ立っているモニカの姿が目にとまった。

「モニカ!」

つい親しげに名を呼んでわたしは手招きした。

ところで、最初からテーブルにいた二人連れというのは地味というか、質朴というか、人目を避けて二人だけで日蔭に立ちたがっている、そんな印象をあたえる老夫婦であった。もちろん一度も言葉を交したことがなく、率直に言えば将来も交したいと思わないだろう、そんなタイプの人たちである。

食卓仲間としてはぞっとしないな。――こちらが同席させてもらっていることを忘れてわたしはそう思った。たぶんそんな気持から、とっさに「モニカ!」と、まるで助けを求めるように、親しくもない女性を名で呼んでしまったのに違いない。

老夫婦にとっても、きっとわたしたちは招かれざる客、折角の水入らずの邪魔をする闖入者と映ったことであろう。

日焼けした顔、骨太の頑丈そうな体格。夫の方は見るからに農夫といった感じであった。多少耄碌したのか、言葉だけでなく動作のすべてがのろく、身の回りの世話は一切妻まかせだった。たとえば、セルフサービスの前菜を取りに二人分の皿を持って席を立つのも細君の方である。

その細君というのはずんぐりした体つきの女で、無口な夫の分まで喋った。そのフランス語にもきつい訛りがあった。ローザンヌの夫婦、ケベック娘の比ではない。訛りというのを通りこして、半分くらいしか解らない。ははあ、これもどこか外国から来たのだなと好奇心をそそられ、

「どこから来られました」

と英語でたずねてみると、

「わたしたち、アルメニア人です」

とまたまた意外な言葉が返って来たのである。慌てて頭のなかに世界地図をひろげながら、

「はあ、アルメニアから、直接に?」

と自信のない声でたずねる。

「いいえ、いまはヴァランスに住んでいます」

ヴァランスというのはフランスの東南部の町である。

アルメニアと聞いたとき直ちに頭に浮んだのは、ソ連のアルメニア共和国だった。だが、そのつもりで

話して行くうちに、どこかで食いちがっているような気がしてきた。

そのうち、ついに相手、つまりわたしの誤解もしくは無理解にしびれを切らしたらしく彼女は英語で続けた。この方がフランス語よりはましである。

「わたしたちは、国を持たない民族です」

国を持たない民族。この深刻な表現にわたしははっとなった。そうか。現在「アルメニア共和国」と称せられているものはソ連の一部であり、真に独立したアルメニア人の国ではないのだ。それに、イランとトルコに接したこの地方は、古くからさまざまな軋轢が絶えなかったと記憶する。ふと最近、フランスの新聞で、今世紀に入ってからのトルコ人によるアルメニア人大虐殺を訴える抗議文を読んだことを思い出した。民族問題は複雑である。迂闊に口出しすべきではなかろう。……

食卓がにわかに重苦しい空気に包まれてきた。

相手の無知に気付くと彼女は急に雄弁になって、ところどころ英語にフランス語を混じえながらアルメニアの自慢を始めた。われわれの民族はノアの方舟以前から存在する偉大な民族である。アルメニアは世界最古の文化発祥の地である、云々。

わたしは折角こころよく回り始めたぶどう酒の酔いもさめる思いで、神妙な面持でうなずくのみである。

そのとき、それまで黙っていたモニカが急に口を挟んだ。

「エリア・カザンはアルメニア人ではなかったかしら」

あまりの突飛な質問にわたしはあっけにとられ、淡い緑色のサングラスごしにモニカの目をのぞき込んだ。彼女もアルメニア婦人の「演説」に辟易して、話題を変えたがっているのか。それとも、エリア・カザン云々が彼女のアルメニアに関する唯一の知識なのだろうか。いずれにせよ、このアルメニア婦人はエリア・カザンの名を知っていそうには見えない。

案の定、話の腰を折られた彼女はしばらく黙り込み、何の話だと言わんばかりにモニカとわたしの顔を交互に眺めた。亭主の方は我関せずといった様子で椅子の背にもたれ、いまにも居眠りをはじめそうである。

モロッコの田舎でエリア・カザンの名を耳にするとは。懐しくもあるが、それ以上に奇妙な気分である。旅がますます脇道へ外れて行く。

「革命児サパタ」、「欲望という名の電車」、「エデンの東」、「ベビー・ドール」、「波止場」、「草原の輝き」等々、この映画監督の主な作品をわたしはみな見ていた。アメリカ映画の黄金時代を築いた一人、わたしの映画の好みを、フランスからアメリカへと決定的に変えたすぐれた映画人。だが同時に、彼は一九五〇年以降マッカーシズムに協力して、アメリカの左翼映画人を権力に売り渡したことでも有名である。さてそのカザンが、果してアルメニアの出であるかどうか。ギリシアあたりだったような気もするが自信がない（後で調べてみたら、アルメニアどころか、その最大の敵ともいうべきトルコのイスタンブールの生まれだった）。それで、モニカの言葉には曖昧にうなずいておき、脱線ついでに、

「ウィリアム・サローヤンもアルメニア人ですね」

と、これは確信をもって言うと、曖昧にうなずくのは今度はモニカの番である。

モニカはこれでわたしが少しは話がわかると思ったらしく、気の毒にもすっかり黙り込んでしまったアルメニア婦人は放ったらかしにして映画の話をさらにつづける。日本映画に関心があるらしく、ミゾグチ、クロサワ、オズなどの巨匠の名を挙げた。

「いまパリで『酒の味』をやってるでしょ。見たいわ」

「酒の味」というのは、小津安二郎の「秋刀魚の味」のフランスでの題名である。

この女は何者だろう。流暢なフランス語を喋るが。

「失礼ですが、お国はどちら……」

「イタリア。でもいまはブリュッセルに住んでいます。週末にはよくパリに出かけるわ。世界中の映画が見られるから」

そのとき、少し離れたテーブルでどっと歓声が上った。見ると、そのあたりには別の団体が陣取っていて、ガイドらしい白人の青年が立ち上って何か喋っている。日焼けした顔が、ぶどう酒の酔いのため真赤になっていた。

わたしとモニカはしばらく話を中断して、その賑やかな光景をながめた。われわれとは異なり若者の団体である。ガイドの言葉にいちいち反応して叫んだり、手を叩いたりしている。甲高い声で娘が野次をとばすと拍手喝采がわき起る。何事かと、あちこちのテーブルで振り向く者が出てくる。ガイドはもうお手上げだといった表情で周囲を見回した。

「何だろう」

とモニカにたずねると、

「あれはイタリア人の団体ね」

と答えてちょっと眉をひそめた。

そのうち、相談がまとまったらしく歌が始った。ガイドらしいのが音頭を取っている。

「おやおや」

モニカが呟いて笑い出す。

「どうしたの」

「あの歌、知ってる?」

聞き覚えはあるが思い出せない。

「イタリアのパルチザンの歌よ」

「よく知ってるね」

「だってイタリア人ですもの」

それはそうだが、こんなブルジョワ女がパルチザンの歌を知っているというのが面白い。

いやそれよりも、観光客相手のレストランでそんな歌を合唱させるガイドの常識を疑うべきだろう。これがイタリア式なのか。それとも酒が入って陽気になれば、何でもいいから歌いたくなり、いちいち曲の吟味などしていられないというのは洋の東西を問わず若者に共通の心理なのか。わたしは思い出した。若いころ、連れて行ってもらった銀座のバーや祇園のお茶屋で友人と合唱した「インターナショナル」のことを。……

それにしても、アルメニア・ナショナリズム、エリア・カザン、小津安二郎、そしていままたイタリアのパルチザンの歌。このカクテルは相当に頭にくる。何という旅だろう。モロッコは何処に行ったのか。

小ぶとりのガイドはいかにもイタリア人らしく、自分の歌に酔ったように歌っていた。美声の持主である。周囲の人達はパルチザンの歌とは知らず、楽しそうに聞いている。

すると、最初は眉をひそめていたモニカが、意外にも一緒に口ずさみはじめたのである。やや誇張して言えば、多分、イタリア人の血に逆らえなくなって。

その旋律に耳を傾けているうちに、わたしの頭に映画のシーンが浮んで来た。美貌の若いパルチザンが朝早く、山の一軒家を出て行く。一夜かくまってくれた女に見送られて。さらば、さらば、わが恋人よ、わたしはふたたび戦いにおもむく。……

ふと気がつくと、いつのまにか歌は「オー・ソーレ・ミオ」に変っていた。

ガイドにもさまざまなタイプがあるが、あんな底抜けに陽気なのは珍しいと、なおしばらくイタリア人グループのはしゃぎ振りを眺めながら、わたしは心のうちでモハメッドと比較した。制服のようにつねに民族衣裳の白いカフタンをまとい、黒い毛皮のシェシアをかぶったわれらがガイド、モハメッドは思ったより若く、二十八歳だそうであった。英、仏のほかに七か国語を自由に喋る語学の天才みたいな男だ。

もっとも、アフリカで英、独、仏の三か国語を喋るというのは珍しくない。だがそれは語学の問題というよりむしろ、英、独、仏によるアフリカ支配の残した痕跡だと思い至るとき、単純に賞讃してはいられなくなる。

わたしの耳にはモハメッドのフランス語が完璧に聞えたので、きっとフランスで教育を受けたのだろうと思ってたずねてみると、彼は誇りを傷つけられたような顔をして否定した。そしてわたしがパリに住んでいると知ると、

「フランスの生活は気に入りましたか」

「ええ、まあ……」

「そうですか。……わたしはたまに遊びに行くのはいいけど、住みたいとは思わない」

意外な率直さにわたしは少々驚いた。彼の口調にはモロッコの若きインテリとしての誇り、あるいはフランスに対する複雑な感情がこめられているようで、以後わたしは彼に対するときそのことを意識せずにはおられなかった。

モハメッドは、ギリシア旅行でシモーヌ女史と並んでというか、むしろそれ以上につよくわたしの記憶に残る秀れたガイドであった。この若さでこれだけの博識、語学力、統率力、そして人間味を合せ持つガイドは日本では稀、いや、あり得ないのではないか。

彼は一行の動きによく目を配っていて、こまかい心づかいを忘れなかった。とくにアメリカから参加した黒人のミスター・スミスと、一行中唯一の東洋人たるわたしとに彼の配慮は向けられているようであった。単独行動の自由を楽しんでいるわたしの姿が、彼の目にはややもすれば孤立と映ったのかも知れない。観光の途中などでよくわたしの肩を叩き「どうですか」と声をかけてくれたりした。

あるとき一行中の男が、わたしとモハメッドの二人の写真をとらせてくれと頼んだ。わたしがためらっていると、モハメッドは気さくに「オーケー」と叫んでわたしのそばへ来て肩を抱き、「モロッコと日本の友好のために」と叫んでポーズを取った。

モハメッドの口にした「日モ友好」は、しかし必ずしも観光客向けの外交辞令ではなかっただろう。フランスやアメリカなど、歴史的、経済的、あるいは軍事的に直接の利害関係で結ばれている国々と異なり、日本は遙か遠く隔たっているだけに、モロッコ人の目には理想化されて映っているらしかった。

「日本は全くすばらしい国だ。戦後の経済の発展ぶりはわれわれの手本とすべきです」

真剣な口調でこう言われ、わたしは返答に窮した。

ひとつの町から他の町へ移動する観光バスでとくに感心するのは、長時間の旅の間、車中で勝手に飲食する者のいないことである。せいぜい飴をしゃぶる程度で、酒類を飲む者など一人もいない。これはどの旅においても同様だった。そしてバスの中は社会科の教室と化すのである。

日本ではどうか。歌謡酒場にでも変るのではなかろうか。

マラケシュからフェズへ、フェズからラバトへと走るバスの中で、モハメッドはモロッコの自然や歴史について雄弁に説明し、質問に応じた。元フランスの「保護下」にあった国であるから、微妙な問題をかかえている。だがモハメッドはすこしもおもねることなく、終始、毅然とした態度を取りつづけ、わたしを感心させると同時にときにははらはらさせもした。

前に、モハメッドのガイドとしての優秀な点をいくつか挙げた。だが、公平に見るならひとつだけ、多分ガイドとして珍しい欠点を持っていたことも言い添えておかねばならない。そしてこの欠点、言い換えれば個性のゆえに、彼もまたわが旅仲間のなかの忘れ得ぬひとりとなったのである。

たとえばアラブの女性の顔を隠す独特のかぶりもの、この地方ではレタム、あるいはハイクとよばれるらしいが、その説明のなかでモハメッドはこんなことを言った。このかぶりものはイスラム教とは関係がない。元は、自分の女の顔をほかの男性の目にさらしたくないという男の嫉妬心から出たものだが、現在ではむしろ女性の羞恥心のあらわれと考えるべきだろう。

さてその次に、すごい文句が飛び出したのである。

「ですから、かぶりもので顔を隠したアラブ女性に向って無闇にカメラのシャッターを切るのは、いわばヴィオルです。そうです、ヴィオルという言葉がぴったりだ」

ヴィオルとは、フランス語で「強姦」のことである。大半がフランス人から成る観光客を前にして二度繰り返されたこの言葉は、異様な効果を生んだ。少くともわたしにはそう思えた。一瞬、車内を緊張が冷い熱線のように走った。わたしははらはらしながら近くのフランス人の表情をうかがった。彼らは何事もなかったように平然としている。

それから話が進んでモロッコとアルジェリアの相違に及ぶと、モハメッドはつぎのように強調した。

「わが国は植民地だったことはありません。フランスの保護領であった時期でも、アルジェリアのようにフランスの行政のなかに完全に組み込まれることはなく、モロッコ独自の王《カリフ》をもち、独自の政治を行なっていました」

そう言って彼は胸を張った。わたしは次第に辛い気持になって来た。するとそのとき、それまでは鷹揚に構えていたそばの老人が皮肉な笑いに口をゆがめ、誰にともなく呟いた。

「保護領と植民地と、どう違うのかね」

モハメッド、たのむ、もうそれ以上言わないでくれ。

だがいったん喋り出すとますます熱して来て、モハメッドは逸脱を重ねた。そしてついには宗教問題にまで触れたのである。モロッコにはユダヤ人も住んでいる、わが国には宗教的自由があるのだ、と自国を賞め讃え、さらには宗教の違いによる民族間の憎しみを嘆き、パレスチナ問題に触れ、政治の責任を追及するのであった。

「地球は日々狭くなっています。国境などもう意味がないのです。しかるに、たとえば皆さんがモロッコに来ようとすれば、パスポートなるものを依然要求される。なんと愚劣なことでありましょう」

寡黙の人、運転手モモが「哲学者」なら、モハメッドは「政治家」と呼ばれるべきであった。そして最初のうちは若気のいたり、これも愛嬌と我慢して聞いていたわたしも、ついにはモハメッドの雄弁に辟易するに至った。同時に、このような政治教育を行なうガイドの存在そのものを、奇異に感ぜずにおられなかった。

もっとも、モハメッドは車中、演説をぶってばかりいた訳ではない。フランス人の好む言葉遊び、一口噺などをつぎつぎと披露しては皆を笑わせた。タネがつきると、客のなかから募って喋らせる。しかし悲しいかな、わたしには謎々が判らず、語呂合せも一向に面白くない。

皆が笑っているなかで一人浮かぬ顔しているわたしの姿が、モハメッドの注意を惹いたらしかった。目が合った。あ、しまった、と思ったがもう遅い。

「ムッシウ・ヤマダ」

案の定、彼はマイクを通して呼びかけてきた。

「日本の笑い話をして下さい」

わたしは狼狽した。笑い話を知らぬわけではないが、とっさには思いつかない。しかもフランス語で笑わさなければならないのである。

「すみません。知らないんです」

とわたしは逃げた。だが遊びにおいても一人の落伍者も許さぬモハメッドはなお追って来る。

「ではムッシウ・ヤマダ、何か質問でも」

質問もない、と答えたいのが本心だが、それではあまりに愚かに聞えそうだし、何よりモハメッドの好意をはねつけることになってはまずい。で、窮したあげく、彼の政治教育の手前、愚問とは知りつつ、わたしは思い切ってたずねた。

「あのう、『モロッコ』という古い映画がありましたが、その舞台はどの辺りでしょうか」

だが予想どおり、モハメッドは一瞬きょとんとした顔をした。で、わたしはディートリッヒだの、ゲーリー・クーパーだのの名を挙げて説明につとめなければならなかった。しどろもどろのわたしをいくつもの顔が振り返って眺める。そのうちやっと質問の意味がつかめたらしく、モハメッドは落ち着いた声で言った。

「そのフィルムは知りませんが、多分サハラ砂漠での物語でしょう。でもそれはわが国について何も語っていないと思います」

「メルシー（すみません）」わたしは礼を述べて目を伏せた。

フェズから首都ラバトへ向う途中、ヴォリュビリスという古代ローマ時代の遺跡を訪れた。広い野原のような場所に石壁や凱旋門が残っていた。

ここではモハメッドは引っ込んで、地元の人が案内役をつとめた。永年、この日蔭ひとつない場所でガイドをしてきたらしく、ひどく日焼けした痩身の中年男であった。物を言うとき、真赤な歯茎がむき出しになるのが気味が悪い。フランス語の訛りは相当なもので、せいぜい半分ぐらいしか解らない。

その男の後に従いて歩き回っているうちに、石壁だけが残った広間のような所へ連れ込まれた。一番先に入った案内人は壁ぎわの長方形の石の台に腰を掛け、足をぶらぶらさせながら全員がそろうのを待っている。行儀の悪いガイドだと思っていると、

「みんな入りましたか。では」

と石の台から跳び下りた。するとその尻の下から、石に浮き彫りにされた円筒状の「彫刻」が現れた。あっ、ペニス。長さ約二十五センチ、睾丸もちゃんと付いている。リアリズムである。方々で笑い声が上った。女たちも恥ずかしがるどころか、何事かささやき合いながら眺めている。その方にときおり視線をやりながら、案内人は赤い歯茎をむき出して喋りはじめた。このときばかりはわたしも身を乗り出すようにして耳を傾ける。

「皆さま、ご覧のものが何であるかは説明を要しますまい。この部屋は昔、売春の行なわれた場所、つまり売春宿であります。女たちはこうして男性を敬い、男どもはこの場所において、みずからかくも偉大

たらんことを念じつつ……」

　この男は観光客が到着するたびにあのように石のペニスを尻で隠し、それから跳び下りて一同をあっと言わせて得意になっているのだ。これまで何度同じことをやっただろう。尻にたこが出来ているに違いない。……

　こんな瞑想にふけっていると不意に肩を叩かれ、わたしはびっくりして振り向いた。めがねをかけた赤ら顔の男がにたにた笑いながら立っていた。ベルナールという男だった。

「わが友よ、興味があるかね」

「いや、べつに……」とわたしは口ごもった。「ガイドのフランス語が解らないので……」

「わたしだって解らないよ。何かあったらわたしにたずねなさい。遠慮はいらないよ。友達なんだから。質問は？」

　わたしは慌てた。質問はと促されると、ないと断れないいつもの癖で、またまたわたしは妙なことを口にしてしまった。

「この町は三世紀に栄えたそうですが、あのペニスはその時以来ずっとあそこにあるのですか、千七百年の間」

「そうだとも、わが友よ」

「うーむ、ペニスは永遠である」

すると彼はヒイッと声を上げ、赤ら顔をいっそう赤くして笑い出した。その声に、案内人が説明を中断してこちらを睨んだ。

「すみません」

「いや、謝ることなんかないよ」とベルナールが言う。

「わが友よ」を連発しながらなれなれしく話しかけてきたこのベルナールと称する男は、年のころおよそ六十、上背はないがやや怒り肩の恰幅のいい紳士で、顔だけでなく薄くなった頭のてっぺんの地肌まで、こわくなるほど赤かった。きっと高血圧にちがいない。だがこの男がわたしの注意を惹いたのは、顔の赤さをはじめとする肉体的特徴によってではないのである。

日本人に馴染みがなく、したがってわたしを敬遠気味のこの一行のなかにあって、この男は唯一の「知日家」をもって任じているらしかった。最初、英語で話しかけてきたので、フランス語の方がいいと言うと意外な顔をして、

「わたしの知っている日本人は、みな英語しか話さないがね」

と言訳してフランス語でつづけた。

「わたしはベルギーに住んでいますがね、でも勿論フランス人ですよ。以前にベルギーで日本人の若い技術者と、道を教えてあげたのがきっかけで友達になった。いまも文通しています。とてもいい青年でね。われわれも友達になろう。――ベルナール」

と名乗って手を差しのべてきたのだった。

その「友達」なる言葉をわたしは軽く聞き流していたが、相手はそうでないらしかった。日本でのアドレスを教えてくれと頼むので断るわけにもいかず、ローマ字で書いて渡すと、

「おお、キョート、すばらしい。ぜひ行ってみたい。手紙を下さいよ」

「でも、いまはパリに住んでいるんですが」

すると、ちょっと失望の色を浮べたが、

「ベルギーに来られたらぜひ寄って下さい。うちに泊めてあげる。これがアドレス」

といって名刺をくれた。ベルギーのリエージュに住んでいた。

「ジュヌヴィエーヴ!」

彼が大声で名を呼ぶと、三重の真珠の首飾りをしたぼってりふとった女性が、何事かといった表情でやって来た。

「この方はキョートから来られたんだ。われわれは友達になったよ」

「こんにちは」

ベルナールの細君は手を差しのべたが、顔には困惑の色が浮んでいる。それは多分わたしも同様だったろう。

「この方はベルギーではわが家に泊る。そしてわれわれが日本に行くとこの方のところに泊めてもらう。

どうだ、これこそ友情の交換じゃないか。ね、そうだろ」

赤ら顔はますます赤くなって、ひとりはしゃいでいた。

彼は少しは日本語を知っていると称したが、カンパイ、フジヤマ、ゲイシャのたぐいで、これは「友人」である日本の技術者から習ったものであった。日本人をたくさん知っている口ぶりだが、実はその技術者だけで、わたしが二人目ではあるまいか、などとわたしは邪推した。

赤ら顔はつねににこやかな笑みを浮べ、やわらかな声で喋った。話の内容と無関係にそうなので、ときにはその著しい不釣合に驚かされることがあった。

例えば昼食の席で、セルフサービスになっているオードブルをボーイに取って来させようとする。ボーイがセルフサービスだと答えると、

「何だと。きみは誰のために働いているのかね」

その声はあくまで優しく、顔には上機嫌の微笑が浮んでいるのだ。

観光の最中に彼はよくわたしに話しかけてきた。

「モハメッドはなかなか優秀なガイドだ。でもまだ若い。モロッコのことならわたしの方がよく知っている。わたしに聞いて下さい」

そう言ってモハメッドの説明を訂正したりした。

胸を張り、微笑を浮べ、「自国にいるように」屈託なげに歩きまわるこの赤ら顔こそ、いまもなお「ア

フリカの保護者」をもって任じているフランスそのものの姿である——そんな風に思えることがあった。

メクネスという町のキャフェで休憩中のことだった。わたしがモハメッドと雑談しているところへ、赤ら顔がゆっくりした足どりといつもの笑顔で近づいて来た。

ふと、イやな予感がした。

彼は謝りもせずにわたしたちの話を遮り、モハメッドに向ってこう言った。

「きみはなかなか優秀なガイドだ。それは認めるよ。でも人心操作を行なうのはよくないね。そう思わないか」

彼は日常会話ではあまり耳にしない、「人心操作」という難しい言葉を用いた。モハメッドがバスのなかでよくやる「お説教」を指していることは明らかであった。実は、いつかはこんなことになるのではないかとわたしは気遣っていたのである。

モハメッドがどう出るか、わたしははらはらしながら成行きを見守った。彼は口をつぐんだまま相手から目を外らしていた。気のせいか、少し青ざめているように見えた。

しばらく待ってから赤ら顔は言葉をつづけた。

「きみのためを思って心配しているんだよ。わたしはこの国のフランス領事とは友達なんだ」

彼の顔には依然温厚そうな微笑が浮び、その口調も、わたしに向って「わが友よ」と話しかけるときのあの優しいひびきを失っていなかった。ふとわたしは、「ビロードの手袋をはめた鉄の手」というフランス語の表現を思い浮べた。

モハメッドは依然黙ったままだった。

「わかったかね」

鉄の心がビロードの声で念を押す。

「……ウイ。メルシー、ムッシウ（はい、すみません）」

ついにモハメッドの口から呟きのような言葉が洩れた。

赤ら顔はわたしに会釈ひとつせず、胸を張って去って行った。

その日の午後、首都ラバトへ向った。ここは行政の中心地なので、これまでに訪れた町とは空気の肌ざわりまでが異なるようだ。ホテルも、マラケシュやフェズのものと比べると貧弱である。

夕食のとき、少し遅れて二階の食堂に下りて行くと、席はほぼ埋まっていた。前にも書いたとおり、ひとり旅で一番困るのは食事のときである。席は二人連れを単位としてこしらえてあるので端数はなかなか見つからない。たまにひとつ空いていても家族、あるいは仲のよいグループの間に割り込むのは気がひける。先方から招いてくれる場合もあるが、この旅の一行のように、外国人慣れしていない田舎の人たちは概して閉鎖的である。

クリスチーヌやモニカは女性であるから、どこかにうまく納まっているようだった。ミスター・スミスは？

テーブルの間を歩いていると赤ら顔の姿が目についた。ぶどう酒がまわって、頭頂部までいっそう赤くなっていた。とっさにわたしはよそを向いた。相手は何しろ「フランス領事の友人」である。さいわい先方も、もはや「わが友よ」と声をかけて来ない。わたしがモハメッドと親しくしているのを見て以来、彼の態度が変ったことにわたしは気付いていた。

いま赤ら顔は、隣席のブラジルの若い建築家とのお喋りに夢中になっていた。また一人、新しい「友達」をこしらえたようだ。

結局、ボーイが片隅にこしらえてくれた小さな席で一人、食事をすることになった。疲れて誰とも喋りたくないとき、これはむしろ救いである。

食事をしながら部屋を見渡すうちに、反対側の隅に、一同から隠れるようにして食事をしているモハメッドの姿を発見した。何時の間に来たのだろうか。

そういえばこれまでも、モハメッドや運転手のモモがわれわれと同じ部屋で食事をするのを見たことがなかった。何かそういうきまりでもあるのか。

モハメッドのテーブルはほかの席からひとつだけ離れていた。テーブルにぶどう酒でなく、ミネラル・ウォーターの瓶とサングラスが置かれてあるのが見えた。

めがねを外した顔に濃い疲労の色が浮んでいた。何か考えごとに耽っているような、きびしい目の表情。いつもの快活なガイドとは別人の顔だった。あれが素顔なのだろうか。それとも……。

悪いところを覗き見たような気のとがめを覚えつつ、しかしわたしは目を離すことができなかった。その日の午後の赤ら顔とのいきさつが、まだ記憶に生々しく残っていたのである。「きみのためを思って心配しているんだよ。わたしは、この国のフランス領事とは友達なんだ」柔かな、優しげな声がよみがえり、わたしは全身が熱くなるのを覚えた。同時に、モハメッドが最後にやっと「すみません」と答えたときの、呻き声に似た声を思い出した。

ふと我に返ったように彼がこちらを向き、視線が合ったように思った。わたしは会釈を送った。しかし気付かなかったらしく彼は顔を伏せ、パンで皿を念入りに拭いはじめた。

ラバトのホテルの部屋で、早朝夢うつつのうちに、どこかから聞えて来る祈禱の声を耳にした。唱拝師の唱えるコーランだと後でわかった。イスラム教の定める一日五回の祈禱の最初のものは、起床時に行なわれるのである。

その日はイスラム教の聖なる日、金曜日に当っていて、お祈りは午前中続けられた。

妙に白っぽい新市街のあちこちで聞かれるコーランの朗唱。とくに前王モハメッド五世の霊廟では拡声機が用いられ、その唸るような、嘆くような声が、フランス風に幾何学的に設計された大きな広場をこえ広い舗装道路を渡って、どこまでもわれわれの後を追って来る。

王宮の門の前に、銃を持った赤い制服の衛兵が立っていた。しかしこの衛兵は顔ほどにはこわくなく、観光客が近づいて話しかけると返事もするし、乞われれば記念撮影にも応じる。

「のんきなもんだな」

「いまヴァカンスで、王様はお留守だとさ」

そんなやりとりを耳にした。そうだ、ここは王宮の跡ではない。現に王様が住んでいるのだ。

赤褐色に統一された官庁の建物のあちこちにはためく赤い旗。——赤地にイスラムの色である緑の星をひとつあしらった国旗は、遠くからは赤一色に見え、この国がアフリカで数少い王国であることをつい忘れさせ、社会主義国であるかのような錯覚をあたえる。

赤旗とコーランと真青な空。つよい日差し。季節の感覚はもう完全に失われている。パリを離れてまだ一週間足らずなのに、何か月も旅をつづけているような、遥かな隔りを覚える。

この町で訪れたカスバは全くの住宅街で店は一軒もなく、人の姿も稀だった。石灰で白く塗り固めた壁、緑のペンキを塗った扉。そのぴったり閉ざされた扉がときおりなかから少しばかり開いて、ヴェールに顔を隠した女が警戒のまなざしで外をうかがったりした。

浅い段になったゆるやかな坂道に、姉弟らしい、眼の異様に大きな子供が二人腰を下し、通り過ぎる観光客をじっと見送っていた。

そのひっそりとしたカスバでクリスチーヌに出会った。声をかけると、別人のように愛想よく応じる。何だか気色が悪い。彼女は近寄って来てカメラを差し出し、シャッターを切ってくれと頼んで、道端にうずくまる姉弟のそばに行って立った。この構図はいやだな、と躊躇しながらファインダーをのぞいていると、子供は怯え顔で立ち上り、姉の方が弟の手を引いて逃げ去った。

「おお、ノン！（だめじゃないの）」

クリスチーヌはわたしの不手際をなじり、憤然とした面持でカメラを取り戻すとさっさと行ってしまった。

やっぱりクリスチーヌはクリスチーヌだ。わたしは妙な満足を覚えた。

午後、ラバトからカサブランカへ向うバスの中で、モニカと隣り合せになった。しばらく顔を見なかったような気がしたが、やはり午前中、観光を休んでいたと言う。

「どうしたの」

「体のぐあいが悪かったの」

「どこが悪かったの」

言ってしまってからぶしつけな質問だなと気付いたが、相手は平気で、

「食中毒。昨夜食べた魚が悪かったらしい」

「でも、ミスター・スミスは元気そうだった」

デラックス組の二人が、われわれとは別のホテルに泊っていることを思い出したのでそう言うと、

「食中毒は食べた物だけでなく、そのときの健康状態にもよるのね」

モニカは冷静、かつ客観的な答え方をした。で、ついこちらも第三者の話のような気安さにおちいって、

「それで、どんなだった。吐いた?」

「いいえ」

「痛んだ?」

「ええ、すこしね」

「下痢は? あ、ごめんなさい、こんなこと聞いて。いい薬を持ってるので」

「ありがとう、わたしも持ってます。でも、もう大丈夫」

モニカは薄緑のめがねをはずし、淡い弱々しい瞳を細めてわたしを見て頰笑んだ。ふと、その色素の乏しい痩せたしゃくれ顔を、昼間の三日月のようだと思った。

前にレストランで映画の話をして以来、このイタリア女性に興味を覚えていたので、かつて旅行中、わたし自身が困惑させられた質問――この国の何に関心があるのか、という問を出してみた。すると即座に「建築」と答が返って来たので感心してしまった。同時に、あのブラジルの若い建築家と仲よくしている訳も判った気がした。

さらにモニカが言うには、彼女はひろくイスラム文化に関心を抱き、エジプト、トルコなども訪れていた。

「トルコはどうだった」

「すばらしいわ。貧しいけど、子供が道でお金をねだったりしない」

「あれは辛いな」

マラケシュのスークで観光客に付きまとっていた子供の群、あの大人のような抜け目のない目付。……

「じゃあ、あなたは？　モロッコの何に関心があるの」

不意をつかれ一瞬黙りこんだ後、「好奇心」と答えると、その率直さが通じたらしく彼女は深くうなずいた。それから、細いチョコレートの棒のようなタバコを取り出してすすめた。

「タバコは止めたので」

「そう」彼女はつまらなそうに呟いて、

「医者が患者に言いました。タバコはあなたを徐々に殺しますよ。患者が答えました。先生、わたしは急いではおりません」

話し終るとこの個性的な旅仲間は軽く笑い、これでお喋りはおしまいと言わんばかりの取り澄ました表情になり、バッグから一冊の本を取り出して読みはじめた。表題をのぞくと、イタリア語で『戦争の精神分析』と読めた。

振り出しに戻る

カサブランカ。ラバトの西南約九十キロ、人口百五十万、モロッコ最大の町である。日本では名がよく知られているので首都と思っている人がいるがそうでなく、首都はラバトである。

最初、われわれの一行の話のなかに「キャザ」という地名が出て来るので何処だろうと思っていたが、カサブランカのことであった。カサブランカをフランス風に発音するとキャザブランカ、それをつづめるとキャザ。

古都マラケシュやフェズにくらべると、経済の中心地であるこの町は観光的価値が少い。「キャザ」という略称のうちに、この町への関心の薄さ、軽視がうかがえるように思った。

だが日本人、とくにある年代から上の映画好きにとっては、「カサブランカ」の名は「モロッコ」同様、特別の意味を持っている。カサブランカと聞くと直ちに映画「カサブランカ」を——輝くばかりに美しいイングリッド・バーグマン、その恋人役のハンフリー・ボガート、そして彼の経営する酒場で、ドイツ軍人の歌に対抗して湧き起るラ・マルセイエーズの合唱の感動的シーン、こういったものを次々と思い出さずにはいられないのである。カサブランカ、それは現実の町というより物語のなかの町、青春時代のロマンチックな憧憬のなかに輝く夢の場所なのだ。

わたしが初めてこの映画を見たのは、たしか戦後間もない一九四六年（昭和二十一年）だった。その頃、京都の河原町蛸薬師に文化映画劇場、通称「文映」という洋画専門の映画館があって、当時旧制中学の四年生であったわたしは姉と一緒に、そこで超満員の観客に押しつぶされそうになってこのアメリカ映画を見たのだった。このときだけでなく、その後、場所を変えて何度か見たが、この映画はいつも満員の盛況であったように思う。

最初見たとき、戦時下のモロッコ、とくにカサブランカの置かれていた政治状況について全く無知の中学生には、この映画はよく解らなかった。それでも、とにかく「よかった」。

後年、政治的背景、対独レジスタンスといったことを知るに至り、話の筋の他愛なさ、メロドラマ的な浅薄さに失笑を禁じえなくなった。しかし何時見ても、バーグマンの美しさに変りはない。いや、年とともにますます美しさを増すように思える。ラ・マルセイエーズの合唱のシーンになるといまもわたしの胸はときめく。そしてまた、あの酒場の黒人ピアニスト、サムの弾く「時の過ぎ行くままに」のメロディに、過ぎ去ったおのれの時間を振り返って見るのである。

わたしもここはひとつ、メロドラマ調で言わせていただこう。この映画は過ぎ去った恋の思い出のように懐しい。もっとも、その「恋」自体、あったのか、なかったのか、頼りないかぎりであるが。

さて、いまカサブランカに向かいつつあるバスのなかで、この古い映画を思い出している者がほかにいるだろうか。なにしろ「キャザ」などと略して呼ぶバチ当りどものことである。「モロッコ」同様、名も知らぬのではないか。さすがのわたしも、モハメッドをつかまえてたずねてみる勇気はもうない。

わたしが映画「カサブランカ」の回想に耽っている間に何時の間にかバスは方向を変えて、カサブランカの町でなくその東の郊外、大西洋に面するモハメディアという小さな町に着いてしまった。つまりカサブランカの市内観光はなく、ここは泊るだけの場所だということらしい。

パンフレットを読み返しても、確かにカサブランカ見物は日程に組まれていない。それにわたし以外の者は、このツアーをカサブランカから始めているので、すでに見物を済ませているのである。なるほどうまく「組織」されている。

最近建ったらしい、広い前庭付きの海辺のリゾート・ホテルだった。ただし、わたしに当てがわれたのは予想どおり、海とは反対側の中庭に面した一室だった。日光の入らない「ホテル太陽」、海の見えない海浜ホテル。こういったものにはもう慣れている。幸い、部屋は広く、快適のようだ。生い茂る熱帯植物の濃い緑も悪くない。しかし皮肉なことに、ここでは陽光が過剰で、言い換えると部屋一杯に差し込む西陽のためまるで温室で、とても長居はできない。窓を開け放ち、しばらく外へ出ていることにした。

ホテルの前の舗装道路は崖の上を走っており、その厚いコンクリートの手すりのところどころの切れ目から石段で海辺に下りられるようになっていた。路上の砂が風に舞い上ると、煙幕を張ったように辺りが見えなくなる。それを平気で、沢山の人が手すりにもたれて立っていた。携帯ラジオで音楽を聞いたり、手すりに腰を掛けて本を読んだりしている若者。砂浜で遊ぶ子供を見守っている若夫婦や老人。何となく賑わっている感じだが、何の日だろう。

今日は――と指折り数えて、十二月二十九日と判る。ああ、年末だったのだな。今年もあと二日か。そう胸に呟いてもいっこうに感慨が湧かない。ただ、明晩はパリだと思うとやれやれと安堵を覚える。これは何時もながらの、旅の終りに味わう郷愁のごときものだ。

浜に下りてみた。潮が満ちつつあるらしい。一波ごとに長くなる波足と戯れる子供らの活潑な動き、甲高い声。崩れゆく砂のお城。そばに長く伸びる人の影。

海は灰青色だった。大きく弧を描く浜の尽きるあたりに、マンモスタンクが銀色に光っていた。近くに碇泊している大きな船はタンカーにちがいない。近代的な大港湾施設、石油コンビナート。これがカサブランカの現実の姿なのだ。

解散前の集りが始る時間になったので戻ろうとすると、石段の下にモニカが腰を下して子供たちの戯れをながめていた。

「知り合いになったと思ったら、もうお別れだね」

「そうね。あなた、日本に帰るの。あ、パリだったわね。じゃ、また会える」

「そう。パリの映画館でばったり顔を合せたりして」

「ほんとに」

モニカはその情景を思い浮べるように目を細めて頬笑み、立ち上ると、わたしと一緒に石段を上りはじめた。

ホテルのロビーでは、出発についての説明会が始っていた。わたしが行ったとき、モハメッドが別れの挨拶を述べているところだった。

「わずか一週間の旅で、モロッコが解ったなどと考えないで下さい。これは皆さんがふたたびこの国を訪れるための、ほんの手がかりに過ぎません。この旅行の経験は次回に役立つでしょう。そうあって欲しい。われわれは出来るだけのことをしたつもりです。しかし、けっして完全だったとは言えません。その点は許して下さい」

そこでモハメッドは言葉を切り、ちょっとうなだれた。それからやや声を落して、

「さっき、ホテルの近くで、女の方がハンドバッグをひったくられました。旅の終りでこんな事故が生じたのは全く残念です。しかし、このことでモロッコ人を判断しないようにして下さい。当然ながらモロッコにも悪い人間がいる。フランスに善い人間と悪い人間がいるのと同様に。……」

解った、モハメッド、もうそれ以上言うな。彼の話が次第に挑む口調を帯びるのを聞きながら、わたしは胸のうちで叫んだ。同時に目は赤ら顔の姿を探していた。——いた。胸を張り、いつもより一層にこやかな微笑を浮べて。

挨拶がすむと、モハメッドは翌朝の出発についての説明を繰り返し、航空券を配りはじめた。わたしの

飛行機はマラケシュ発午後四時四十五分。来るとき同様、エール・フランスの定期便である。ということは、帰りも一人らしい。心細くなってモハメッドに、マラケシュまで一緒に行ってくれるのかとたずねたが、答は否だった。カサブランカにある本社に戻り、次の団体客を引率しなければならないのだ。

「でも、大丈夫ですよ。マラケシュまでバスで運んであげます。向うでもカテイが待っている」

カテイが待っているって？　ふと、到着時の忌わしい記憶がよみがえってきた。しかしモハメッドはそんなこととはつゆ知らず、親しみのこもった口調で、

「この旅はどうでした」

「とてもよかった」

「それならわたしも嬉しい。では幸運を」

差し出す手を握りしめながら、

「きみも幸運を」

すると急に、抑えていた感情が堰を切って溢れ出た。

「モハメッド、きみのことが心配だ……」

「ありがとう。お心遣いに感謝します。でも心配いりませんよ、ムッシウ・ヤマダ」

彼は口もとに微笑を浮べ、わたしの肩を叩きながら逆に励ますような声で言った。

「確かにモロッコと日本は遠すぎます。でも、オルヴォワール（また会うまで）」

「そうだ、オルヴォワール、モハメッド」

わたしたちは手を握り合った。遠い旅先で、もう二度とは会えぬ人に向ってこの言葉を口にするとき何時もそうであったように、わたしの胸を呵責のような哀しみが走った。


翌朝八時半、迎えのバスでマラケシュへ。振り出しに戻る。

乗客は十名あまり。様々なグループからの寄せ集めのようで、見知った顔といえばわずかに運転手のモモだけであった。旅の終ったいま、もはやガイドの必要はなく、われわれはただ、空港へ送りとどけられるだけの存在に過ぎない。

バスは間もなくカサブランカの市内に入った。大きなホテル、レストラン、キャフェなどの建ち並ぶ目抜き通り。ここにはモロッコの、いやアフリカの面影さえない。それがこの都市の過去の歴史を物語っているようだった。この白い街のどの辺りに、映画の舞台となった「キャフェ・アメリカン」があったのか。

——思いは何時の間にかまた「カサブランカ」に引き戻されている。

街を通り抜けて郊外に出た。よく繁った棕櫚の並木道。沿道に、広いベランダのついた四角い二階建の白亜の建物がつづく。生垣をはうブーゲンヴィリアの赤紫の花、その上に拡がる青い、青い空。

やがて海辺に出た。別荘地として開発されつつあるらしく、外枠だけ完成した四角な建物が目につく。青空に突き出た巨大なクレーンの黄色い腕。

それからおよそ四時間、マラケシュまでの二百四十キロの道をバスは単調なエンジンの音をひびかせて走りつづけた。眩しい朝の光のなかにひろがる乾ききった荒野。窓外の景色が、まだ醒めきらぬ意識のなかでときおり陽炎のようにゆらめき、ふっと薄れる。

急にバスが速度を落したかと思うと、道のわきに寄って停った。

事故か、と窓の外を眺めるが、あたりは平静だ。モモも立ち上る気配はない。

二人の女性が座席を立って前の方へ行く。

眺めていると、二人は並んで赤褐色の荒地へ出て行く。一人は若く、もう一人は六十がらみの老女である。ともにジーンズをはいている。

木立ひとつない、こんなあけっぴろげな場所で、と訝っていると、少し先に石ころを積み上げた小山があるのに気づいた。さすがモモはこれを見逃さなかったのだ。

二人の女性はその石の堆積のかげに隠れた。

見てはいけないと視線を外らす。が、見えてしまった。石の小山の向うにのぞく若い女性の背中。止むを得ぬ緊急の場合であるにせよ、それでもヨーロッパ女のおおらかさにわたしは感心した。迎える土地も同様である。ここでは、遮蔽物など要らないのではないか。

この乾燥しきった風土の中では、人間のおしめりなどたちまち跡形もなく消え失せてしまう。

なぜだか急に感動して拍手したくなった。人にも、自然にも。

やがて二人の女性は揃って戻って来て、昇降口のステップを上り運転手に礼を述べているらしかった。しかし哲人モモは振り向きもせず、二人が席に戻るのを待って、ゆっくりした動作で発車の準備にとりかかった。

メルシー、モモ。胸のうちで呟いた。

バスはマラケシュの空港に向う前に、以前われわれの泊ったホテルへ寄り、わたしを含め二、三人の客を降ろした。出発まで時間があるので、ここで昼食をとって待つのである。だがその後はどうなるのか。誰が、どんな風にして空港まで運んでくれるのか。

バスを降りる際、モモにたずねてみた。出発の一時間ほど前に迎えのバスが来るだろうとのこと。それを聞いて安心し、わたしはモモに心をこめて別れの言葉を述べた。

「ありがとう。そして、さようなら」

しかし相変らず無愛想なモモは、かすかにうなずくのみであった。

荷物、といっても提げ手の片方が取れた小さな鞄だけだが、それをぶらさげてホテルに入る。ドア・ボーイが覚えていて笑顔で迎えてくれる。だが、ロビーに立ってあたりを見回したとき、到着の夜のことが悪夢のように思い出され、また心配になって来た。

モハメッドは、空港へはカテイのバスが運んでくれると保証した。モモも同じようなことを言った。しかしモハメッドもモモも、いまはもうわたしと直接の関係はないのだ。カサブランカの「組織」からマラケシュの「組織」へ受け渡されるわずかの時間、わたしは宙ぶらりんの存在でしかない。この間隙でまた何が生じるか。

落ち着かぬ気持でロビーを横切り食堂の方へ行きかけたとき、クリスチーヌとばったり顔を合せた。今まで気付かなかったが一緒のバスで来たらしい。これはもうご縁としか言いようがない。

「やあ、クリスチーヌ、きみも！」

懐しさと連れが出来た心強さから、思わず大声でわたしは叫んだ。しかし先方は一向に嬉しそうな顔をしない。

「わたし、ここでもう一泊するのよ」

無愛想にそう言っただけで行ってしまった。それでもいずれ昼食をしに来るはずだからと、わたしは食堂の入口でしばらく待った。

ロビーは、年末年始をモロッコの太陽の下で過ごそうとヨーロッパ各地からやって来た団体客でごった返していた。つい一週間ほど前は自分もこんな風だったのか。振り返るとすべてが夢のように思えてくる。まだ旅が終らぬうちからわたしは妙に醒めた目で眺めているのに気付いた。

クリスチーヌはいつまでも姿を現さなかった。腹は空いていないが、食べるべきものはさっさと胃袋に納めておくのが賢明だろう。団体客とぶつかれば後まわしにされるおそれがある。

クリスチーヌを諦めてひとりで食堂に入った。ボーイにカテイ発行の食券を示すと、以前と同じ入口近くの小さなテーブルに案内された。結局、最後までここがわたしの指定席となってしまったわけだ。

モロッコのお金の残りを上手に使い果せるよう計算し、ぶどう酒の小瓶を注文した。オードブルの生野菜のサラダをどっさり取った。水道の水は飲むな、生野菜は食うな。その忠告を無視して今までやって来て、異常のなかったことをひそかに誇りつつ、わたしは広い食堂の片隅で一人、モロッコに向って別れの盃を上げた。

食事を終えてロビーへ戻ってみると、フロントのカウンターのそばにクリスチーヌが憮然たる面持で立っていた。

「どうしたの。待ってたんだけど、来ないので先に食べた。ごめん」

すると彼女は例のアメリカ訛りのきつい耳ざわりなフランス語で、

「わたしの部屋が取ってない」

「えっ、どうしてそんなことに……。でも、とにかく食事をすませたら？ 食券もらったんだろ」

「そんなもの、もらってない。部屋の件が片付くまでは何も食べられないのよ」

「そうか。……きみは全く運が悪いね」

そう言いながら、旅の初めからずっとこのカナダ娘に付きまとっている不運——旅程の変更、冷風を送り出す部屋の暖房器、そしてついでに、フェズのホテルの食堂でのあの奇怪な笑いの発作までも思い出し、気の毒と同時に、何やら滑稽な気もしてくる。すると、

「これは運の問題じゃない。会社の責任よ」

クリスチーヌは甲高い声で吐き捨てるように言って、厚いめがねのレンズごしに睨みつけた。

「そうだとも。悪いのはカテイだ」

わたしは慌てて訂正した。

「わたし、怒っている」

「そりゃあ、そうだ。でも、よくあることだし……」

自分に責任があるような気がしてきて、わたしはしどろもどろに言訳をした。しかし、いまの場合、「よくあることだ」などという文句が何の慰めになろう。いやむしろ、その文句はわが身にはね返って来て、さらに不吉な想像を掻き立てる。

よくあることだと？ 他人事ではない。悪いはずの「カテイ」、すでに「前科」のあるその会社の世話に、わたし自身、もう一度ならなければならないのだ。

「会社に電話してみたら」

「したけど、誰も出ない」

「多分、昼休みの時間だから」

いまはもう自分の不安を鎮めるのに懸命だった。

「ホテルの受付では何て言った」

「そのうちカテイの者が来るから待つようにと」

それは一週間前、ここにやっとたどりついた晩、わたし自身が言われたのと同じことだった。ロビーの人込みを掻き分けてやって来る長身のユーセフ。その手を握ったときの、へたり込みそうな安堵感。――ああ、本当に振り出しに戻ってしまった。

カテイの係員が来るのなら（それはユーセフかも知れぬ）、その男をつかまえて、空港行のバスの件につき、さらに確認を得ておかねばならない。結局のところ、カテイに頼らざるを得ぬ点で、わたしはこの不運なクリスチーヌと同類なのだ。

わたしの唯一のパートナー。大事な道連れ。逃げられてはならない。わたしは当分はクリスチーヌにぴったりくっついて行動することに決めた。

ロビーのソファにクリスチーヌと並んで腰を下ろし、わたしは入口を見張りはじめた。何か話しかけようと思うが適当な話題が見つからない。しばらくはご機嫌を取っておかねばと焦ったあげく、

「モロッコ旅行、楽しかった？」

しまった。言い終った瞬間に気がついた。こんな不運つづきの人に向って訊ねるべき事柄ではない。

案の定、相手は聞えなかったように黙っている。しばらくはその沈黙に耐えていたが、ついに耐えきれなくなって、

「お腹空かない？」

「……」

また失敗。空いているにきまっているではないか。部屋の件が片付くまでは空腹とたたかう覚悟を固めているのだ。

同情から出たはずの言葉がいちいち皮肉な意味を帯びてしまう。これではご機嫌とりの最善の方法は、かたく口を噤んでいることだろう。やっとそこに気付いたのに、しかしクリスチーヌの方はすっと立ち上り、離れた別の椅子に行って腰を下ろすのだ。

追おうと腰を浮しかけてやめた。むっつりと正面を向き、ぐっと腕を組むその姿が命じていた。ほっといてちょうだい！　これでは全く取りつく島がない。その忿懣やる方ない胸のうちは十分理解できる。こちらの接し方にも軽率な点があった。意地の悪い目で眺めていたことも認める。しかしそれでもいま、如何なる因縁でか、旅の終りで寄る辺なき者同士として再びめぐり合った以上、助け合う気ごころの少しでも見せてくれたらと、わたしは遅まきながら、そして身勝手にも、道連れと心に決めたこの女性のつれなさを情なく怨めしく思うのであった。

で、止むを得ずわたしは元の席に坐ったまま、今度は入口とクリスチーヌの両方を見張りはじめたのである。

そうしてしばらく待つうちに、入口の硝子扉を押して、赤皮のブーツをはいた黒い髪の若い女性が勢いよく入って来た。胸に「K・T・I」のバッジ。これだ！　しかし女の係員とは意外だった。この国ではコーランの教えが生きていて、外で働く女性はまだ珍しいのである。

わたしとクリスチーヌは弾かれたように立ち上った。同時に彼女は、ロビーをフロントの方へ向って大股で横切って行く係員目がけて、体当りするような勢いで駈け寄って行く。わたしも駈け出したい気持を抑え、その場に立ったまま二人のやりとりを眺めた。

女係員の顔には、待伏せをくらったような驚きの色が浮んでいる。一体、何のことです？　クリスチーヌの訴えを聞き懸命に事情を呑み込もうとしている風に見えたが、やがてその表情が真剣味を帯びて来るのがわかった。二、三度大きくうなずいている。

ここぞ、とばかりまくし立てるクリスチーヌの甲高い声がロビー一杯にひびく。わたしは彼女の道連れであることを忘れ、何時の間にか女カテイに同情していた。

やっと相手をなだめるのに成功したらしく係員はフロントへ行き、早速電話をかけはじめた。会社に問い合せているのであろう。この次はオレの番だぞ。あんな風に体当りでいかねばならんのだ。

わたしはロビーの中央に突っ立っているクリスチーヌにおそるおそる近づいた。

「どうだった」

「わからない」

「きっとうまく行くよ」

しかし彼女のむっつりした固い表情は、そんな慰めの言葉など受けつけようとしない。まあ、どこまでイケズな……。感嘆の念はやがて賞讃に変った。いかなる場合にも他人に頼らず、甘えず、わが身はみずからの手で護ろうとする。えらい。これぞ西欧個人主義、自立の精神。

お前も、他人のことを心配する前に、まず自分のことを考えてはどうだ。――内心の声に、ふとわたしは現実に目覚めた。そうだ、この機会に、空港行のバスを確めておかねばならぬ。

電話をかけ終えた女カテイは、クリスチーヌのそばへ戻って来て何事か告げ、フロントの方へ引き返そうとする。追いすがるようにしてバスの件をたずねた。

「荷物がありますか」

「いいえ、これだけ」

わたしは提げ手の片方の取れたボストンバッグを指さした。その中には空になったウィスキーの瓶の代りに、例のいまいましい皮袋が押し込められているのだ。

係員は蔑むような一瞥をその荷物ともいえぬボロ鞄に投じ、

「それなら簡単。三時半で十分間に合います。そのころバスが来るでしょう」

「確かに?」念を押すと

「ええ、大丈夫。万一バスが来なければ、わたしがタクシーで送ってあげます。ずっとここにいますから」

と妙なことを言う。安心するどころか、さらに不安になってきた。「万一」というのがひっかかる。それにタクシーとは何だ。

とにかくこの女から目を離さぬようにしなければならない。わたしはもうクリスチーヌのことは忘れ、もっぱらカテイの係員の動きを目で追いはじめた。

彼女は旅客リストのような紙切れを手にしてロビーを何度か行き来し、フロントで電話をかけたりして動きまわっていたが、そのうち何気ない風にすうっと玄関から出て行った。

おや、と不審に思いながらわたしは腰を上げたが外まで追うのも気がひけて、また腰を下ろし、しばらく入口の硝子扉を睨みつづけた。きっと、到着予定のバスの様子でも見に表に出ただけだろう。

だが彼女は何時まで経っても戻って来ない。たまりかねたわたしは立ち上り、外へ出て見た。

バスは着いていず、女の姿もなかった。

しまった、逃げられた！

ホテルのなかに駈け戻り、無駄と知りつつドア・ボーイに、

「どこへ行った、あのカテイの女性は」

「さあ、知りませんね」

「逃げた、消えてしまった！」

ドア・ボーイはわたしがふざけていると思ったらしく、白い歯を見せて笑い出した。

落ち着け、落ち着け、とわたしは自分に言いきかせた。まだ時間は十分にある。じたばたせずに待って

いよう。相手を信頼しよう。あの女係員はきっと昼めしでも食べに出かけたのだ。約束の時間までにはきっと戻って来るだろう。それでも万一のことを気遣って、フロントでタクシーのことをたずねてみた。

「タクシーなら、呼べばすぐ来ます」

「空港までは何分ぐらい?」

「十五分」

相手の確信にみちた口調がかえってひっかかる。「すぐ来ます」の「すぐ」が問題なのだ。これはとくにいまの場合だけでなく、過去の経験が教えるところである。

信用できないのならたずねなければよい。そう解っていながら、やはり頼らずにいられない。

「カテイの係員が戻って来たら、待たせておいてほしい。重要な用件があるから」

ドア・ボーイにそう念を押しておいてフロントへ引き返し、カテイの電話番号を教えてもらった。電話器に手を伸ばしかけると、廊下の奥にある公衆電話を使ってくれという。いまいましいが仕方なくそこへ足を運んだ。ダイヤルを回す。話中のブザーが鳴っている。いったん切って、また掛け直す。また同じブザー。ああ、これはだめだ。こんなことをしているうちにあの女カテイが戻って来て、今度は決定的に帰って行くかも知れない。

電話ボックスを飛び出し、急いでロビーへ戻る。ドア・ボーイに「カテイはまだ戻らないか」とたずねる。彼はにこにこしながら首を横に振る。お前さん、ちゃんと見張っていたのかい?

もう疑心暗鬼。「カテイ、カテイ!」と呼ばわりながらホテル中を駈けまわりたい心境である。クリスチーヌはどうしているだろう。ふと思い出し、ロビーを目で探した。

片隅のソファにひとり腰を下していた。かわいそうに、今日は昼めしぬきだ。さぞ腹がへっているだろう。だがそんなことは顔色にも出さず、むんずと腕組みして構えるその度胸というか、沈着ぶりというか、天晴れとしか言いようがない。もう羨ましさを通りこして呆れるばかりだ。

見習おう。わたしは彼女から遠く離れた椅子に腰を下し、恰好だけでもと細い腕をしっかと組んで待つことにした。

だが長続きしなかった。とても真似のできることではない。わたしは気を紛らすために、鞄のなかからどっさり溜った絵葉書を取り出し、マラケシュの市場の絵のものを選んで日本の友人に宛ててしたためはじめた。

「一週間の旅を終え、これから飛行機に乗るところだ。モロッコなんてアフリカじゃない。一週間の観光旅行で何が解るか、と笑われもしようが、それでもすこしはアラブ世界に触れた気はする。きわめて有意義な旅だったよ。それにしても大変な世界だなあ。日本人、すくなくともぼくには遙かに遠い世界に思えるね。アジア・アフリカの連帯なんて、もう軽々しく言うまい……」

書きながらわたしは何度も顔を上げ、入口を見張ることを怠らなかった。

女係員はまだ姿を現さない。

そうこうしているうちに時間が経ち、約束の三時半になった。そのときになってやっとわたしは期待を捨て、現実を直視したのである。

突然、不安が大きな熱い塊となって胸元にこみ上げて来た。

わたしは立ち上り、ふたたび廊下の奥の電話ボックスへ行きカテイに電話をしてみた。依然話中だった。

ボックスを飛び出しフロントへ行った。

「すぐタクシーを！」

「承知しました」

蝶ネクタイをしめた浅黒い肌のモロッコ人の係員はそう応じたが、すぐには電話器を取ろうとしない。早く、と促すと、

「まあ、待って下さい。ほかにも仕事がありますから」と制し、

「物ごとには順序というものがあります」

と言い諭す始末である。そんな悠長なことを言っておれるか、と苛立つが、如何ともなし難い。

「タクシーが来たら呼んであげますから、向うで待っていて下さい」

その指示に従ってロビーの椅子に戻った。

ロビーには人の姿はなかった——クリスチーヌを除いて。つまり、これから空港へ向う客はわたし一人

ということだ。バスはよそのホテルを回って来るのだろうが、たった一人では忘れられはしまいか。いや、約束の時間は過ぎている。こんな所に腰を下して待っている方がよほど間抜けだろう。

タクシーでなら十五分。これをおまじないのように胸のうちで繰り返しながら、わたしはじりじりと身を焦す不安に辛うじて耐えた。

ふと、到着の日に空港から乗ったタクシーのことを思い出した。あのときは街まで何分かかったのだろう。いまは車の量がもっと多いはずだ。本当に十五分で行けるのか。

時計を見た。もう四時。時間が急激に速さを増したようだ。いますぐタクシーが来なければ危い。

わたしは立ち上りまたフロントへ行った。

「タクシーは?」

すると、係の男は、ふっと思い出したような顔をして電話の方へ向った。忘れていたのだ。地団駄踏む思いで睨みつけてやったが平気な顔で「すぐ来ます」と応じて、タクシー会社を呼び出しはじめた。

だが間もなくして受話器を置いた。

「出ませんね」

もう駄目だ。やっぱり予感的中。飛行機に乗り遅れた場合どうなるか。切符が翌日有効だとしても、もう一泊せざるを得ない。その費用は一体誰が持つのか。いずれにせよ手続きはカテイに頼るしかないが、スムーズにいくかどうか。クリスチーヌの例がある。

今晩は一緒にこのホテルに泊ることになりそうだ。本当に道連れになってしまった。道連れ。半ば冗談のつもりだったその言葉とともに、彼女の不運がわたしに乗り移ってきたようだ。

だが完全に諦めてしまうのはまだ早い。最後に一足掻き、万が一ホテルへ客を運んで来るタクシーでもあればつかまえることだ。期待は抱かずに腰を上げ、入口まで足を運び、扉の硝子ごしに外を眺めた。

ちょうど着いたばかりの小型ライトバンから、数人の客が降りて来るところだった。

車のそばに、黒ぶちのめがねをかけた長身の男が立っている。おや、見たことのある顔だ。たしか「カテイ」のユーセフ、間違いない。

外へ飛び出し、駈け寄った。

「やあ、ユーセフ!」

相手は驚いてしばらくわたしの顔を見つめ、

「おお、ムッシウ・ヤマダ、お元気ですか」

何を呑気な。名前を憶えていたのは感心だが、いまは「お元気」も何もあったものではない。気が付くと、わたしは彼の大きな手を両手でしっかり把んでいた。

「すぐに空港に運んでくれ」

「いや、この車はちがうので……」

「たのむ。これが最後のチャンスだから」

「飛行機の時間は?」

「四時半」少しサバを読んで答えると、ユーセフは腕時計を見た。しかし表情は変らない。

「迎えのバスが来るはずだが……」

「いや、三時半に来る約束だったのに来なかった。たのむ、この車で運んでくれ、すぐに!」

思いつめた口調、悲壮な形相にユーセフはたじろぎ、不安になったように見えた。一週間前の出迎えの手落ちのことも一瞬、記憶に甦ったのかも知れない。

ついに彼は折れ、ライトバンの運転手にアラビア語で何か言い、乗れと合図した。わたしは荷物を取りにロビーに駈け戻った。そしてわが身勝手なこの慌しい出発を心のうちで謝りながら、クリスチーヌに向って叫んだ。

「行くよ。さよなら。好運を!」

すると彼女はさっと振り向き、めがねごしに睨みつけて最後の反撃をこころみた。

「運の問題じゃない!」


車は午後の強い日差しの下、タイヤを軋らせながら白く乾いた街を走りぬけ、棕櫚の並木道に出ると一路空港に向けて突っ走った。

運転手は一言も口をきかなかった。その方が運転に専念できて安全だと思った。やがて遠くに空港の建物が見えてきた。時計をのぞく。まだ十分あまりしか経っていない。だが四時を大きくまわっている。客の搭乗はほぼ完了しているだろう。外されかかったタラップに向って手を上げながら駆けて行く自分の姿をちらと想像する。

滑走路の一部が視野に入って来た。しかし飛行機の姿はない。おかしい。

「まだ着いていないのかね」

運転手は返事をしない。もしまだ着いていないのなら、その飛行機が折り返すのだから十分間にあう。着いた。礼を言い、車を降りた。運転手がこちらを向いた。精悍な表情の若者。ベルベル族か。

彼はすさまじいエンジンの音とともに引き返して行った。

混み合う小さな空港の建物の中に駆け込む。ちょうどチャイムが鳴り、アナウンスが始るところだ。

立ち止まって耳を傾ける。

アナウンスは、飛行機のおよそ一時間の延着を告げていた。

第三部　ジョン・オグローツまで――スコットランド

相も変らず

ロンドンのキングズ・クロス駅から乗った寝台車のなかで、わたしはいくつかの楽しい体験をした。片方に二段ベッドひとつだけというのが先ず珍しかった。わたしの知るかぎり、二等寝台のベッドは普通どこも左右に三段、つまり一室六名である。パリ゠マドリッド間で乗った国際列車の一等寝台ですら四名であった。ところがここイギリスでは二等でも二名、しかもわたしの場合、相客がないから個室同然である。

時は九月。夏のヴァカンスも終り、旅客の少い時期。なにも一人客同士を一室に押し込めることはなく、それぞれ一室を占有させるのがむしろ当り前であろう。しかしそれまでの経験から、一人客は冷遇されるという被害妄想にとらわれていたわたしには、この「当り前」が特別待遇のように思えたのである。すでに真夜中近かったので、発車後間もなくわたしは同行の道田夫妻に「おやすみ」を言って自室に引きこもり、パジャマに着替えてからあらためて室内の点検にとりかかった。

先ず目についたのは、窓際の隅に取り付けられた洗面台である。木の蓋が付いていて、使用しないときは小さなテーブル代りになる。蓋を開け、蛇口をひねってみた。水と熱湯が出た。

洗面台の上方には小棚、その上に瓶詰めの飲料水とコップ。コップはプラスチックでなく、嬉しいことにガラスである。

すごい。車室に洗面台と飲料水というのは一等寝台並みではないか。

早速、イギリスへ渡る船のなかで買ったジョニー・ウォーカーの瓶を取り出し、スコットランドの旅の首途を祝ってグラスを上げる。

「ボン・ヴォワイヤージュ（よき旅を）！」

滑り出しはまずは上々である。

と、そのとき、戸をノックする音が聞えた。検札か。

「ウイ、……イエース！」

慌てて英語で言い直し掛金を外すと、顔を現したのは道田さんであった。

「どうや。やってるか」

「なかなかいいですね。どうです、一杯」

「いやぁ、りっぱ、りっぱ」

道田さんはウィスキーには見向きもせず、

「ところで、これ、一体、何やろ」

指さす方を見ると、ベッドの反対側の壁に、金属の把手のようなものが斜めに付いている。早や室内の点検を終えた道田さんは好奇心を抑えきれず、早速、疑問の解明にやって来たのだ。

その位置と、斜めになった角度とからわたしは即座に、寝台から起き出る際、体を支えるために把むものだろうと判断した。

だがこの説に、道田さんはすぐには同意しなかった。

「ほんまやろか……」

疑わしそうな顔をしているが、どうやら、内心では賛成しかけているらしい。自分の疑問が、簡単に相手に解けたのが面白くないのだろう。急に話を変えて、

「きみ、見たか」

「え、何を?」

「きみみたいな人が、こんな大事なものに気が付かんとは」

とかすかに憫笑を浮べ、

「ま、ゆっくり探して下さい。ほな、おやすみ」

道田さんの言う「こんな大事なもの」は、探すまでもなく直ぐ見つかった。

洗面台は円柱をたてに四分の一にした形をなしており、その胴のほぼ中央に、引き手が付いていた。引っ張ると、その部分が前に出て来てぽっかりと穴が開き、中から清潔そうな真白い陶器の溲瓶《しびん》が現れ

たのである。なんと、イギリスの国鉄の二等寝台には洗面台のほか、便器まで備わっているのだ。これは全くの個室と言ってよい。広くはないが、まだどんな驚き、いや楽しみが隠されているか知れない。

わたしは珍しさのあまり、その隠し便所(?)を何度も開け閉めしてみた。ついには待ち切れず、まだあまり溜ってもいないのに試してみた。使用後、蓋を閉めると、うまい角度に便器が傾いて流れ落ちる仕組みである。女性にも使用できる構造になっているのだろう。

ふと、何か書いてあるのが目にとまった。

「この便器はソリッド・マター用ではありません。W・Cは各車輛の端にあります」

ソリッド・マター、つまり固体、あるいは固形物。その語感のまじめさ、ものものしさと、それが指示すそのもののおかしさとの不調和に腹の底で笑いを刺激されるのを覚えつつ、わたしは考えた。まさかここで「ソリッド・マター」を放出するバカ者もおるまい。いや、注意書があるくらいだからやはり迂闊者がいるのか。必ずしもソリッドとは限らないけど。

ウィスキーを注ぎ足し、「ソリッド・マター」のためにあらためて乾杯。

ふとわたしは、ヘンリー・ミラーの小説のなかに出て来るインド人の青年のエピソードを思い出した。彼は売春宿のビデを便器と間違えて「ソリッド・マター」を落とし、宿のマダムから「汚い小豚め」と罵られるのだ。いや、わざわざヘンリー・ミラーを引き合いに出すまでもなく、これに似た失敗談ならわたしの友人にもある……。

あらぬ方向へ連想がおもむきはじめたそのとき、ふたたび戸をノックする音がして、わたしの想いは中断された。また道田さんがやって来たのだろう。新たな発見、あるいは先程の壁の把手についての新解釈をたずさえて。

「はーい、どうぞ」

日本語で叫んで掛金を外し戸を開けると、なんと車掌が立っているではないか。堂々たる体軀の初老の男。車掌というより高級ホテルのボーイと言った方がよい。色の浅黒いところを見ると、インド人の混血かも知れない。

呆然として見とれていると、

「モーニング・ティー?」

何のことやら解らぬまま、

「イエース」

すると相手はうなずき、

「グッナイ、サア」

そう挨拶して去って行った。ほほう、サアか、と思わず口もとが綻びる。朝からお茶が出るらしい。まったくの到れり尽せりだ。さすがイギリス。この国がますます好きになり、さらにウィスキーを注いで、老大国のためにまたまた乾杯。

翌朝六時、老車掌はふたたび戸をノックした。「グッモーニン、サア」彼の運んで来た盆にはカップ三杯分はある紅茶、ミルク、ビスケットなどがのっていた。これは無料だった。

朝六時半、エジンバラに着く。ロンドンの北北西約六百キロ、スコットランドの中心地である。駅を出て、高みにある街を仰ぎ見る。朝靄のなかに影絵のように浮ぶ尖塔、とがった屋根。名高いエジンバラ城はどれだろう。

しばらく眺めていると、幻影めいた街の姿が朦朧とした早朝の意識のなかに柔かく溶け込んでいく。駅の近くの観光案内所はまだ閉まっていた。そばの地べたにリュックを下し、それにもたれて開くのを待つジーンズ姿の若者たち。ふと見ると、壁に有名なエジンバラ祭のポスターが貼ってある。なんと、いまその最中なのだ。しめた。だがいまからでも券が手に入るだろうか。

案内所が開くまでまだかなり時間があるので、とりあえず日本を発つ前、道田夫妻が旅行社を通して予約しておいたホテルへ行って休憩することにした。

道田さんというのはわたしの親しい先輩に当る大学教授で、多方面での活躍で知られる名士である。夏のヨーロッパ旅行のついでにスコットランドまで足をのばすというので、わたしもそのお伴をさせてもらうことにしたのだった。こんな機会でもなければ、一人ではそこまで出かける気になかなかなれない。

日程の都合で、フランスに滞在中のわたしは別にドーヴァー海峡を渡り、ロンドンで夫妻と落ち合って市内見物に二、三日を費した後、スコットランドへ発ったのであった。

道田夫妻の泊るノース・ブリティッシュ・ホテルは駅の近くの目抜き通りにあり、遠くからでもすぐ判った。中世のお城のように古めかしく、いかにも由緒ありげな豪華なホテル、多分、エジンバラで最高のものにちがいない。

入口の回転扉をくぐったところに制服姿の若いボーイが立ち、出入りする者になかば監視するような視線を送っていた。わたしはいわばモグリだが、道田夫妻が一緒なので心強い。「グッモーニン、サア」の挨拶にもうろたえず、にこやかに「グッモーニン」と応じることができた。英語が急速に進歩したような気がする。

部屋の予約の確認のために道田さんが受付に行っている間、わたしはきょろきょろと周囲を見回しながら道田夫人に向って、

「すごいホテルですね」

と言うと、

「こんなとこでなくてもいいのに。もったいないわ」

同感であったが、他人のことゆえそうも言えない。

「いや、一生に一度、ぼくもこんなとこに泊ってみたい」

「ここに泊らはったら」

「いやぁ――ここはやっぱり、世界の名士の泊るとこかも知れんな」

朝っぱらから正装してロビーを行き来する男女の姿を眺めていると、やはり気が臆してくる。第一、これはわたしの主義に反する。

「豪華なホテルですね」

戻って来た道田さんに言うと、

「うん。ホテルだけは、ぼく、豪華趣味なんや」

いかにも満足そうにうなずき、

「さ、めし食いに行こ」

予想どおり、祭の期間中はこのホテルには出演者や金持の芸術愛好家たちが泊っているらしく、一階の広い食堂はすでに一杯だった。ほとんどが中年あるいはそれ以上で、タキシード姿も混じっている。

われわれ三人は入口近くに立って、席が空くのをしばらく待った。まだ八時前である。こんな早い時間から込んでいるホテルの食堂というのは初めての経験だ。誰もが十分に休養を取って血色がよく、朝から元気溌剌としている。服装とはうらはらに皆屈託なげで、会話がはずむのと同じ程度に食欲の方も旺盛と見た。

話されている言葉は英、独、仏、それにスペイン語やイタリア語も混じっているようだ。日本語も。というのは、われわれのほかに、一目で日本人と判る老夫婦がいたのである（「見たことのある顔やな」と後で道田さんがこぼした)。

そして、この言葉も髪の色も目の色も異なる雑多な人々の集りをひとつにまとめ上げている共通のトーン。国を超えた「階級」というものの存在を、如実に感じさせられたのはこれが初めてだった。

入口近くの電話が鳴った。タキシード姿の給仕頭が出る。彼はすぐに電話を離れ、近くのテーブルの中年婦人のところへ静かに歩み寄り、身をかがめ、フランス語で、

「奥さま、ヴェローナが出ました」

「メルシー」

彼女は軽く応じたまま直ぐには立とうとせず、しばらくはお喋りをつづけている。

こうした情景がおもしろくてたまらず、食事のことは忘れて見とれていた。ヴェローナ。ロミオとジュリエット。あの中年女の相手は誰だろう。夫か、愛人か。そんな他愛もない空想に耽りかけていると、やっと席が空いて案内された。

道田さんもこの国際的雰囲気が珍しいらしく、席に着くなり声をひそめて、

「相当偉い音楽家が来ているようやな」

意外なことに、周囲に影響されたのか、ふだんは小食の道田さんがフルコースの朝食を注文した。そしてベーコン、卵、ハム等々、出されたものをぺろりと平らげ、パンのおかわりまでするではないか。ちょっと気味が悪くなって、

「大丈夫ですか、そんなに食べて」

「ぼくは朝、腹がへるんや。一度に食っておくから昼と晩はほとんど食べない。きみはまた、食わんねえ」

こちらは寝不足と、深夜、車中で乾杯をしすぎたのとで食欲がない。おまけに起きてすぐ歩いたため早々と便意を催し、落ち着かない。折角こんな豪勢な朝食の席にもぐり込めたのに。

そのとき、道田さんがわたしの肱をつついて囁いた。

「おい、ちょっと見てみ」

目で示された方を盗み見ると、少し離れたテーブルに、日焼けした、もじゃもじゃ髪の、男のような顔の女が坐り、目をむいて議論している。

「あの女性、色の黒い……」

「しいっ」

道田さんは慌てて制して、

「あれ女か。ちがうよ、男やで。な、ベートーベンそっくりやろ！」

すると偶然にか、一瞬そのベートーベンが、ぎょろりとこちらに目を向けた。

食後、わたしは道田夫妻に従いて部屋に上った。この豪華なホテルの部屋を参考までにちょっとのぞいて見る——というのは実は口実で、真の目的は別にあったのだ。

広い明るい部屋に、ゆったりとしたツインのベッドとカラーテレビが置かれてあった。道田さんはすぐ靴を脱ぎベッドに寝転んでテレビをつけ、チャンネルのつまみをいじりはじめた。

しかし画像はいつまでもちらつき、見られる状態ではない。

そのまま道田さんは仰向きにひっくり返り、ズボンのベルトをゆるめ、呻くように、

「ああ、しんど。食いすぎた」

と言うなり目を閉じ黙りこんでしまった。と思うと、早やいびきが聞えはじめた。

わたしは早速道田夫人に言った。

「すみませんが、トイレを使わせて下さい」

「ええ、どうぞ」

バスルームは完全な別室になっていた。扉を開くと、驚いたことに控えの間があり、もう一つ扉を開かなければならない。控えの間つきの便所。さすが、と感心しながら二つ目の扉を開けた。何という広さ。便器までの距離を、遠い、と感じるほどである。

そしてそこは、靴底が隠れてしまうほどの厚い絨毯が敷きつめられているのだ。これはもうバスルームなんてものでなく立派な応接間である。

後の体験をもふまえて言えることだが、イギリスやスコットランドで泊ったどのホテルあるいは民宿でも、バスルームだけはもったいないほどきれいだった。どこも絨毯が敷いてあった。概して便所の汚いフ

ランスからやって来た者には、最初はいささか奇異にさえ映ったほどである。

だが、はなやかな絨毯を敷きつめた広々とした明るい部屋のなかで便器に腰を下しているのは、何とも落ち着かぬ気分である。叱られそうな気がする。便所特有の、あのほの暗い密室的な雰囲気を懐しみながら、わたしはきょろきょろ周囲を眺め回した。

そして発見した。この豪華なバスルーム——大きな浴槽、シャワー、便器等々一切が完備しているかに見える一室に、ひとつだけ欠けているものがあることを。

そのひとつとはビデである。便所がどんなに汚くとも、大抵ビデだけは付いているフランスやスペインのホテルと比較すると、これはやはり注目に価する。

わたしのそう豊富ではない体験をもとにして言えば、地理的にはヨーロッパの北より南の方にビデ使用の習慣があるようである。これは宗教的には、ほぼプロテスタントとカトリックの違いと重なる。偶然なのか、それとも、カトリックとビデとの間に、何らかの関連があるのか。

以前、モスクワで泊った大ホテルにはビデがあった。これは帝政ロシアの上流階級におけるフランス文化の影響の名残りであろう。

ところでビデとは何か。勿論、読者諸氏はすでにご存じであろうが、念のため、ちょっと「クラウン仏和辞典」を引いてみよう。

「bidet ビデ（またがって局部を洗う洗浄器）」

説明はちゃんと五七調になっている。そして二番目に「小さな乗用馬」とある。これが本来の意味である。

わたしがしきりにこのホテルを賞めるので、道田夫妻が、部屋があるのならここで泊ったらどうかとすすめてくれた。しかしわたしは断った。

「お金なら貸してあげるよ。——わからんなあ。金があるのになんで安ホテルに泊りたがるんやろ」

道田さんが呆れたように言う。いまさら、わたしの「ホテルCクラス主義」を開陳するまでもない。すでにロンドンでも、わたしは夫妻とは別の安ホテルに泊っていたのである。

さいわい、観光案内所で、一人客をいとわぬ安い宿が見つかった。

「歩いても行けます」と係員はこちらの胸のうちを見抜いたようなことを言ったが、見知らぬ土地であり、小さいながら荷物もあるのでタクシーを奮発した。

街の中心から少し離れた、ひっそりと静まりかえった通りだった。三階建の建物の並ぶ閑静な住宅街に、ぽつりと「ホテル」の標識が出ていた。ホテルというより民宿に近い規模であり質素さだった。

帳場には、めがねをかけた小ぎれいな中年の婦人がわたしの到着を待っていた。イギリス映画などでお目にかかる素人下宿の女主人——親切な、しっかりものの寡婦といったタイプの女性である。その英語の解りやすさが、人柄をものがたっているようで嬉しい。よかった、Cクラス万歳。ガードマン兼用みたいな制服姿のドア・ボーイに、「グッモーニン、サア」とうやうやしく迎えられるより、この方がずっと楽しい。

鍵を受取り、階段で三階まで上る。小さな部屋だった。ベッドのほかにあるものは小机、簡素な衣裳箪笥、洗面台。室内電話はなく、バスルームは外の廊下の端に共同のものがあった。フランスなどと違い無料で、自由に使用できる。わたしの部屋には敷物はないのに、前述のように、ここのバスルームにも厚い絨毯が敷いてあった。裏に面した窓からの眺めといえば、雑草の生えた空地と、そこに寝そべる白い犬だけ。口笛を吹くと犬は頭をもたげてこちらを眺めたが、すぐまた元の姿勢にもどり、それからはいくら呼んでも身動きもしなかった。

この宿に泊っている間、と言ってもわずか二日だが、わたしは毎朝二十分ほど歩いて道田夫妻のホテルへ出かけ、その日の行動を相談した。しかしわれわれは終日、行動をともにした訳ではない。とくに問題なのは食事だった。

旅先では普通、別行動を取っていても食事のときは一緒になるものだろう。しかしわれわれの場合は逆で、食事の時間は別々になるというおかしな事態が生じた。すでに見たように、道田さんは朝、一日分をまとめて食べる型である。それ以後は食事には興味を示さない。酒も欲しがらない。わたしはその反対だ。時間になると、とにかく早く飲みたい、食いたい。それが道田さんには異常と映るらしかった。

「きみ、ちょっとおかしいのとちがうか。いつも腹がへった言うてるけど。一種のノイローゼやないかな」

こんな訳で、食事の時間になると道田さんは奥さんに買わせた果物とチーズを持ってホテルへ引き揚げ、ひとり残されたわたしは、ひもじい野良犬の心境で安食堂を探して街をさ迷うことになるのであった。

人口約五十万、エジンバラはスコットランドの文化および産業の中心地である。街はプリンス・ストリートと称せられる大通りによって新旧の地区に二分されている。日中見ると、大通りをトラックやタンクローリーなどが轟々と走っていて、到着の朝、朝靄の中に思い描いた中世の町のイメージを修正せざるをえなくなる。

二日足らずの滞在であるから、多くのものは見られない。いやそもそも、見物しようという積極的な意欲がないのである。わたしは無計画にただ道田夫妻にくっ付いて来ただけであるし、夫妻にも、とくにエジンバラの何を見ようという目地もなさそうだ。

それに、こうした古都の見物を多少とも意義あらしめるためには、ガイドブックによる一夜漬けぐらいでは追いつけぬ歴史的知識、教養が必要なのである。

さいわい（?）、観光熱の欠如、英国史の教養の不足の点でわれわれ三人は一致していた、少くともわたしにはそう見えた。

しかし自然の傾きに任せれば、ものぐさ同士、ホテルで寝そべってばかりいることになりそうだ。そこで申し訳みたいに市内観光のバスに乗ってみることにした。

案の定、ガイドの説明のなかには何やら一世、何やら二世と王様の名がやたらに出て来て、歴史嫌いのわたしはうんざりし、ガイドの英語を解ろうとする努力を早々と放棄した。そのうち疲れと暖房のせいで眠ってしまった。修学旅行の生徒を笑えたものではない。

バスが名所旧跡で停るごとに目を覚し、浮ぬ顔して皆の後から従いて行った。さすが道田さんはえらい。奥さんに付き添って、何やら説明している様子である。頭の回転のおそろしくはやい人であるから、英語の単語の二つ、三つも解れば全体をすばやく把めるのだろう。

こんな訳で、かの有名なエジンバラ城のなかも、ご同行願っている読者諸氏には申し訳ないが、寝ぼけまなこで通り抜けただけである。

この中世の城は、宿から街への行き帰りに歩を止めて岩山の上に遠望する黒いシルエット、あるいは街の中心近くの小公園から絶壁の上にのんびりと仰ぎ見る姿の方が、わたしにははるかに好ましく美しく映った。

その高みにあるお城のなかで、着いた日の夜、「タトゥー」と称する催しが行われることをたまたま知った。軍楽隊のパレードのようなものらしい。「タトゥー」とは、本来は軍隊の帰営の合図の太鼓を意味する。エジンバラ城の一部は兵営になっているそうだ。何でもこの「タトゥー」がエジンバラ祭の最大の催物というので、ではそれを見物しようと、これは三人直ちに意見が一致した。さいわい座席券も手に入った。

「ぼくら、名所旧跡、古い教会とか王様の泊る場所とか、そんなものより、パレードとかショーみたいなもんの方に向いてるんやな」

道田さんが自嘲気味に言う。

「まあ言うてみれば軽佻浮薄」

わたしが調子を合せる。

夕方、たまたま見つけた中華料理店に気の進まぬ道田さんを引っ張り込み、簡単に夕食をすませてからわれわれ三人はタクシーでエジンバラ城へ駈けつけた。

城へ向う石畳の坂道にはすでに見物人の列が続いていた。黒いヘルメットをかぶった長身の警官が何人も立って、交通整理を行なっている。道の中央へ出て来る者を、長い手を拡げてゆっくりと脇へ追い戻す。

しばらくすると、雑沓の間に出来た狭い通路をきれいな黒い車が二台、三台、徐行しながら上って来た。車中には白いドレスの女性や正装の軍人の姿が見える。

「うーむ、これは相当偉い連中やな」

と道田さんが言う。

「王室の人かも知れませんね」

「うん、そうかも知れんな」

「エリザベス女王かも……」

するとお道田さんは苦笑して、

「まさか。それならもっと警戒が厳重なはずや」

「でも、イギリスの王室は民衆に親しまれているそうだから……」

そうだ、きっとエリザベス女王にちがいないと思ったが、また笑われそうなので黙っていた。

城内の中庭のようなところに段状に観覧席が設けられてあった。すでに満員である。櫓のサーチライトが煌々とあたりを照し出している。正面の、一段と高くなった屋根付きの席が貴賓席らしい。誰かいるようだが、少し奥に引っ込んでいるのでよく見えない。

突如、明りが消えた。闇の中からファンファーレが高々と鳴りひびく。パレードの開始である。ふたたび照明がともり、谷底のような中庭だけを浮び上らせる。そのなかをスカートをはいた衛兵をはじめ、さまざまなスタイル、さまざまな色彩の服装をした人形のような兵隊が太鼓や風笛の奏楽に合せて行進する。ただもう「きれい」としか言いようのない光景である。

はるばるオーストラリアや香港から参加した部隊もあった。香港組は中国服を着て、中国の音楽を奏しながら行進する。昔日の大英帝国の国威を偲ばせるデモンストレーション、といった趣向である。

次は婦人部隊。思わず身を乗り出して注目する。銀髪の高齢の指揮官に率いられてやって来たのは、期待に反しずんぐりした猫背の女たちであった。

ひとつ済むたびに盛んな拍手が起る。貴賓席でも手を叩く人の姿がわずかに見えている。どうも気になって仕方がない。先程の黒い車（きっとロールスロイスだろう）のなかに垣間見た白いドレス、白い顔、白い髪飾りが目先にちらつく。

終りに近く、司会者がマイクで何とか将軍のためにと叫んだ。勇壮なマーチが奏せられる。貴賓席に目を凝らすと、その「何とか将軍」らしい人が起立して奏楽に挙手の礼で応えているのが見えた。

それが済むと、司会者が今度は「ザ・クウィーン」と叫んだ。わたしの心臓はびくんとはね上った。ああ、やっぱりエリザベス女王が……。

全員起立のうちにイギリス国歌の吹奏が始った。旅先でこんな厳粛な場面に遭遇しようとは、夢にも思わなかったことである。

貴賓席のなかでも全員が起立しているようだ。顔は見えないが、何人かいる白いドレス姿の婦人の一人が女王にちがいない。

起立したままその方を眺めているうちに、わたしは全身が緊張にふるえそうになるのを覚えた。これはいけない。わたしは不意の感動に狼狽し、道田さんに気取られまいとして、何か別のことを考えようと頭のなかを探した。

わたしは自分の陥っている状態を音楽のせいにした。たしかに、このハイドンの曲は「君が代」などよりはるかに美しい。そう言えばオレは少年のころからこの曲が好きだった。戦争中も、イギリスが嫌いにならなかったのはきっとそのせいだろう。いまオレはハイドンに感動しているだけで、イギリスの王室を讃美しているのではない。……

国歌の吹奏が終った。

「やっぱり女王が来てたんですね」

予想の的中を内心自慢しながらわたしは道田さんに言った。しかし彼は依然、懐疑的だった。

「そうかな、女王やろか。こんなところに来るやろか」

そう冷静な声で応じるのである。

「奥さん、どう思われます」

と同意を求めてみたが、

「さあ……どうかしらね」

と、まるで夫唱婦随である。

「じゃ、なぜ、クウィーンと言ったんです」

「さあ、なんでやろ」

「たしかにクウィーンと言いましたね」

英語の聞き取りの苦手なわたしでも、これだけは確信があった。

「言うた。それは間違いない」

そう認めながらも、しかし道田さんの疑わしげな表情は変らない。そのうちにわたし自身、どこか変な気がして来た。

わたしは城へ来る途中の情景を振り返った。人波を分けるようにしてのろのろ進む黒い車、交通整理の巡査。……すると、いかに民衆に愛されている女王とはいえ、道田さんの指摘どおり警戒が雑すぎるように思えてきた。

少し冷静になって考えてみると、ほかにも不審な点がいくつかある。例えば、女王のための国歌吹奏なら、何とか将軍に敬意を表した後というのは順序が逆ではなかろうか。

国歌の吹奏とともに催しは終了し、観客は席を起って帰りはじめた。

「まあ、女子供向きのもんやな」

「どうせ、わたしら女子供やもん」

そんな道田夫妻のやりとりを耳にしながら、わたしはまだ「クウィーン」にこだわっていた。やはり曖昧なままほっておくわけにはいかない。こういった小さなことが、国際的な誤解を招く因とならないとも限らないのだ。

思いつめたわたしは、だれかに訊ねようと周囲を見回した。

ちょうど目の前を、二人連れの中年の女性が帰って行く。相手をゆっくり探している暇はなかった。わたしは道田夫妻から離れ、二人連れの後を追い、勇を鼓して声をかけた。

「すみませんが……」

相手は話に夢中になっていて気がつかない。もう一度繰り返して手で肩に触れた。するとやっと彼女は立ち止まって振り向いた。

「あの……女王が来ていたのですか」

相手は怪訝な表情でわたしの顔を眺めた。英語が通じなかったのか。

「あそこにいたのは、エリザベス女王ですね」

今度は貴賓席の方を指さして訊ねた。

「ノウ、ノウ」

やっと通じたらしく、相手はつよく否定した。

「でも、さっき司会者がザ・クウィーンと言ったでしょう」

すると彼女は思い出そうとつとめる顔になり、それから連れの女性と何事か相談した後、今度は笑いをこらえたような表情で言った。

「ザ・クウィーンと言うのは国歌のことです。女王その人ではありませんよ。あそこに来ていたのは」

と貴賓席の方を振り返り、

「将軍とその夫人でしょう」

「ああ、そうか。わかりました。サンキュー・ベリマッチ」

二人の女性はとうとう笑い出した。

イギリスの国歌はご存じのとおり、「God save the King」だが、女王の時代には the King が the Queen に変るのである。「ザ・クウィーン」は略した言い方らしい。

これですべて氷解したわけである。早速このことを道田夫妻に報告すると、二人は大喜びだった。

「えっ、訊いてきた？　全然知らん人に、英語で？」

道田さんは大袈裟に驚いて見せた。「英語で」と念を押すところなど意地が悪い。エリザベス女王と思い込んだ早合点、それを確認しようと行きずりの女性に質問した「勇気」は、その後しばらくの間、いわゆる「クウィーン事件」として物笑いのたねとされることになった。

だが、諺にいう。「聞くは一時の恥、聞かぬは一生の恥」

しかし、この旅を通じて判明したわたしの英語を聞き取る能力の程度から推して考えるに、あの中年の女性がしてくれた「ザ・クウィーン」の説明を果して正確に理解しえたかどうかについても、なお一抹の不安が残っているのである。

ロンドンで pay が「パイ」、paper が「パイパア」と聞えたのはわたしの耳が悪いのでなく、実際にそう訛って発音されることがあると知った。

スコットランドに来て、喫茶店で紅茶を注文した。するとウェイトレスが「ムック？」と訊ねる。ムックて何だろう。首をかしげていると彼女はいったん引っ込み、ミルクを持って来て見せた。milk が「ムック」と聞えたのである。

自信喪失のあげく、何とか通じる場合にはフランス語で押し通すことにきめた。すると当然、地名の呼び方もフランス風に変る。「Edinburgh（エジンバラ）」が「エダンブール」、これには参った。

とかく外国の旅では、言葉の苦労は絶えることがない。英語圏だからと安心は禁物である。いや、英語だからかえって危い。敵はわれわれ自身の内部にひそんでいるのだ。

ここで弁解めくが、われわれ昭和ヒトケタ世代特有の「英語コンプレックス」について一言述べておかねばならない。

英語を習いはじめた頃、それは「敵性語」、「鬼畜米英」の野蛮なコトバであった。敗戦と同時に状況は一変し、アメリカの「進駐軍」の上陸とともに英語、いやアメリカ語が巷に氾濫する。屈辱や羞恥を覚えつつも、悲しいかな、新しいもの好きの国民性は否めず、「カム、カム、エブリボディ」のラジオ英会話にかじりつき、大学に入れば、何のためだか知らないがE・S・Sなんてものに入り、日本人同士、ジョンとかメアリーと名乗り合って英会話の練習にはげんだ。わたしもそのような世代の一員なのである。この体験が心の深部に傷を残していないはずがない。

こうしたコンプレックスのほかにもう一つ。それは一種の優等生意識——何年間も英語を勉強したのだから解るはずだという自負と、その裏の、だが、もしかしたら、という不安である。

わたしの場合も同様だった。ギリシア語やアラビア語が解らぬのは仕方がない。が、万一、英語すら解らなかったら……。

イギリスへは船で渡った。フランスの港から一歩乗船すると、そこはもうイギリス、言葉はもっぱら英語である。タラップを上ると、ぱっと英語が目に飛び込んで来た。Gentlemen, Ladies 解る、解る。英語はありがたい。不安と緊張がいっぺんに解けた。自信まで湧いてきた。

Gentlemen, Ladies の下に矢印が付いている。ほほう、さすがイギリス、船にも男子席、女子席の区別が設けられてあるらしい。わたしは確信をもって矢印の方に廊下を進んだ。しかしいつまでも女性の姿がなくならない。"Gentlemen"とまた出ている。不審に思いながらなお矢印に従って進むと、行き着いたのは——男子用便所であった。

相も変らず、ロマンのロの字もない旅である。さて、われわれはいま靄にかすむエジンバラを後に、スコットランドをさらに北上しようとしているところである。旅はこれからなのだ。

だがその前に、この中世の城のある町をわたしにとって何にもまして忘れ難いものにした小さな挿話、わたしなりの「メルヘン」を紹介することにしよう。

駅の前を走る大通りプリンス・ストリート(正確にはプリンスは複数)と平行して、プリンス・ストリート・ガーデンという公園がある。公園というより、東西に長く伸びる樫の並木道というのに近い。その東のはずれに、ウォルター・スコット卿の像のある鐘楼風の塔が立っている。西のはずれまで行くと、絶壁の上にエジンバラ城が仰ぎ見られる。夜、照明の中に浮び上るその姿は美しかった。

遊歩道のところどころに、茶色のニスを塗った、がっしりした木のベンチが置かれ、その背のなかほどにはめ込まれた黒い金属プレートには、寄贈した個人または団体の名や、記念の文字が刻まれてある。「＊＊と＊＊の結婚を記念して」、「亡き父母をしのんで」等々。

着いた日の朝、この公園で人だかりがしているのでのぞいて見ると、五十がらみの男が殻のついた落花生をリスに投げ与えている最中であった。リスは落花生を両脚に挟むようにして持って芝草のなかに身を隠し、食べ終るとまた出て来て男の足元に駈け寄り、さらにねだるように見上げた。

この、人とリスとの頬笑ましい交歓図はきっと毎朝見られる光景で、町の名物のひとつともなっているに違いなかった。

エジンバラを発つ前の夕方、わたしは一人この公園の小暗い道を散歩していた。風が出て昼間の厚い雲を吹き払い、拡がりはじめた青空が西陽に輝いて、その分だけわたしのいる場所を暗く感じさせていた。公園に人影はなかった。しばらく行ったとき、道ばたで何か動いた。見るとリスだった。小さな灰色のからだに見覚えがあった。遊歩道に沿った芝草の中から顔を出し、じっとこちらを眺めている。

おや、と思い、怯えさせぬようわたしは立ち止まった。するとリスは姿を隠すどころか、芝草から跳び出して駈け寄って来た。そして前に落花生の男にたいしてしたように、わたしの靴に前脚を掛け、伸び上るようにして見上げるのである。

驚き慌てたのはわたしの方だった。おい、違うよ、人違いだよ。餌係はオレじゃないよ。そう心のうちで叫びながら見下ろすと、信頼し切ったつぶらな瞳に出会った。先方もたしかにわたしを見覚えている。

その瞬間、わたしは奇妙な感覚に襲われた。人間の世界からリスたちの「不思議の国」へ滑り落ちたような、あるいは突然自分の体がリスの大きさに縮まったような、眩暈に似た感覚だった。

「何かちょうだいよ」声にならぬリスの言葉が理解できた。急いで上着のポケットを探った。が、パンくずひとつない。当惑のあまり、わたしは声に出して大まじめに謝った。

「アイム・ソリ、アイ・ハヴ・ナッシング。イクスキューズ・ミー」

すると一瞬どうしようかな、といった表情をしてから、リスはわたしの靴に掛けていた両脚を引っ込めた。それから「さあ、もう行ってもいいよ」と言うなり、くるりと背を向けて駈けて行き、芝草のなかに姿を消した。

エジンバラ、このささやかな邂逅を、わたしは何時までも忘れないだろう。

ネス湖のほとり

朝、エジンバラを発って北のインヴァネスへ向う汽車のなかで、またひとつ、嬉しい発見をした。四人掛けのゆったりした座席の間に、縦五十センチ、横一メートルあまりの長方形の木の机が据え付けてあるのだ。これならゆっくり手紙が書ける。四人向い合せでカードなどしながら行くこともできる。熱中のあまり乗り過ごしはせぬか。

空いている車内を見回したが、トランプをやっている者は見当らなかった。

道田夫妻は別の座席に移り、ガイドブックを挾んで何ごとか相談を始めた。

汽車はハイランド地方を北上中である。窓の外は何もいない牧場、ヒースの野。その上に拡がる低い曇り空。眠い。

インヴァネス。

雨が降り出していた。灰色の空から聞えてくるキイ、キイという鳥の鳴声。鷗《かもめ》だった。ここはモレー湾の奥深く、ネス川の河口に位置する港町なのだ。

「侘しいなあ。松本清張やなあ」

雨の下で背を丸め、道田さんが呟く。松本清張には思わず吹き出したが、その笑い声が震え出しそうなほど寒い。まったくインバネスが欲しくなる。「インバネス」とは「とんび」、または「二重まわし」のことである。明治から大正にかけて流行し、発祥地にちなんでそう呼ばれていた。

北部の中心とはいえ、人口三万余の小さな町である。どこへでも歩いて行ける。とりあえず観光案内所を探し出した。今回は一緒に泊ることにする。翌日の行動を考えるとその方が便利である。

道田さんがホテルの交渉をしている間、わたしは別の係員をつかまえて相談に乗ってもらった。インヴァネスから先は別行動を取ることになっていたのである。

係の娘は、ありがたいことにフランス語が出来た。

「じょうずですね」とお世辞を言うと、

「だって、フランス人ですもの」

なるほどそう言われてみると、小柄な体つき、アイシャドウのきつい大きな眼などはたしかにフランス女である。学生で、夏休みの間アルバイトをしているそうだ。

「北海を見たいんですが」

「北海?」

彼女はちょっと怪訝な顔をして、

「東海岸の方は不便なんですよ」

少し考え込んでから彼女はスコットランド北部の地図を拡げ、北海に突き出た東北端の一点を長く伸ばした小指の爪の先で示した。

「ここにジョン・オグローツというのがあります。ここ、どうかしら」

スコットランドの、というよりブリテン島の最北端、ダンカンスビー・ヘッドという岬の先端だった。北の涯。——そこにしよう。何だかわからぬまま、直ぐに決めてしまった。

彼女はいやな顔もせず、時刻表のあちこちをめくってバスや汽車の時間を調べ、紙に書き抜いてくれた。

インヴァネスのすぐ近くから南西に細長く、かのネッシーで有名なネス湖が伸びている。しかしわれわれ三人のうち、ネス湖見物に行きたいと言い出すものは誰もいなかった。

「さすがオトナやね」

と道田さんが自讃する。実は翌日、湖畔沿いに西へ向うので、その際に見られるとみな安心しているのだ。

景色のよい西海岸で一泊してまたインヴァネスに戻り、そこで別れて道田夫妻はロンドンへ、わたしは単身さらに北へ向う。以上のような日程が出来上った。

翌朝、小雨の降りつづくなかをバスでインヴァネスを発った。乗客にはリュックを背負った若者の姿も混じっている。

町を出ると間もなくネス湖のほとりに出た。しばらくは湖畔沿いに走る。ネス湖は、湖というより大きな河のように見えた。地図で調べると、南西に約八キロにわたって伸びている。いくぶん褐色の混じった暗緑の水が延々と続く。単調な眺めに眠りを誘われる。こういうときに怪獣(?)の幻影を見るのだろうか。

バスは西海岸に達し、カイル海峡をフェリーで渡った。ヘブリデス海のスカイ島である。ひとまず島の中心地ポートリーまで行き、改めてこまかな日程を組むことにしていた。しかしこの悪天候では、計画を練る心も沈みがちである。

島へ渡って半時間ほど走ったところ、右手に小さな美しい入江が見えてきた。黒い岩の転がるひなびた浜辺である。海へ下りて行くなだらかな芝草の斜面にぽつりぽつりと建っている人家の、白壁と黒ずんだスレートぶきの屋根の色調が暗い雨空と調和して美しい。

「いいところですね」

「うむ、ちょっとブルターニュ地方の海岸に似ているね」

道田さんは考え深そうな表情で窓外の風景を眺めている。

地図で見ると、ブロードフォードという村の手前だった。ところどころ、小ぎれいな民家の門のわきに“**Bed and Breakfast**”と記した標識が立っている。〝B & B〞と略されることもあるこの標識は、イングランドやスコットランドの民宿のしるしである。文字通り「一宿一飯」。

こんな静かな海辺のＢ＆Ｂに一度泊ってみたい。その思いは道田さんの胸にも浮んだようだった。顔を見合すと、どちらからともなく、

「ここ、よさそうだね」

と口に出た。

「降してもらお」

そう言うと、もう道田さんは座席を立ち、運転席のそばの車掌のところへ行っていた。

降してもらお、なんて、そんな勝手が許されるのか。

ところが意外にもバスが停ったのである。

「おい、停ってくれた。はよ、はよ！」

道田さんに手招きされ、夫人とわたしたちは大慌てでバスを降りた。

道田さんは一体どんな英語で、どんなことを言ったのだろうか。

遠ざかるバスを見送ってふとわれに返ると、僻地に一人取り残されたような不安におそわれた。行き交う車も稀な田舎道の端にたたずんで周囲を見回した。先程、バスの窓から見えた小ぎれいな白壁の民家も、ロマンチシズムをかき立てる侘びしげな北の浜辺も、蜃気楼のように搔き消え、目の前にあるのは海に面したごくありふれた寒村の風景にすぎない。

「――えらいとこに降りたな」

耳の奥がしいんと鳴るような深い静寂の底から、泡ぶくのように道田さんの嘆きが聞えてきた。

雨が降りだした。とにかく宿を見つけねばならぬ。それぞれ荷物を持って、雨の中をブロードフォードの方へ歩き出した。

道田夫妻には簡単に部屋が見つかった。いったん別れ、わたしはひとり、人気のない海沿いの田舎道を民家の見える方へ足を向けた。すでに午後の一時をまわっていた。空腹とともに、うらぶれた思いも募ってくる。

やっともう一軒、B＆Bの標識の出ている家が見つかった。真白な壁、屋根と同じ鉛色の窓に紅い花が飾ってある。白く塗った木の柵の門を勝手に開けて入り、踏み石づたいに家の玄関の前まで来た。ベルを押してみたが応答はない。戸を押すと、意外にもすうっと開いた。奥に人の気配がしている。こんなとき、どう言えばよいのか。「プリーズ！」と叫んでみたが返事はない。もう一度呼んでしばらく待っていると、誰か出て来た。聞えたのでなく、たまたまやって来たという感じである。

小ぎれいな身なりの、小柄な銀髪の老婦人だった。思いがけず目の前に見知らぬ男の姿を発見した瞬間、彼女の顔が驚愕にこわばるのがわかった。

しまった、怯えさせてしまった。「イクスキューズ・ミー」を繰り返してわたしはたずねた。

「部屋があるでしょうか」

彼女は怯えの色の残った表情でしばらくわたしの顔を見つめ、それからやっと声を出した。

「いいえ」

嘘をついている、と直観的に判った。

「一晩だけなんです」

「いいえ、部屋はありません」

強い口調にそれ以上頼む気も失せ、わたしはまた謝って退出した。背後で、慌てて戸を閉め掛金を下す音が聞えた。

断るのが当然だろう。道を引き返しながらわたしは思った。一人暮しの老女が、素性の知れぬ男客を警戒する気持はよく解る。闖入者の姿を発見した瞬間彼女が感じた怯えを想像すると、断られた残念さを忘れむしろ同情の気持が湧いてきた。悪いことをしたな。わたしは胸のうちで呟いた。

結局、次のバス停のそばにある観光案内所まで足を運ばなければならなかった。

紹介された部屋は、道田夫妻のところから二、三百メートル離れた薄汚い民家の二階だった。裏庭に面した窓からわずかに、雨に煙る灰色の海が眺められた。小机の上に、読み古されたポケット版のミッキー・スピレーンが一冊、投げ出されてある。

思いがけぬ場所で泊ることになったため、日程がすっかり狂ってしまった。気紛れを悔い、そのうえ小雨もよいの悪天候に意気沮喪したわたしたちは、計画を変更して翌日早々にインヴァネスに引き揚げることに決めた。

はるばる西海岸まで、薄汚い民宿に泊りにやって来たようなものだった。

さて、翌朝十時ごろ、宿の支払いをすませ、

「では、これから出かけます」

と挨拶すると、六十すぎの太った女主人が怪訝な面持でこうたずねるのだ。

「どこへ行くの」

「インヴァネスに戻ります」

「何で？」

「何でって、十時半のバスでですよ」

「バスはありませんよ。バスも汽車もない」

「バスがない？　そんなはずはない」

「日曜日は何もないんですよ、何も」

女主人はそう言いながら、両手で何かを払いのけるような仕ぐさをして笑った。

そういえば日曜日だった。土地の人の言うことだから間違いあるまい。日曜日に一切の交通機関が休みになる、というのは、こうした辺鄙な土地では十分考えられることであった。

ではなぜ昨日、バスの時刻を調べに行った観光案内所でそのことを注意してくれなかったのか。係の若い女性の愛想のよさ、親切さに、われわれは感激していたのに。一体あの笑顔は何のためのものだったの

か。怨んでも、しかしもう遅い。

とにかく、一刻も早く道田夫妻と応急策を立てなければならない。宿の人にあらためて礼を述べ、小雨の中を外へ出ると、ちょうど道田さんがバス道路から小さな坂をこちらへ向って下りて来る姿が見えた。

「大変や、えらいことになった」

道田さんの声は興奮を抑えようとするためか、妙に落ち着いて聞えた。ヒッチハイクしか方法がない、これが直ちに出た結論であった。今日中にインヴァネスに帰り着かねばならない。前に泊ったホテルに部屋の予約までしてあるのだ。道田夫妻は、月曜日の朝のロンドン行の汽車の切符をすでに買っていたし、わたしはわたしで、同じ日の朝のバスで北の涯、ジョン・オグローツへ発つ予定になっているのである。

「本島へ渡るフェリーは動いているでしょうか」

「さあ、とにかく行けるところまで行くしか仕様がない」

小雨に濡れながらのヒッチハイクが始った。日曜日の朝、しかも三人という悪条件が重なっている。道田夫妻には大きな荷物がある。見通しは暗い。

「だめだな」

試みもせぬうちからわたしは諦めてしまった。

運よく拾われても、せいぜい二人までだろう。夫婦は一組として扱われるから大丈夫として、半端のオレは切り捨てられる。三人ともか、それともゼロか。――いや、ぼくはいいですよ。どうにかしますから先に行って下さい。そう道田夫妻に申し出ている自分の姿を想像すると、もう実際に、このスコットランド西海岸の島に一人置き去りにされたような心細い、哀しい気分に胸が締めつけられてくる。

その間、稀に一台、しばらくしてまた一台と、車が走り過ぎた。無情にも見向きもしないで。そのうち全く跡絶えてしまった。

だがわたしが悲観的な想像に耽っている間、道田さんは冷静に現実に対処する方法を考えていたらしかった。

「こらあかんわ。最初から三人もいたら無理や。男は隠れてよ」

彼は夫人一人を目立っ場所に立たせ、わたしを道端の建物の蔭に連れ込んだ。

ロンドンで買ったスウェードのコートを惜しげもなく着込み、雨の中に一人佇む夫人の姿は、健気というよりやはり気の毒であった。しかし、これだけは代ってあげる訳にいかない。

「ぼんやり立っていんと、サインを出さなアカンやないの」

道田さんが物蔭から督戦する。しかしこう車の数が少いと、サインの出し甲斐もないだろう。

やっぱり駄目。フェリーの乗場まで歩くしかないのか。何時間かかるだろう。

二十分ほど経って、ようやく次の車が来た。しきりに手を振る道田夫人の前を走り過ぎる。これも駄目と諦めかけたとき、不意に車は停止した。かと思うとバックで近づいて来る。運転しているのは女性だ。

しめた。しかしいますぐ飛び出すのはまずい。道田夫人が運転席のそばで何か言っている。こちらを振り返った。道田さんがゆっくりと出て行く。わたしも駈け出したいのを我慢する。

道田さんが交渉している。いや、懇願している。哀願している。やっぱり、二人なら乗せられるが、三人は……。

道田さんがこちらを見て手招きする。わたしは駈け出す。

運転席にいるのは、髪に白いものの混じった六十四、五の上品そうな婦人だった。エジンバラへ行くところで、フェリーは動いているから大丈夫だと言う。助かった。とにかくスカイ島を脱出できれば後は何とかなるだろう。

サンキュー・ベリマッチを繰り返しながら、道田夫妻は後部席に、わたしは助手席に乗り込む。

「よかった」

「地獄で仏」

道田さんとわたしの口から同時に同じ文句が飛び出す。まるでその言葉が解ったように、仏さんがこちらを向いて頬笑んだ。

発車してしばらく行ったとき、青い目の老婦人が言った。

「雨のなかで震えながら立っているこの人の姿が、あんまり可哀想だったのでね」

道田さんの非情にして果敢なるオトリ作戦は、まんまと成功したのである。それにしても、道田夫人はどんな風に頼んだのだろう。

われわれが、今日中にぜひともインヴァネスに戻りたいのだがと立場を説明すると、彼女は言った。

「本島に渡れば、日曜日でもバスがあるでしょう。とにかく、フォート・ウィリアムまで行って見ればわかります。どうせ途中、通るところだから」

地図で見ると、フォート・ウィリアムというのは、スカイ島の対岸の南東に位する南北の分岐点である。そこから南へ下るとグラスゴー、さらに東へ転じてエジンバラへと道は延びている。逆に北東に一直線に行くと、ネス湖を経てインヴァネスに達する。

婦人の言ったとおりフェリーは日曜日も動いていた。ちょうどタイミングよく、われわれの車が乗り移ると満車になって船が出た。

「ばんざーい、スカイ島脱出!」と道田さんが叫ぶ。

すると、それが最終便であるかのような錯覚に陥って、わたしも「ばんざーい」と叫び、思わず彼の手を握った。

車は老婦人のしっかりしたハンドルさばきで、スコットランドの田舎道を疾走した。さいわい雨も上り、濡れた舗装道路のところどころが斑らに乾きかけている。

「あなた方、どこから来られましたの」

「日本から」

「わたしはパリから」

「お天気が悪くて残念ね。この前まで、すばらしいお天気が続いていたのに。――タバコ喫っても構いませんか」

そう言って運転席の窓を少し開け、われわれにもすすめてから、ライターで巧みに火をつけると、いかにも美味そうに煙を吸い込んだ。

この女性はどんな人だろう。何をする人だろう。その親切もさることながら、それ以上に、見も知らぬ外国人にたいするこの信頼し切った寛いだ態度、国や人種をこえて人間として接するあたたかみに、わたしは胸を打たれた。今日が日曜日でバスがなくてよかった、と思った。

窓外にはしばらく、荒涼としたヒースの原野が続く。その遠くに、ひっそりと鋼色の水をたたえた湖が光り、あるいはまた、湖かと思うと白波を立てる河であったりした。

湖水の彼方もまた暗紫色の荒野。その果てはそそり立つ岩山だった。灰色、赤褐色、紫色の縞を描く絶壁のなかほどに、縦に、細い真白な筋が見える。雪渓かと思ったがそうでなく、流れ落ちる水、つまり滝であった。そう教えられてあらためて目を凝らして眺めても、張りついたように動かない。

ときたま、城の廃墟のようなものが荒野にぽつりと立っていた。思いはおのずと中世騎士物語の世界へいざなわれる。

しかしたずねてみても、運転席の婦人はちょっと目をやるだけで何も言わない。

しばらくはまた沈黙が続く。車の暖房のせいでまどろみそうになる。

フォート・ウィリアムに近づいたころ、婦人が念を押した。

「インヴァネスに戻るんですね」

「ええ」

とわたしは答えた。ところが後部席の道田さんが、意外なことを言い出したのである。

「悪いけど、ぼくら、このままエジンバラまで乗せて行ってもらうわ」

「えっ、どうして……」

「もうええわ。あの侘しいインヴァネスの町、見とうない。はよロンドンに戻りたいわ」

「汽車の切符は?」

「損しても仕方ない。明日、エジンバラで乗れたら通用するやろ」

「……では、ホテルの予約は?」

「しゃない、屁かまそ。連れは、とたずねられたら、知らん、途中で別れた、と答えといて」

高名な先生の口からふと洩れたこの卑俗な言葉を耳にしたとき、わたしは驚きよりもおかしさ、いやそれ以上に親愛感を覚え、もうそれ以上何も言わず、好きなようにさせてあげようという気になった。夫妻が日本を発って二か月、旅の疲れが出はじめるころだ。そこへ今朝の苦労である。道田さんが一刻も早く帰りたい先は、実はロンドンでなく京都ではないだろうか。

それでも、やっと島を脱出しやれやれと安堵の胸を撫で下ろしていた矢先の、突然の予定変更である。

わたしは動揺した。いずれは別れて一人になるはずであった。しかしそれはインヴァネスに戻ってからのことで、この全く勝手のわからぬ辺境でいま急に一人ぼっちにされるのかと思うと、身が縮むほどの心細さである。

オレも止めようかなあ。そうわたしは胸のうちで呟いた。計画を放棄して、このまま一緒にエジンバラまで行ったら。そうすれば道田さんの「屁」の後始末もせずにすむ。この小雨まじりの悪天候のなかを丸一日ついやして、はるばる北の涯まで足をのばすこともないではないか。

しかし、わたしは辛うじて踏みとどまった。そう決心させたのは、脳裡にこびり付いて離れないひとつの地名であった。

ジョン・オグローツ。たまたまインヴァネスの観光案内所で教えられたこの名がわたしを縛っていた。いかなる由緒のある場所なのか。一体そこに何があるのか。多分、渺々とひろがる北海の、さむざむとした侘しい光景があるだけだろう。だがその寒さが、その侘しさが、わたしを招いていた。ジョン・オグローツが呼んでいた。それを斥けたら、何時までも悔いが残るであろうことをわたしの体が知っていた。

行かねばならない。この悪天候をおして、侘しさを嚙みしめ、一人旅立つ。そこにわたしの旅がある。いまやっと、わたしのスコットランドの旅が始まるのだ。全身の緊張、心の高ぶりはそのことを告げているようであった。

われわれの恩人は、フォート・ウィリアムのバス・センターのそばで車を停めてくれた。

「インヴァネス行のバスがあるかどうか、見て来てごらんなさい」

言われたとおり待合室へ行って調べてみると、幸運にも一時発の便があった。あと十五分ほどである。車に駈け戻ってその旨報告すると、

「まあ、よかった」

と彼女はわがことのように喜び、運転席の窓から手を差しのべた。

「サンキュー・ベリマッチ」

尽きせぬ感謝の念をただこの一語にこめて、わたしはその柔かな手を握った。

「ボン・ヴォワイヤージュ（よき旅を）」

彼女はそれだけはフランス語で言い、優しい微笑を浮べた。その顔を、美しいと思った。

「グッバイ。——じゃ」

後の方は道田夫妻に向けて言い、車から鞄を下してドアを閉め、もう一度手を振ってバスの待合室の方へ足を向けた。

振り返って見ると、道順の検討でもしているのか車はなおしばらく停ったままだった。それからやっと方向が決ったらしく、ロータリーを一回りして走り去った。

定刻より二十分近くも遅れて発車したバスは乗客もまばらで、それも、座席に大きなリュックを置いた

セーターにジーンズ姿の若者ばかりだった。わたしの背広姿はたしかに異彩を放っていた。あえて共通点を求めるとすれば、わたし同様彼らもみな単独旅行者らしく見える点である。黙然と窓の外に視線を注ぐ者、熱心にノートに何か書き込んでいる者。話声は全然聞えない。

だがこの沈黙のなかには、行先を同じくする単独者の連帯というか友愛のようなものが感じられ、わたしの心をやわらかく解きほぐしてくれる。

暗雲低く垂れこめる九月の空の下、バスはエンジンを唸らせいくつもの停留所をとばして走り過ぎた。ときおり、車体が沿道の並木の枝をかすめてぱらぱらと鳴る。

フォート・ウィリアムを出て北東へ走ると、フォート・オーガスタという少し大きな町に着く。フォートは「砦」の意味であるから、これらの町には城砦が残っているはずである。あらためて地図で確めてみると、フォート・オーガスタからさらに北東へほぼ一直線にネス湖が伸びており、その尽きるところがインヴァネスであることが判る。バスは湖の西岸に沿って走る。バスの行程のほぼ半分をネス湖が占めているわけだ。

湖は行きと同じく褐色味を帯びた暗緑の水をたたえ、眠ったように静かに横たわっていた。

急激に空腹が襲って来た。二時をまわっている。バスの発車時刻がこれほど遅れると判っていたら、サンドイッチでも買うべきであった。だが果して、日曜日に開いている店があるだろうか。

空腹を紛らそうと鞄のなかからウィスキーの瓶を取り出し、周囲に気兼ねしながら、蓋を杯にして何杯か空っぽの胃へ流し込む。バスの動揺でこぼれた滴が、口もとから顎にかけて涼しい筋を引く。

何かつまみになるものはないか。上着のポケットの底をまさぐると、有難いことに食べ残しのピーナッツの袋が見つかった。インヴァネス着は多分三時すぎで、レストランはもう閉まっているだろう。わずかなピーナッツの一粒一粒が貴重なものに思えて来る。

日ごろから潜在的に感じつづけている食いはぐれの不安が、いまふたたび意識の表面にあらわれてわたしを脅かす。この不安はおそらく戦中戦後の欠食体験に根ざすものだ。そのうえさらに個人的な理由がある。わたしは痩せていてスタミナが乏しいので、食事をぬかすことができないのである。一度の食事で次の食事までの数時間を辛うじて生き継ぐ、そんな感じは太った人には解りにくいだろう。

アルコールの刺激によっていっそう激しくなった空腹感が、やがて徐々に麻痺しはじめる。それにつれて飢餓の不安も薄らぐ。これさえあれば何とかなる。瓶の中のウィスキーの残量を確めながらわたしは胸のうちで呟く。生命の水だ、まったく。

道田夫妻たちはどうしているだろう。エジンバラへ直行、それとも、途中どこかで城跡でも見物して行くのだろうか。

別れぎわに老婦人の顔に浮んだ慈愛にみちた微笑。それがわたしの旅路をずっと見守ってくれているような気がする。

バスは速度を上げ、遅れを取り戻すだけでなく、予定より十五分も早くインヴァネスに着いた。

バス・センターは国鉄の駅からすこし離れた裏通りの奥に隠れたように位置していて、そこはまた、各方面への観光バスの発着所にもなっていた。これは好都合だと思ったが、あいにく案内所は日曜日のため閉まっている。切符売場にかろうじて人の姿を認めたので、窓口からのぞき込んで声を掛けた。

「明朝のジョン・オグローツ行の切符を下さい」

「満員」

「えっ、満員?」

思いがけぬ事態に一瞬わたしは茫然となった。

「満員とは、どうして」

思わず抗議の口調でたずねると、

「予約でね」

と落ち着いた声が返って来た。

冗談じゃない。はるばるスカイ島から、必死の思いで引き返して来たのに。

だが満員なら仕方がない。途方に暮れその場に立ちつくすわたしの表情がいかにも深刻に映ったのだろう。係員がボックスから出て来て慰め顔に言った。

「一人だけかね。じゃ、明日の朝、八時前に来てごらん。たぶんキャンセルがひとつくらいあると思うよ」

その言葉にいくらか励まされてそこを出て、駅前へ向う。店がすべてシャッターを下し、人の姿も稀な日曜日の午後の街。こうした侘しい情景にはすでに慣れているつもりの身にも、このスコットランドの北の小さな町の新しい廃墟を思わせる閑寂さは、一人旅の心もとなさと相俟ってまた一段とつよく胸に迫って来る。

低く雨雲の垂れこめた空を風が舞い、その風に運ばれて、キイキイという哀しげな鷗の鳴声が遠く近く聞えて来る。松本清張やなあ。この町に着いたとき道田さんの口から洩れた文句が、実感をともなってよみがえってくる。

見上げると、鷗は何十羽と上空を舞いながら、あるいは建物の上に羽を休めながら鳴きつづけているのであった。確かに人よりも鳥の方が多いな、とわたしは胸のうちで呟いた。その妙になまなましい、けものじみた鳴声が、付きまとうようにどこまでも聞えて来る。

一体、何のために戻って来たのだ。心の張りが突如支えを失い、足がゼンマイの切れた人形のように止りそうになる。この侘しい北の町をさまよう自分の姿が次第に実体を失い、稀薄になって、ついには淡い影と化してかき消えてしまいそうな心もとなさだった。

何のために戻って来たのだ。バスはすでに予約で満員だと？　季節外れの九月なかば、この悪天候をおしてはるばる北端の岬までバス旅行に出かける観光客が、バス一台分もいるのか。ここもきっと有名な観光ルートなのだ。

北の涯を目ざす心の高ぶり、暗い情熱までが観光業者の手によって操作されたもののように思われ、わたしはこみ上げる苦い笑いを路上でかろうじて嚙み殺した。

レストランを探し出すのは諦めて、予約してあるPホテルの方へ仕方なく足を向けた。小雨が降りはじめていた。

駅を背にすこし行くと、前方に別のホテルの標識が見えた。大きくはあるが全体にくすんだ感じの建物だった。その前を通り過ぎようとしてふと見ると、入口のそばに張紙が出ている。

「最上階にB & Bあり。七ポンド」

そうだ、ここにしよう。とっさの思いつきだった。Pホテルの半額以下だ。戻って来ると口約束はしたものの、一人きりになった以上、その言葉に縛られることもあるまい。

わたしはネス川に面したPホテルの様子を思い浮べた。無愛想な受付の女、裏の工事現場に面した部屋。川ごしに城跡を望む最高の部屋に通された道田夫妻は満足だったようだが、わたしにはそのホテルはすこしも快適でなかったのである。今度もきっとあの裏部屋を当てがわれるにちがいない。

しかし料金よりも何よりも、問題は場所の便利さだった。空腹をかかえ、風雨に打たれながら、ネス川を渡って十五分あまりも歩くのは気が重かった。どこでもいいから早く休みたかった。キャンセルがあるとして、明朝八時のバスに乗ることを思えばなおさらのことである。ここなら五分とかからない。ためらうことなく、わたしは二階に設けられたホテルの受付へと階段を上って行った。

当てがわれた部屋は六階だった。受付で宿泊カードに記入し、鍵を受け取ってエレベーターに乗った。五階止りで、それから上は階段を利用しなければならない。屋根裏へ上る気分である。暗く狭い廊下を部屋の番号を読みながら進む。ふと、どこからかいびきが聞えて来た。真昼間から眠っている男がいるらしい。

部屋を見つけ、一歩入って見回した途端、わたしは「さすが！」と胸のうちで叫んで笑い出してしまった。

狭い部屋に小さなベッド、箪笥、洗面台。確かに、必要なものは揃っている。その上、さすがはスコットランドだけあって床には敷物。しかしそれらの点を除くと、それまでに泊ったどのB＆Bとも比べものにならぬほどのみすぼらしさ、薄汚さである。

以前にスペインのコルドバで泊った安宿もひどかった。部屋の洗面台は蛇口がこわれ、台の下にもぐって元栓で水を出したり止めたりせねばならぬ始末だった。しかしその代り、そこには真冬にも明るい南国の光があった。陽気で楽天的な主人の人情があった。

肌に風を感じその方を見ると、押上げ式の窓が少し開いたままになっていた。よく見ると、窓枠と框の間に辞書のような分厚い本が挟んである。ひとりでは窓がずり落ちて来るので、つっかい棒が必要という訳らしい。

それぐらいでは驚かないぞ。覚悟して窓際へ足を運び、その分厚い本をはずして手に取って見た。湿気を吸ってぶわっと膨んだその本は、聖書だった。

だが何といっても、この部屋の最高傑作は洗面台であった。最初、離れた所から見ると前方に傾いでいるように感じられるので、近づいて点検すると、台の付いている壁全体が傾き、剝げ落ちそうになっていることが判った。

触ってみるとぐらぐら揺れるが、まだ当分は保ちそうである。しかし片隅はすでに崩れ落ち、ぽっかり口をあけた暗い穴の奥底から、ひんやりとした湿っぽい空気が老朽化したこの建物全体の溜息のように洩れてくる。

よくもまあ、こんな部屋に客を泊めて……。わたしは他人事のように感心した。不思議と腹は立たない。惨めな状態に陥ると、何となく陽気になる傾向がわたしにはあるようだ。それとも、悲惨と滑稽とは本来どこかで繫っているのだろうか。

——二階へ下りて行き、受付の女性を連れて来る。

「イクスキューズ・ミー。あなたはこの部屋の状態を知った上でわたしを泊めるのですか」

「イエース」

「オーケー。記念撮影したいんですが、カメラのシャッターを切っていただけませんか。ええ、この洗面台を背景に」

カシャ！

「オー、サンキュー・ベリマッチ」

――こんな会話を頭の中でくりひろげながら、わたしはバネが弱く妙にふかふかしたベッドに身を横たえる。文句を言えば、泊ってくれと頼んではいないという邪慳な言葉が返ってくるにきまっているのだ。たしかにホテル全体はCより上のたぶんBクラスで、二階にはかなり広いロビー、その奥にレストランまで付いていた。よりによってその建物のなかの特別室、Cクラス、いやいや、ウルトラ付のC、粗末を通りこして奇怪、グロテスクというかピトレスクな（絵にしたいような）一室に泊ることになる、これは一体、如何なる運命のいたずらであろう。

そのときふたたび、先程廊下で耳にしたすごいいびきが聞えてきた。どうやら壁ひとつ隔てた隣室からのようだ。するとこのB＆Bは、真昼間から眠る必要のある人たちのためのものなのか。明朝まで何もすることのないわたしも、まあ同類にひとしい訳だが。

しかし、何時までもこんな想像に耽ってはいられない。わたしは旅程の組み直しに取りかかった。バス・センターで言われたとおり、さいわい明朝キャンセルがあってバスに乗ることができれば簡単である。その場合でも、帰って来るのは夜で、寝台列車には間に合わず、さらにもう一泊する必要が生じる。しかもロンドン行の汽車は夜までないから、丸一日この町で過ごさざるをえない。ここインヴァネスはネス湖や西海岸への観光の足だまりでしかなく、特に見るべきものもなさそうだ。

もしバスが満席だったら、ジョン・オグローツは諦めてロンドンへ戻った方がよさそうだ。その場合でも、夜までの時間の過し方を考えねばならないのは同じである。

何だか、このすさまじい部屋に泊るのが目的でやって来たような気がして来た。

先程までの、やけくそじみた陽気な気分が退いていく。隣室のいびき声に誘われて、思いはまたあらぬ方へさまよい出ようとする。

これではいけない。気分転換に少し外を歩いてみよう。犬も歩けば棒に当る、だ。

時刻はもう四時をまわっていた。鷗の鳴きつづける小雨もよいの北の町は、早くも暮色に包まれかけていた。どこかキャフェでも、と探したが、今日はどこも閉まっている。いかに日曜日とはいえ、キャフェまで閉まるとは何という町だろう。町の中心の大きなホテルの一階がレストランになっていて、それに接して、一般客も利用できるバーがあったのを思い出した。上等のモルト・ウィスキーが一杯二百円ほどで飲めた。

だが、そのバーすら今日は閉まっている。

途方に暮れて見回すと、すこし先に観光案内所の建物が見えた。こんな所にあったのか。ここも閉まっているだろう。別に用はないが近づいて見ると、珍しく開いている。しかし客の姿はなく、いわば開店休業の状態のようだ。

カウンターに誰もいないことを確めて、ちょっと入ってみた。土産品の陳列をながめていると、背後で

「ヘロー！」と声がした。振り向くと、カウンターごしに女係員が笑いかけている。

「部屋、お気に召しました？」

この町に着いた日に、道田さんがホテルの世話を頼んだ女性だった。いけない。

「ええ、とても……」

顔の赤らむのを覚えつつすぐに逃げ出そうとしたが、それではかえって不自然な印象をあたえ、疑惑を招きかねない。かろうじて踏みとどまり、急いで話題を変えた。

「明朝のジョン・オグローツ行のバスは予約で満員だそうですが、キャンセルがあるでしょうか」

「あなた一人？　じゃ、大丈夫ですよ」

「サンキュー」

そう言って立ち去ろうとするわたしを、相手はなお引きとめようとする。

「お連れの方は？」

じいっと見つめる視線は笑いを含んでいる。何もかも知っていますよ、と言わんばかりだ。

「……彼らも旅を楽しんでいると思います。グッバイ」

長居は禁物と一方的に話を打ち切ってそこを出た。いや、まだ気付いているはずはない。しかし明日、Pホテルから問い合せがあったら彼女は何と答えるだろうか。その日本人なら、すくなくとも一人はこの町にいるはずですよ、昨日ここへ寄りましたから……。しかしオレがあのすさまじい、屋根裏みたいなB

&Bの一室に潜んでいようとは知るまい。いずれにせよ、いったん顔を見られた以上、町をうろつくのはヤバくはないか。

わたしの足は宿へ向って速くなる。ヤバイなんて言葉が浮んできたのがわれながらおかしい。「お連れの方は」とたずねられ、「彼らも旅を楽しんでいる」と、とっさにenjoyという単語が口に出たこともおかしい。オレの英語もまんざら捨てたものじゃないぞ。

二つのおかしさに挾まれ、笑いをこらえながら人気のない路を急ぐ。

部屋はどんなに汚くとも、暖房だけは十分きいているのがありがたい。帰り着くと、わたしはほっとしてベッドに寝転がり目を閉じた。隣室のいびきはもう聞えて来なかった。外出したのか。

外では日暮れとともに、鷗の鳴声が一段とかまびすしさを増したようだった。海から戻って来て勢揃いしている海鳥の群を想像した。このホテルの屋根の上にも、何羽か止っているにちがいない。ときには、窓辺に止っているのかと目を向けたくなるほどの間近さで聞えてくる。雨を喜び、さらに風を求めて鳴き叫ぶその声のたけだけしさに、ヒチコックの「鳥」を思い浮べたりした。

いまでは鳴声を聞き分けることができた。キキキキと速いテンポで鳴くのは飛翔中のもので、キー、キー、キーと間隔をおいてゆっくり鳴くのは止っている鳥であった。前者のたけだけしさにくらべ、後者は飢えた猫の声、ときには女の子の泣声に似てなまなましく、哀しく、そして無気味だった。

明日発つ北のはずれの海岸はこの町以上に侘しく、そこで聞く海鳥の鳴声はさらに哀切さを帯びているだろう。予定を急に変更してロンドンに引き返して行った道田夫妻の方が、やはり賢明だったのかも知れない。ときおり襲ってくる弱気、軽率を悔いる気持を励まし、引き立てながらわたしは起き上り、旅程の検討にふたたび取りかかった。

この町での滞在時間をなるべく少くして、ジョン・オグローツへ行って戻って来るにはどうすればよいか。理想としては日帰りの観光バスなどを利用するのでなく、気ままな一人旅をして、向うで一泊して来たいのだ。しかし観光案内所で調べてもらった汽車とバスの時刻によると、そうすればさらに翌日丸一日、この町で過さざるをえなくなり、以後の日程が狂うことになる。

汽車とバスの便を、念のためもう一度自分の手で調べ直してみることにした。観光案内所にいたあのフランス人のアルバイト学生は親切ではあるが、不慣れのせいでどこか頼りない。それにスカイ島の観光センターの例もある。いかにも親切そうに見えたあの女性は、日曜日にはバスが走らないという肝腎なことを教えてくれなかったではないか。そうだ、すべてを自分の手でする、これが単独行動者の鉄則であるはずだ。そう思いつくと同時に、わたしは行動を開始した。

気付けに、残り少いウィスキーを一口飲む。部屋を出る。駅へ向う。駅まで五分足らずの近さが、こんな場合じつに有難い。

駅の時刻表を丹念に調べた。汽車で発ち、サーソという町で乗り換えてバスで行く。これには変りない。インヴァネス＝サーソ間の行きと帰りの時刻を紙に書き写し、それを持っていったん宿に引き揚げた。そして、観光案内所の娘が紙に書き抜いてくれたものとつき合せて見た。その結果、食い違いがひとつならず発見されたのである。

これまでの資料によれば、帰路はジョン・オグローツを朝発ってもインヴァネスに帰り着くのは夜の九時近くで、八時半発のロンドン行の汽車には間に合わぬことになっていた。ところが、駅の時刻表では四時過ぎに帰って来られるのである。

この発見にわたしは興奮した。本当だろうか。願望によって目に狂いが生じたのではなかろうか。落ち着いて、落ち着いてと自分に言い聞かせながら、もう一度、時刻の数字を入念に辿った。とくに帰りのバスと汽車の連絡に留意し、別紙に書き出した。わたしは夢中だった。

作業の最中に、不意に隣室のドアをノックする音がした。顔を上げ、聞き耳を立てる。低く捻るような男の声が答えた。彼はやはりいたのだ。同時にドアが開き、誰かなかに入る気配が伝わって来た。それから二言、三言、話声が聞えた。女だった。それが止むとしんと静まりかえった。

わたしはベッドのわきの壁に耳を押し当てるようにして動静をうかがった。しかし、それきり声も物音も聞えて来ない。二人ともたちまち眠り込んでしまったかのように。

一体、何者だろう。男は、そして女は。女は連れなのか。だとしたら、今まで外で何をしていたのか。

鷗の鳴声がまた一段とかまびすしくなったように思われた。目を上げ、聖書のつっかえのある窓ごしに向いの建物の濡れた屋根を眺めた。すると、こうして屋根裏に近い安宿のベッドの上で、隣室の気配を気にしながらこの土地をすみやかに離れる計画を練っている自分が、アリバイ作りに懸命の犯罪者のように思えてくるのだった。

わたしは中断された作業に戻るのを諦めた。ベッドから下り、靴をはき、音を立てぬよう気を配りながら部屋を出た。こんな気の散った状態では駄目だ。一からやり直すべきだ。

もう一度駅へ足を運んだ。先程書き写した時刻の数字に誤りのないことを確め、自分の立てた旅行プランを点検し直した。そして見落しがないことを確信すると、出札口へ行って、翌々日の晩のロンドン行寝台車の切符を早々と買ってしまった。

突然開けた新たな見通しにわたしは興奮していた。それは、新たな旅立ちを前にして覚える心の高ぶりと同質のものだった。だがいまわたしは、はやる気持をもてあまし、戸惑いを覚えていた。とりあえずこれから何をすべきか。部屋に戻る気にはなれなかった。レストランの開くまでの時間をキャフェで過そうにも、今日は閉まっている。

駅を出て、足の向くままに歩きはじめた。雨は止んでいた。しかし雲は相変らず頭上低く垂れこめていた。ふと、先程までかまびすしく鳴いていた鴎どもが鳴き止んでいることに気が付いた。目を上げると、方々の屋根の上に連らなって止っている姿が見えた。しかし鳴声はどこからも聞えて来なかった。

示し合せたような鳥どもの沈黙に見張られながら、人目を避ける犯罪者のように、さびれた裏通りを選んでわたしはネス川のほとりへと足を急がせた。

北の岬へ

翌日、昼まえの汽車でインヴァネスを発ちサーソへ向う。この汽車も空いていて、例の机付の四人掛け座席を一人で占めることができた。乗客のほとんどがジーンズにセーターの若者である。座席に大きなリュックを置き、窓外の景色に見入るもの、本を読むもの、広い机で絵葉書をしたためるもの。いずれも一人旅のように見える。前日フォート・ウィリアムから乗ったバスの乗客を、そっくり移したような車内風景である。

机に地図をひろげ、これから辿る道筋を調べる。インヴァネス附近は、というよりスコットランド全体がそうなのだが、細く切れ込んだ入江がいくつもあって、いま汽車はその切れ込みに沿って蛇行しているらしい。暗雲が溶け込んだような灰色の海。海というより、よどんだ川。

暖房がききすぎて暑くなってきた。通路を隔てた隣の席の若い女性が、厚いセーターを脱ぐ。下は黒のTシャツだった。痩せた、精悍な表情の娘である。シャツの下は何も着けていないようで、乳房が露わに見える感じだ。退屈している様子なので「ヘロー」と声をかけてみた。

「どこから来たの」

「カリフォルニアから」

アメリカから、と内心驚きつつ、この娘もこれまで旅先で出会った人たち同様、国名でなく州の名で答えたなと思う。相手が同じ質問をしたら、今度こそ自分も「ジャパン」でなく「キョート」と町の名で答えてやろうと待ち構えたが、たずねてくれない。

どこから来ようと問題ではないのだ。同じ地球の人間ではないか。

「どこへ行くの」

「北の島へ」

「何島?」

「まだ決めてない」

わたしの机の上の地図に気付くと、彼女は席を立ってそばへやって来て、胸をわたしの肩に押しつけるようにしてのぞき込んだ。それから長い手を伸ばして、オークニー島からさらに北の方、シェットランド島の方を指し示した。

「そんな遠くまで」

「アイスランドまで行きたいんだけど。問題は交通ね。飛行機は高いし。陸上だとヒッチハイクができるけど、海の上ではね」

オークニー島というのは、わたしの目ざす北の岬、ダンカンスビー・ヘッドの沖に横たわる、およそ七十の大小の島から成る群島である。シェットランドやアイスランドに較べると、それすらもまだ近くだという気がする。ジョン・オグローツを北の涯と決めていたのが恥ずかしくなった。

「あなたは何処へ」

訊ねられたので仕方なく北端の岬を示す。

「ここにジョン・オグローツってのがあるんだけど、どういう所か知らない？」

娘は全く関心を示さず、自分の考えの道筋に戻ったようにシェットランドのことを喋り出した。最近は北海の海底油田の開発が進み、精油所などがどんどん建てられているらしい。

「石油《ペトロール》、石油《ペトロール》」

と妙な抑揚で言って彼女は皮肉な笑いを浮べた。

娘は自席に戻り、またしばらくぼんやりと物思いに耽っているように見えたが、そのうち紙袋からチーズとリンゴを取り出して食べはじめた。昼食なのであろう。リンゴの果肉を嚙み取るカボッという音が小気味よく耳にひびく。腹がへってきたのでサンドイッチでも買いに行こうかと考えていると、

「ヘイ！」

見ると娘がもうひとつのリンゴを手にしてこちらを眺めている。目が合うと投げてよこした。

「サンキュー」

彼女は日焼けした顔に白い歯をのぞかせて軽くうなずいた。そしてそれきり、わたしのことは忘れたよ

うに見向きもしなくなった。

車内の売店でサンドイッチと罐入りのギネスを買ってきて、便利なテーブルの上で昼食をはじめる。暖房に熱せられた体に冷いビールがこころよく滲みとおる。しばらくはほろ酔い気分に陶然となって窓の外を眺める。

一時は明るくなりかけていた空が、また険悪な様相を呈していた。前日の夜半すぎ、ホテルの部屋の窓硝子を叩いていた雨の音や風の唸りを不吉な思いで反芻する。天気だけは上ってくれ。一日だけでいいから上ってくれ。

インヴァネスを出てしばらく西に向っていた汽車は、ビューリーを過ぎてからやっと北上を開始した。だが北海はまだ見えてこない。依然、入江に沿ってジグザグを描きつつ走っている。干潮時らしく、窓外に泥沼のような干潟が続く。これでは海とは言えない。

目的地に近づくにつれて、わたしの胸にジョン・オグローツが謎めいた影を落しはじめる。知らぬままにひたすら思い焦がれた北端の土地。カリフォルニア娘から黙殺されたことで、それは何だかいじらしく、またいとしく思えてきたのだった。だが冷静に戻ると、やはり少し不安になって来る。二日を費して訪れるだけのものが果してあるのか。

ふと、さきほど売店へ行った際、隅の席にお婆さんが掛けていたのを思い出した。あの人なら知っているかもしれない。わたしは席を立ってたずねに行った。

確かに彼女は知っていた。しかし老人ゆえの発音の不明瞭、それに多分、田舎訛りが加わって、折角の「土地の古老」の知識もわたしには猫に小判である。built（建てた）という単語が解るまでに何度訊き返さねばならなかったか。

それでも昔、ジョンなる男がグローツに家を建てたということだけは辛うじて解った。それがどういう家なのか、その肝腎な点がどうしても解らない。綴りの上から、ジョン・オグローツ（John O'Groats）のオ（O）は of の略と判断できるから、これは「グローツ村のジョン」の意味であろう。そのジョンにまつわる伝説とは何か。

地図を睨む。「ジョン、ジョン」と胸のうちで呼んでみる。ジョンは姿を現さない。彼が建てたという家も見えてこない。そこは依然、北海に突き出た岬の小さな小さな黒点。そこから、わずかに航路を示す赤い線が二本、三本とオークニーの島々へ伸びているばかりである。それは告げているようだった。ここは通り過ぎるところ、島への渡しにすぎないと。何も知らず、そんな土地にたちまち魅せられたわが心をふと振り返る。

いったん内陸へ入り込んだ汽車がふたたび海岸へ出て来た。ゴルスピーの駅を出ると間もなく、やっと待望の海らしい海の景色が窓外にひろがりはじめる。

北海だ。島影ひとつ、船一隻見えない。水平線まで無気味に静まりかえった鉛色の海面がつづき、そのところどころに、雲間を洩れる陽の光が銀色の縞を描いている。

褐色の砂浜が走り過ぎた。黒い岩が飛び去った。海岸線が跡切れ、暗緑の芝草におおわれた放牧地がしばらくつづく。悠然と草をはむ羊の群。その間を汽車に怯えて逃げまどう仔羊。

また海に出て、ブローラからヘルムスデールへと北海に沿って北東に走りつづける。

ブローラを出たころからやっと雲が切れ、陽がさしはじめた。海の色が変る。鉛色を基調に、あるいは濃紺、あるいは淡緑のまだら模様。海面は相変らず奇妙なほど静まりかえっている。

その北海とも、ヘルムスデールで別れなければならない。バスならそのまま海に沿って北東へ走り、ウィックを経てジョン・オグローツへ直行するはずだが。

汽車は内陸へ入り、ハイランド地方を弧を描いて北上し、終点サーソに近づいて行く。

暗紅色のヒースの荒野。

家畜のいない牧場。

枯れ野のなかの奔流のきらめき。

柵ぎわに横たわる馬の屍体。

空がまた暗くなった。雨滴が車窓の硝子の表面にこすり疵をつけはじめる。

午後四時半すぎ、サーソ着。約五時間の旅が終る。

駅前に待っているバスを探し出し、慌てて乗り込んだが、がら空きだった。ほかの人々は何処へ行ったのだろう。

そのうち、カリフォルニア娘が小柄な体に大きなリュックを背負って乗り込んで来た。わたしの会釈にはこたえず、運転手に何かたずねている風だ。その後もリュックを背負ったまま、昇降口の近くに立ちつづけている。

バスは発車したかと思うと間もなく道端に停った。運転手に促されて娘が下車した。前の建物に観光案内所の標識が読めた。妙にひっそりとして、閉まっているように見える。思案顔に道端に佇む娘に、動き出したバスの窓から手を振って別れを惜しむ。

車内にはもう一組、同じ汽車でやって来たらしい人々が残っていた。初老の男が三人と、そのうちの誰かの妻らしい中年の女。ジョン・オグローツまで行くのはこれだけなのか。彼らの喋る言葉はドイツ語のようだ。

十五分ほど走ったところでわれわれは降ろされた。ここで乗り換えるのである。荒涼とした原っぱに小屋が建っていて、のぞくと、薄暗がりに土地の人が数人腰掛けていた。わたしは外で待った。雨はすっかり上り、空は明るさを増していた。気温も予想していたほど低くない。忘れていたカリフォルニア娘のリンゴを取り出してかじった。果肉がしまっていて、やや酸味のかった味だった。リンゴをかじるわたしを、ドイツ語を喋る一行が遠くから珍しそうに眺めていた。

乗り換えたバスには途中から小学生の群が乗り込んで来て、車内はにわかに活気を呈した。ふざけたり喧嘩をしたりするのを、ネッカチーフをかぶったお婆さんがたしなめる。しかし子供たちは騒ぎを止めない。

やがてバスは、ひろびろとした牧場のなかの一本道を疾走しはじめた。ところどころに木立があり、その蔭に民家が一軒、または二、三軒寄り添うように建っていた。この土地では、人家のある場所がそのまま停留所になっているらしかった。

停車するごとに、買物籠を下げた主婦、顔に深いしわの刻まれた老人、学童たちがつぎつぎと降りて行った。ステップに足をかけてもまだ振り向いて悪態をつく子供。一軒家の前で連れ立って降りて行き手を振って見送る少女は、姉妹にちがいない。

岬に向っているはずなのに、いつまでも海が見えてこない。あせりはじめたころ、やっと遠くに白波の砕ける浜が現れた。しかしバスは期待を裏切って海とは反対の方向に曲った。そしてまたも単調な草原の間を走り、一軒家の前で子供をひとり降すと、同じ道を引き返した。

ふと見回すと、何時の間にか車内に残っているのはわたしと、例のドイツ語を喋る男女の一行だけになっていた。あの連中にしても、わたしが窓から牧場の牛や羊の群に見とれている間に姿を消してしまうのではないか。そしてひとりきりになって牧場のただなかでバスから降された途端、牛か羊に姿を変えられてしまうのでは……。あの牛や羊どもはすべて観光客の変り果てた姿なのだ。変身させられるとしたら、自分は牛と羊のどちらを選ぶだろうか。……

空想はそこで跡切れる。牧場の間に、取り入れのすんだ麦畑が見えた。黄金色の麦わらの上を、黒と白の二種の鳥の大群が入り乱れて舞っている。鳥と鷗だろう。その光景は夢幻じみて、空想のなかに紛れ込んだもうひとつの空想のように思われた。

鳥の乱舞する麦畑はたちまち窓外から消え、バスはやっと方向を終点に定めて牧場の間の一本道を疾走しはじめた。

牧草の彼方に濃紺の海面が見えてきた。それを背景に教会の尖塔、大きな平屋のスレートの屋根、白い壁。その数が次第にふえてくる。目的地はもう近かった。


ジョン・オグローツ。

バスを降りた途端、激しい風がどおっと吹きつけてきた。

ダンカンスビー・ヘッドと呼ばれる北の岬の先端だった。海は荒れていた。汽車の窓から眺めた鏡のように凪いだ北海とは別の海のようだった。白波にささくれ立つ濃紺の海をへだてて、目の前に大きな平たい島影が望まれた。オークニー群島のひとつにちがいない。

周囲を見回すと、右手にフェリーの乗場を示す標識が立ち、左手の、百メートルばかり先の海ぎわに、白壁に黒いとんがり屋根をもつお城のような恰好の建物が見えた。建物らしいものはそれだけである。グローツ村のジョンの建てたという家がこれだろうか。新しすぎはしないか。その方へ向いかけたが、吹きつける風の激しさに身が竦んで動けない。

不意に肩を叩かれた。驚いて振り向くと、バスで一緒だった一行の一人だった。にこりともせず、しかし善意は汲みとれる朴訥な口調の英語で彼は言った。

「フェリーに乗るのならこっちだよ。一緒に行こう」

「ノウ、サンキュー」

すると彼は意外な顔をして仲間の方へ駈け戻った。

ついに一人になった。

毎度のことながら、何はさておき部屋を確保しなければならない。そう思いつつ、前方のとんがり屋根の建物にあらためて目を向けると、「ジョン・オグローツ・ホテル」と看板が出ているのに気付いた。お城でいえば天守閣に当る三階の部分は六角柱をなし、それぞれの面に窓が付いているらしかった。二つ並んだスレートのとんがり屋根も六角錐だった。白壁にうがたれた窓は枠を屋根と同じ黒ずんだ色に塗られ、全体が古風な、しっとり落ち着いた色調にまとめられていた。ホテルの標識がなければ美術館、あるいは何かの記念館と見間違えられそうだ。由緒ありげでいかにも高そうだが、ほかに泊る場所は見付かりそうにない。とにかく様子を見に行くことにした。

芝草におおわれた緩やかな上り坂に一歩足を踏み出すと、待ち構えていたように、風がいちだんと勢いを強めてまともから吹きつけてきた。透明の強靱な膜を全身で押している、そんな感じだった。力負けして押し戻されそうになる。この風変りな建物の番人である風が接近を妨げている、と思った。

体の向きを変えて風勢の弱まるのを待つわたしの視野に、そのとき、ふと小さな建物が入った。「観光案内所」と出ている。こんな北の涯の岬でも、さすがは観光地である。途端に考えが変った。避難小屋に駈け込む気持でその方へ走った。後ろから風に押されて足がもつれそうだった。

小さな木造小屋のなかには客は一人もおらず、係の初老の婦人がすでに帰り支度にとりかかったようなてきぱきした仕ぐさで、机の上のパンフレット類を整理していた。

「すみません。部屋を見つけてほしいんですが。一人」

息を弾ませながら言うのを、年齢のわりには派手な口紅をつけた係の女性は、微笑を浮べて聞いていた。閉店間際に駈け込んできた客にたいしてもいささかも面倒がる様子を見せないそのおおらかな態度に、わたしは安堵を覚えた。

「一人……」

彼女はそう繰り返して小首をかしげた。しかしその眼もとには、依然微笑が浮んでいた。

「どんなところをご希望ですか、ホテル?」

「ええ、海の見えるところ。できればジョン・オグローツ・ホテル。シングルの部屋がなければダブルでも構いません。その分、払います」

先回りして一気にこれだけわたしに言わせたのは、過去の一人旅の経験だった。彼女はわたしのせっかちを優しく制するように何度もうなずき、電話のダイヤルを回した。

しかしホテルは満員だった。ダブルの部屋もないと言う。すると是が非でもあのとんがり屋根の下で一夜を明したくなってきた。わたしの目は窓の外はるかにひろがる北の荒海を見、耳は打ち寄せる怒濤のどよめきを聞いた。そのためにはるばるここまでやって来たのではないのか。満員というのは本当か。シーズンオフのはずなのに。一人ものの被害妄想が黒雲のように湧いてくる。

係の婦人は別の番号をダイヤルした。今度は先方とは親しい間柄らしく、くだけた口調で話していたが、サンキューといって電話を切った。

「ここもだめでした」

「B＆Bでも構いませんが」

「いま、そのB＆Bにたずねてみたんですけど」

彼女はちょっと考え込んでから、三たびダイヤルを回した。今度は応答がなかった。

「おやおや」

そう呟きながらも彼女の表情は明るかった。

「だいじょうぶ。何とか見つかるでしょうよ。万一だめだったら、うちに泊めてあげます」

本当にそう言ったのか。わたしの耳でなく心が、そう聞いただけではないのか。だがこの人は職務としてだけでなく個人としても、他人をあたたかく迎え入れることを生甲斐としている人に違いない。冷静さの奥にひそむ無尽の善意を信じ、すべてをゆだねようと思った。

彼女は小さなノートをめくって番号を調べ、これが最後といったやや緊張した面持でダイヤルを回した。

「……海を見に来た男のお客さんがあるんですけど」

「海を見に来た」のところで、彼女はちらと、いたずらっぽい一瞥をわたしに投じた。

「ええ、一人。一晩泊めてあげて下さいません？」

それから何か早口で続けた。返事を聞きながら軽くうなずいている。口もとに浮ぶ微笑は吉報のしるしだ。

「よかった。見つかりましたよ」

受話器を置くと彼女は声を弾ませた。ふと、わたしは思い出した。スカイ島でわれわれを車に拾ってくれた親切な老婦人を。途中、バスの便があると知って彼女が見せたあのいかにも嬉しそうな笑顔を。

「ただ、少し離れています」と彼女はつづけた。「いま車で迎えに来てくれますから、ここで待っていて下さい。オフィスは六時に閉めますけど、それまでいますから」

「海の見えるところでしょうね」

来しなにバスから見えた広い牧場、そのなかにぽつりぽつり建っている民家をわたしは思い出していたのだった。

「ええ、もちろん」

わたしは厚く礼を述べ、規定の手数料として百五十円相当の金額を払った。その際ふと思いついて、

「ところで、ジョン・オグローツって何なのです」

「ジョンというのはオランダ人で、ここに有名な家を建てたのです」

「どんな家を」

「ほら、あそこに見えるでしょう」

彼女はオフィスの硝子戸ごしに外を指さした。

「あのホテルですか」

「正確にはそうじゃないんですが。……詳しいことはこれに書いてありますよ」

彼女は陳列の絵葉書のひとつを指さした。わたしはおのれの迂闊さを恥じ、それを一枚買って添えられた説明文を読んだ。

ジョン・デ・グロートは十五世紀のおわりごろ、現在ホテルの建っている場所の近くに八角形の家を建てた。彼には七人の子供がいて、席順のことなどで喧嘩が絶えないので、ジョンは自分の分をふくめ、壁面が八つあってそれぞれに出入口の付いた正八角形の家と、同じく八角形のテーブルをこしらえ、皆を平等にして家族の争いを絶ったのだそうである。ジョンはまた、オークニーの島々への渡しを設け、一回につき四ポンドの渡し賃を取った。そこから、グロート貨なる銀貨の名称が生まれた、云々。

例のホテルはジョンの家を修復したものでなく、それを模して近年建てられたものである。したがって、由緒ある建造物という訳でもないようだ。それでも模したという以上、先程六角形と見たのは誤りで、八角形のはずである。

　確めておこうと小屋を一歩出ると、烈風が吹きつけてきた。目を開けているとたちまち涙にうるみ、視界がかすむ。ハンカチで目を押えたまま立ち竦むわたしの耳に、そのとき、短く車の警笛が聞えた。迎えの車だった。

　白っぽいネッカチーフをかぶり、帰り支度をととのえて出て来た観光係の女性にもう一度礼を述べ、差し出された手を握ってから迎えの車に乗り込む。

　運転席には、赤いネッカチーフをかぶった女性が坐っていた。わたしの顔を見ると、黙ってうなずいた。年恰好はよくわからないが、色の白い、目のぱっちりとした美人だった。助手席には、これも緑色のネッカチーフをかぶった太った老女がいた。母親のようだった。

　運転席の女性は窓ごしに観光案内所の女性と言葉をかわした後、車を発進させた。激しい風のなかに平然と立って見送る老婦人に向って、わたしは車のなかから手を振る。グッバイ、さよなら、ありがとう。わずか十数分一緒にいただけなのに、一晩泊めてもらったような名残り惜しさをおぼえた。

　車は、来しなに走ったおぼえのある牧場のなかの一本道を引き返した。海がどんどん遠ざかる。心細くなってきた。二人の女性は一言も口を利かない。

　やがて車は牧場のそばの、黒ずんだスレート屋根の一軒家の前で停った。大きな平屋だった。建物のわきの立て札状の標識に、BED & BREAKFASTと、白地に黒く記されているのがたそがれの薄明りのなかにはっきりと読めた。そのペンキの色も建物の漆喰の色同様、まだ新しかった。

赤いネッカチーフの女性は、そのままの恰好でわたしを応接間に案内すると直ぐに姿を消した。わたしは立ったまま室内を見回した。建物の外見、あるいは辺境という土地柄からは想像できぬ豪華さだった。厚い絨毯、ゆったりしたソファと肱掛椅子、飾りものでない暖炉、大型のテレビ、そして一方の壁ぎわには、同じ竪型のピアノが二台も並べて置かれてあるのだ。

どうやらここが自分に供せられた部屋らしい。そう判断すると、わたしは肱掛椅子にそうっと身を沈めた。大切なお客さまとして最高の部屋に迎えいれられたのだという実感が、やっと全身をほのあたたかく包みはじめた。スコットランドの旅の最後の一夜を、高級ホテルの悪い部屋で過すことにならなくて本当によかった。わたしはあらためて感謝した。スカイ島でわれわれを救ってくれた老婦人の慈愛にみちた視線がつぎつぎと受け継がれて、いまもなお注がれている、そう思いたかった。

しばらくしてふたたび現れた女性の姿を見たとき、わたしは別人のような印象をうけて戸惑った。ネッカチーフを取ったからだろうか。こころのなかで、肩にかかる栗色の豊かな髪をネッカチーフで隠してみたが、別人かどうか決めがたい。きめのこまかな白い肌、じっと見つめるつぶらな瞳、それに無口な点などは同じだった。しかし、運転していた女性よりは少し老けているような気がする。

同一人物、それとも姉妹だろうか。決めかねているわたしに向って彼女は手招きし、寝室と浴室を案内してくれた。家中の床はどこも、廊下も浴室も、もったいないほど立派な敷物が敷きつめてあった。豊かさが隅々にまで行きわたっている感じだった。

寝室の大きなベッドには、温かそうな厚い毛布が二枚重ねられてあった。そのひとつを指さして、女主人は緊張した面持でやっと口を開いた。

「エレクトリック」

電気毛布のことだとわかった。

「わかりました《アイ・シー》」

すると、相手の表情がちょっと和いだ。

「これがスイッチ。寝る前に入れてください」

彼女は通じたかどうか探るような目付で見た。

「イエス、アイ・シー」

と繰り返すと、黙ってうなずいた。

応接間に戻って待っていると、彼女がバケツに大きな黒砂糖の塊のようなものを運んできた。泥炭《ピート》にちがいない。

暖炉に火を起すのを近くで眺めていると、

「ペット、ペット」

と身をかがめたまま言って泥炭を指さす。

「ピート？」

「ペット」

まさかこの泥炭が彼女のペットではあるまい。とすれば彼女の peat がわたしの耳に「ペット」と聞えたことになる。

火を起し終ると彼女は黙って引きさがり、やがて今度は盆に紅茶とミルクをのせて現れた。

「お茶、いかが」

相変らずにこりともせず、大きな目でじっと見つめる。一生懸命もてなそうと努めている、その素朴な誠意が視線から直かに伝ってくるようだ。

お茶を注ぎおわると、彼女はわらで編んだ蓋付きの小籠をテーブルの上に置いた。

「バスケット？」

確かに籠は英語でバスケットだが、それがどうしたのか。黙っていると、

「バスケット？」

ともう一度たずねて、例の大きな目で返答をうながす。何のことだかわからぬまま「バスケット」と繰り返してみた。発音練習でもするかのように。

すると彼女は満足げに大きくうなずき、そのバスケットの蓋を開けた。なかにはビスケットが入っていた。biscuit が「バスケット」と聞えたのである。どうやら「イ」の音に問題があるらしいと、遅まきな

がらスコットランド英語の訛りの癖がわかりかけたように思った。

言葉が通じるとわかって安心したのか、彼女の態度からいくぶん固さがとれたように思われた。

「夕食はどうなさる？　ホテルで食べたければ、車で連れて行ってあげますけど」

わたしは一瞬返事に戸惑った。急な客なので夕食の支度が間に合わないという意味だろうか。できることなら、ホテルのレストランの片隅でわびしい食事をするのでなく、有り合せのものでもよい、ここの家族（きっと女だけだろう）と食事をともにしたかった。

「ここで食べることもできますか」

すると相手はうなずき、

「羊の肉を食べますか」

「ええ、何でも」

彼女はやっと口もとにかすかな笑みを浮べ、素早く部屋を出て行った。

夕食は、人参とグリンピースのたっぷり入った田舎風野菜スープと、羊肉のステーキだった。だがわたしの甘い期待に反し、家族と一緒でなく、当てがわれた応接間のテーブルの上で一人黙々と食べることになったのだった。

そのあとは、もう何もすることがなかった。テレビをつけてみる気にもなれず、窓辺に行き、カーテンの隅を持ち上げて外をのぞいた。とっぷり暮れた牧場の黒々としたひろがりの彼方に、かすかにほの白く、たぶん海らしいものが見分けられた。やがてそれも色を深め、何度目かに眺めたときにはもう夜の闇に没してしまっていた。

それからしばらくソファに身をゆだね、暖炉のなかの火を眺めながら時を過した。まわりには不思議なほどの静寂が支配していた。耳をすませても、家中に話声も笑い声も、また物音のひとつもしなかった。家の人たちは何をしているのだろう。もう寝てしまったのか。耳を家の外、遠く彼方に向けると、さわさわと潮騒か風のうなりのようなものが聞えるような気がした。耳の奥底にこもる昼間の残響かもしれなかった。

わたしの思いは自然、先程から気になっていた壁際の二台のピアノに向った。誰が弾くのだろう。この家には、あの無口な女主人のほかには母親らしい老人しかいないようだが。

手持無沙汰からわたしは立ち上り、ピアノのそばへ行った。二台とも蓋に鍵がかかっていた。いまはもう弾き手がいないのか。ピアノの上には古びた楽譜が一枚、忘れられたように置かれてあった。わたしの知らない民謡風の曲だった。

わたしはまたソファに戻り、かつては連弾も行なわれたであろう二台のピアノについて想像をめぐらせはじめた。あの栗色の髪をした、つぶらな瞳の女と並んで坐っていたのは誰か。するとふたたび疑問が生じてきた。あの人と、車を運転していた女性とは同一人物なのか。双子のようによく似た姉妹ではなかろうか。おなじ色の肌、おなじ色の瞳、おなじ色の髪をもつ二人の女性をわたしはピアノの前に置いてみた。

白い、しっかりした手が奏でる静かな曲。それは以前聴いたことのある懐しい曲だ。何時、何処で。……ときおり、暖炉の中の真赤に熱した泥炭のかたまりが崩れ、その音に、わたしのとりとめのない物思いは破られた。

眠りのなかで激しい雨音を聞いたように思った。が、すぐに、前の晩インヴァネスの宿の窓硝子を叩いていた風雨の音を夢のなかで思い出しているのだと安心すると、間もなく雨音は消えた。

翌朝、わたしは深い静寂のなかで目を覚ました。窓に厚いカーテンの垂れた部屋のなかは暗かった。耳をすませたが、家の内にも外にも物音ひとつしない。まだ真夜中なのだろうか。時計を見ると七時すぎだ。そのまましばらくベッドに横たわっていた。沈黙が耳の奥で鳴っているような気がした。

やがて起き出して応接間へ行った。窓の端から光が洩れていた。カーテンを開けると、なだれ込む朝の光に一瞬目がくらんだ。青空が見えた。光を一杯に浴びた牧草地が見えた。その緑のひろがりの彼方に細長く、濃紺の海が色紙を張りつけたように見えていた。

それだけの景色を、しばらくわたしは貪るように眺めていた。

朝食を運んできた女主人を見たとき、やはり車を運転していたのと同じ人だと納得がいった。前夜の妄想は暖炉の火のいたずらだったのか。海への道をたずねると、裏の牧場を横切れば近いのだが、雨で濡れているから、と表の道から行くようすすめた。やはり前夜雨が降ったのだ。

家の前の舗装道路を右へ取った。すでに乾きはじめた道の表面に、スレートの屋根の斜面に、牧草の上に、雨上りの初々しい光があふれていた。意外に暖い外気のなかに、濡れた牧草の青いかおりをわたしは嗅いだ。

人も車も通らない一本道を、牛が草をはむ牧場の柵沿いに歩いた。立ち止まって眺めていると、一頭の茶色の牛が柵のそばへ寄って来た。両の耳を残して頭部全体が真白で、白頭巾をかぶっているみたいだ。牛はじっとわたしの顔を見つめた。その表情に不信と警戒の色をわたしは読みとった。おまえは一体何者だ。そんなに見てないで早く行け。その顔はそう言っていた。

「牛君、おはよう」

と挨拶をして、ふたたび歩きはじめる。

しばらく行くと、今度は数頭の馬が草の上に脚を折っておだやかに横たわり、朝の光を浴びていた。栗毛の背がびろうどのような光沢を見せていた。

「馬君、おはよう」

次第に海が大きく近づいてきた。わたしの足は速まった。一軒の農家があり、教えられたとおりそこを右へ曲った。すると農家の裏から二頭の羊が現れた。老夫婦連れ立っての朝の散歩といった風情である。わたしのそばを首をふりふり通り過ぎようとする。やっと村人に出会えたような懐しさにとらわれ、わたしは会釈しつつ言った。

「おはよう。お散歩ですか」その言葉はごく自然に口から出た。

雨にぬかるんだ小道を行くと海辺に出た。風はなかった。なかば朽ち、廃物と化したような桟橋が、潮の干いた浅い沼のような海のなかにゆるい傾斜をなして伸びていた。足もとの枯れ草のなかにとぐろを巻く太い鎖は赤錆に覆われていた。そのそばに白い大型のボートが、赤い腹を朝日にさらして傾いでいた。海は遠くに退き、岩礁の彼方に重たげな濃紺をたたえて静かに横たわっていた。前日、岬の先端から眺めた白くささくれ立った海を思い出し、はぐらかされたような気持がした。このあたりは小さな入江になっているらしく、水平線の一部は低い陸地で遮られていた。その尽きるあたりから、遠くはるかに沖合が望まれた。しかしその海面も書割りの海のように静まりかえっていた。

岩礁の間をはるか波打ち際まで足を運ぶのは諦めて、近くの平らな岩にのぼり、濡れた布のように張りつく暗緑、暗褐色の海藻類や干潟の水に映る空の色を眺めたり、遠く沖合へ視線を遊ばせたりして時を過した。

それにも飽きると岩を下り、干潟の水のなかに生きものを探したが何も見つからなかった。

ふたたび岩にのぼり腰を下して、黒ずんだ岩礁のひろがりと、その彼方の凪いだ海とにしばらく向い合っていた。すると、先程から漠然と感じていたある種の懐しさ、海を見るときに何時も覚える感情が突然、はっきりした輪郭を取ってきた。たしかにどこかで見たことのある風景だ。……わたしは思い出した。初夏の浜辺。暑い日差し。遠く干潟のむこうに白く輝く海。そして学友たちと大声で呼びかわしながら岩から岩へと魚を求めて移動する少年。ふと陽がかげり、身を起して見回すと誰もいなくなっている。友達の姿も、叫ぶ声も掻き消されたように消え、深い静寂のなか、岩礁の群のただなかに一人取り残されて佇む自分しかいない。……

そのとき、視野の片隅で何かが動いた。遠く、波打ち際の岩の間にうごめく黒いもの。鳥にしては大きすぎる。注意深く眺めると、ほかにも二四、全部で三匹いた。そのうちの一匹はじっと動かない。鳥でなければ何だろう。突然、海豹《あざらし》という考えがひらめいた。そう思って眺めると、たしかに、海豹が匍いまわる恰好に見えてきた。

興奮をしずめようと自分に向って言った。スコットランドの北端の海辺に海豹がいて何の不思議があろう。それでもなお半信半疑で岩を下り、目を大きく見開いて数歩前に出た。すると、それまで動かずにいた一頭が首をもたげ、空気を嗅ぐような仕ぐさを見せた。百五十、いや二百メートルは離れているだろう。それでも敏感に感じ取ったようだった。子連れの夫婦。警戒の姿勢を示したのが父親にちがいない。

わたしは足を止め、息を殺して、小さく岩の間に見え隠れする黒い海獣の動きを目で追いつづけた。最初の驚きと興奮が鎮まるにつれ、海豹の戯れる海辺の情景がごく自然のものに映ってきた。牛や馬や羊たちと仲よしになったいま、海豹とも仲よくできぬはずがないと思った。おはよう、海豹君、と心の内で呼びかけた。

　いまなら何を見ても驚かないだろう。あるべきものがある、ただそれだけのことに思えた。ちょうど、あるべくして自分がこの北の岬の無人の浜辺にひとり佇んでいるように。

　そして気がつくと、インヴァネスを発って以来、ひたすら北の涯目ざして焦っていた心の高ぶりが、何時しか眼前にひろがる凪いだ海のように鎮まり、なごんでいるのだった。感激も、幻滅もない安らぎ、大声で笑い出したくなるようなあっけなさ。それはまた、やっと得られた充足感と、そこから生ずるある不思議な心の静謐であった。

　干潟の上を渡る朝風がさわやかに頬を撫で岸辺の草をそよがせてから、また干潟の上をいずこへともなく消えて行く。その後を追って低く飛ぶ海鳥の姿が、ふと岩礁の暗い色の中に掻き消されたように見えなくなる。

　その彼方に、海豹の親子の戯れる浜辺と、いちだんと色を深めた北の海が夢の中でのように遠近感を失い、そのぶんだけ鮮明さを増して浮び上っている。そのさまを、わたしはいつまでも時を忘れて眺めつづけていた。

あとがき

一九七七年九月から約二年間パリに滞在している間に、わたしはフランス国外へ幾度か旅をした。そのときのことを書きたいと思った。

今日、旅の話を書くのはむずかしい。活字でも、映像でも旅行ものはあふれている。珍しい風習の紹介、スリルに富んだ体験談。そのどれにもないもの、旅のなかの平凡な日常、そしてその日常と空想、妄想のからみあいを描く、というのがわたしの狙いであった。しかし一方に不安がなかったわけではない。読者はつねに「旅のロマン」を、あるいはドラマチックなものを求めているのではなかろうか。

この不安は、さいわいにして、連載開始後間もなくとどけられた一主婦の感想によって、いくらかは取り除かれた。彼女は、一度も海外旅行の経験はないが、旅行社のパンフレットに書かれてあるような快適なものとは限らぬらしいのが、真実味があってよい、と作者を賞め、いや、慰めてくださったのである。

ギリシアやモロッコを旅したことのある女性からは、行く先々から毎日懐しい絵葉書がとどくようで楽しい、というお便りをいただいた。

かと思うと、「あれはスカッション小説や」というヤジも耳に入った。ディスカッション小説というのがあるが、「旅のなかの旅」はつねに読者を「スカしよる」ので、スカッション小説というわけである。

一人旅というのは確かにさびしく、何かと気苦労の絶えぬものである。しかし、一人であればこそ、未知の人との触れ合いも可能になってくる。出会って、またすぐ別れ、二度と会うことはないと判っている。その出会いのはかなさゆえに、懐しく、忘れ難くなる人たち。

そういう人たちと、わたしはギリシアの海辺で、モロッコの古都で、またスコットランドの北の涯の民宿で出会った。旅で、あるいは旅のなかの旅で。現実の人、空想の人。

例えばギリシアの小さな港町で、たまたま同じホテルに泊ることになったパリの女子学生オデット、彼女ははたしてどちらの人であったのか。「山田先生の恋人、オデットなんでしょ」ある人からそう言われて、わたしははっとなった。その懐しいオデットにふたたび会うには、どうすればよいか。やはり「旅のなかの旅」へ戻って行くしかないだろう。

思えば、これはわたしにとって失われた旅を求めての旅、あるいはこころのなかの旅とでも呼ぶべきものなのである。

この作品は一九八〇年十月一日より翌年四月十一日まで、一五四回にわたり京都新聞夕刊に連載された。

その際挿絵をかいてくれた友人の画家阿部慎蔵が、このたび単行本の装丁も引き受けてくれた。嬉しいことである。

最後になったが、連載中お世話になった京都新聞社の方々、なかんずく学芸部の熊谷栄三郎氏、および、単行本でお世話になった新潮社出版部の大門武二氏に、厚くお礼申し上げる。

一九八一年七月

作者

白水*u*ブックス版へのあとがき

ながらく品切れになっていた本書が幸運にも、このたび白水*u*ブックスの一冊として復刊されることになった。

本書の成り立ちについては、ここに再録された新潮社版「あとがき」に記したとおりである。

各章のとびらの挿絵は、京都新聞連載時の挿絵のなかから選ばれたものであるが、この新版にもそのまま利用した。

表紙の装画は改め、また本文についても、わずかながら筆を加えた。

本書刊行にさいしては白水社の山本康氏、および編集担当の藤波健氏のお世話になった。

ここに記して感謝の意を表する。

二〇〇二年五月

山田　稔

本書は一九八一年九月、新潮社より刊行された。

本書は2002年刊行の第1刷をもとに、オンデマンド印刷・製本で製作されています。

白水uブックス　1058

旅のなかの旅

著者 ©　山田《やまだ》　稔《みのる》
発行者　岩堀雅己
発行所　株式会社 白水社
東京都千代田区神田小川町3-24
振替 00190-5-33228　〒101-0052
電話（03）3291-7811（営業部）
　　（03）3291-7821（編集部）
www.hakusuisha.co.jp

2002年7月20日　第1刷発行
2023年6月15日　第2刷発行
印刷・製本　大日本印刷株式会社
表紙印刷　クリエイティブ弥那
Printed in Japan

ISBN 978-4-560-07358-2

乱丁・落丁本は送料小社負担にてお取り替えいたします。